i

为了人与书的相遇

MARCH
2018

5

正午

NOONSTORY

有人送我西兰花

台海出版社　　NOON 正午故事 NoonStory

一个执拗的低音

　　《正午》创办的时候，媒体正四处唱着哀歌。在政治、资本的意志下，纸媒关闭、紧缩，新媒体看似时髦却总是焦虑于盈利模式，媒体人纷纷转型，更常见的词是，创业。频繁变动的年代，人们已经习惯了一种临时状态：走一步，看一步。如今这种状态更为焦灼。在这样的氛围中，《正午》存活下来，并赢得好评，实在很难说清多大程度上是读者厌倦了喧哗，因此辨认出了一个"执拗的低音"？

　　创办《正午》的几个编辑、记者，之所以留在媒体的逆流，除了别无所长，还因为我们都着迷于非虚构叙事这门技艺——在现实生活、作者和读者之间，制造出一个文字的场，三者互相牵引，紧张又优美。这一制造的过程，从发现选题、采访、研究、写作、编辑到面对读者，现实感和创造性融于一体，很有挑战，也很有乐趣。

　　由此产生的文体，我们简单地称为非虚构，而不再缠绕于此前的纷繁命名，纪实、特稿，等等。这意味着，只要没有事实层面的虚构，只要是好的写作，不拘任何形式。说到底，最重要的是你为读者讲述了什么，是否言之有物，又是否寻找到了合适的形式。而情书、墓志铭、学术散文、一次谈话、一段口述，都可能是充满理解力、感受力，在宽广层面的非虚构写作。

这种命名也解放了媒体逐渐建立起来的选题等级：官员、商人和热点优先，成功者的故事优先。有时，我们会捡起其他媒体弃而不用的选题，它们或者是普通人的故事，"不够重要"，或者是"不像新闻"。尽管这是我们可以感知的现实，尽管写作者对题材充满感情，但是因为不"主流"，就有不被讲述、进而被遗忘的危险。历史的书写，从来如此。

德国作家君特·格拉斯曾经讲述自己为什么写作，一个重要的原因是，母亲的表弟曾经顽强地抵抗纳粹突击队，坚持到最后一刻，失败后，他和其他抵抗的民众"在行刑队面前消失了"，他的名字再也没有人提起，成了一个不存在的人。格拉斯决心让他活在自己的写作里，在他作品的碎片中，到处长眠着母亲心爱的表弟。

世界仍然生活在故事当中，以遗忘、抹灭大多数故事为代价。今天中国最主要的故事，是马云的故事（以及千千万万个变种）。为了抵御这种单一，我们应该学习讲故事。长久地凝视现实，让被遗忘的复活，赋予普通人尊严，以配得上丰富、变幻的中国。

本书所收录的，就是这些尝试的例证。

《正午》郭玉洁

目录

特写

唯一能够了解的道路是创造一个自己的世界。

——史蒂文斯

176 个被告人

文 _ 刘子珩

一

卜英贵 66 岁，年轻时是木匠，喜欢做家具，一辈子都是家里顶梁柱。现在，儿女都成了家，他带带孙子，本可以享受人生了。他住在安徽芜湖的一个小区。这是 2016 年 10 月 4 日，很平常的一天。他打算出趟门。

出门时是上午 10 点多。儿子要加班，他和老伴儿准备接孙子去亲戚家吃饭。老伴儿的手机坏了，卜英贵让她先走，自己去趟手机店。屋外气温凉爽，湿度很大。据说有雨，但一直没下。蓝色 T 恤外，卜英贵套上了一件灰夹克，牛仔裤，蹬一双黑布鞋，下了四楼。

认识卜英贵的人都说，这是个叫人喜欢的老头儿。在澡堂子里泡澡，他是个话痨，老哥们儿就爱听他吹牛。老年大学里，他参加各项演出，组织大合唱。因为经常锻炼，身体还不错。两年前，他和儿子去泰山，碰上缆车停运，父子俩徒步登顶，又徒步下山，只花了一天。儿子喘着粗气自愧不如。

卜英贵骑着电动车，去了中国移动手机店。手机店在一个小区楼下，伊顿公馆28号楼临街店面，靠近十字路口。离家不过数百米，他常来办业务。

橘黄色的电动车停在门口，卜英贵进了店。两天前他刚拿到这辆车。以前的车骑了七八年，刹车坏了都不舍得扔。赶上国庆节做活动以旧换新，他换了新车。现在，手机店也在做活动，他想换一部新手机。

离开手机店是10点50分左右，他刚走，店里的女员工听到门外传来响声，像是电动车倒地，还有砖头的声音。她怕自己的车倒了，让一位顾客帮忙看下。顾客出门向右看了眼，没发现什么。女店员不放心，自己出了门，向左看了看。顺着视线，离店不远的地上，卜英贵躺在那儿，一摊血。电动车也倒了，旁边两块碎砖头。她听到有人说，楼上掉下一块砖，刚好砸到了这个老人。

10点55分，女店员拨打了120，一分钟后又拨了110。

几乎同一时间，手机店旁一家餐馆的员工也在报警。他听到餐馆外"嘭"的一声，重物倒地的响声。他出门，看见老人的头部全是血，听说是被楼上掉下的东西砸到了，这才发现地上的红砖。

女店员后来说，看到砖头时，她想到这是"一般家庭装修都会使用的"。

二

　　警察到来之前，崔水保已经排查了一次现场。

　　崔水保60岁左右，是这个小区的物业保安。那天上午他正在巡逻，听班长说28号楼1单元下有人被砖块砸死，要赶紧排查一遍那栋楼，有没有可疑人员。

　　28号楼紧邻小区大门，有两个单元，东西并排。从1单元进去，穿过大厅，右边是两部电梯，左边是楼梯间。它有33层，除一层是商铺，其余都是住宅。一梯三户。中间那一户单向朝南，其余两户南北通透。在电梯与楼梯之间，有一条走廊，尽头是朝北的公共阳台，阳台下方是街道。

　　崔水保坐电梯上了33层，然后从楼梯一直走到1楼。他统计有5户正在装修。此外，在29层的公共阳台，他看到了几块砖头。

　　2902户家里有人，崔水保敲开了门。

　　开门的是位中年妇女。崔水保告诉她，楼下有人被砖头砸死了。女人说，老崔你不要瞎说。崔水保让她自己看。她走到公共阳台往下瞧，只见一个人倒在地上，边上还有电动车。

　　崔水保征得女人同意后，进了屋。男主人也在家，他们的女儿正在写作业。崔水保没发现异样，离开了29层。

　　与此同时，保安队长唐家苗正从家里赶来。他住在附近，同一个开发商的另一小区。接到安全主管电话后，他直奔28号楼1单元。此时，物业已紧急封锁了该单元前后大门，不让人进出。唐家苗带着另一个保安，又上了33层，开始重新往下排查。

　　排查中，两人发现3001户在装修，已经到了木工阶段。

在 29 层，他们也看到公共阳台上有几块红砖，被水泥粘在一起。他们觉得，这很像砸到死者的砖头。他们也进入了 2902 户，但同样没新发现。

排查到 23 层时，他们看见民警到了现场，便直接下了楼。排查过程中，除了上述三户，其余房间无人开门。

三

伊顿公馆的底商，还有一家中国移动手机店。老板娘叫熊莉，一位本地农村出来的中年女人。10 月 4 日，她和丈夫在店里。临近中午，有人进店交话费时说，不敢去 28 号楼下的移动店，因为门口砸死了人。熊莉不信，跑出去看。向左走，没多远有一圈人围着。她探出头，看到一位老人倒在地上。熊莉后来半开玩笑似的对周围熟人说，他要是到我店里，就没这事了。

这家手机店位于 18 号楼，就在 28 号楼旁边——两栋楼之间，隔着小区大门。门前是一条商业街，东西向近千米，密布了三家移动手机店，还有几乎同样多的联通和电信手机店。

伊顿公馆是商品房小区。西边一路之隔，是个回迁房小区，卜英贵就住在那里。像是某种彩头似的，那个小区叫凯旋豪庭，听着气派。开发地产的公司也确实气派，将周围一大块土地都买下了。伊顿公馆和凯旋豪庭，还有别的几个小区，都是他们的项目。

2010 年，伊顿公馆刚刚开盘，熊莉就看中了这里。那时他们一家人在外地打工，有意回芜湖。丈夫的姑姑住在附近，极力推荐他们买过来。夫妇俩一看，小区绿化真不错，离市区也

　　　　　　　　　　　　　　　　　　　　[特 写]

不远，价钱可以接受，就决定了。

楼市的火爆超出想象，光是拿号，就排了两天队。这一度让他们觉得，自己买到了好楼盘。夫妇俩选择了28号楼1单元901，是临街住宅，图的是方便。2012年交楼后，他们租下18号楼一间临街商铺。店铺不大，不到20平方米，一个月租金3000元。他们做了中国移动的代理商。

那天看完热闹，回到自家店里，熊莉想，小区楼上掉东西不是一两回。有次她把被子晒在外面，晚上回家发现破了碗口大的洞，看起来是被烧的。她猜测，这是楼上有人扔烟头。但她也知道，吃了哑巴亏，不会有人管的。她又想起店面门口，曾经有个啤酒瓶掉下来，砸得粉碎。有人报警，警察挨家挨户去敲门。但无人承认，这事不了了之。

住得越久，熊莉越发现，小区的生活质量与它的外在美观极不相称。最早那家物业公司，疏于管理，路上停满车，甚至绿化带都是车，行人无法走路。2015年，业主忍无可忍，上街维权，又成立业主委员会，换了一家新物业。

新物业刚来，着手整治停车和绿化。熊莉看得满意，补交了拖欠许久的物业费。但一年后她再次停缴。原因是家里卫生间渗水，她让物业来看。催了几次，除了没完没了的登记，没有回音。

如果有钱，熊莉早就另买别处，但是她日子紧巴巴的。同质化店面太多，导致收入大减。移动公司要她贴活动海报，她先问，要不要交钱，要交钱就不贴了。现在有人被砖头砸死，熊莉暗想，物业这下逃不了干系。

因为经常不在家，熊莉和丈夫都没被警方询问过。

四

120 急救车赶到现场，诊断卜英贵已经死亡。

几天后的尸检报告确认，死者顶枕部可见头皮挫裂创，全颅崩裂，左颞顶骨广泛性粉碎性骨折，等等。一切都说明卜英贵符合重度颅脑损伤死亡，这意味着，卜英贵的死亡确由高空坠物所致。

民警到了现场后，首先要求物业对 28 号楼 1 单元进行封闭。不久，增援赶到。民警们分成两组，从顶楼至一楼，以及从一楼至顶楼，逐层勘查这个单元。

经过现场勘查，警方在 1 单元一共确认类似红砖六处。除正在装修的 3001 户外，其余的都在公共空间，分别是 29 层公共阳台、27 层楼梯门后、2602 户门口、10 层公共阳台，以及 5 层公共阳台。

其中，在 29 层公共阳台，靠南墙有两块水泥砖头，东侧地面平放一块水泥砖。并且，阳台东北角地面有一处灰尘印。而阳台北侧栏杆表面，则发现一处可疑斑迹。警方得知，29 层的红砖正是从 2902 户移出。傍晚时，2902 户一家人来到派出所做笔录。

最先接受询问的是 8 岁的谢欣。根据事后警方的调查情况，谢欣是此次重点询问对象。因为是未成年人，询问时她的妈妈在一旁。

谢欣说，她上午在家里睡觉，妈妈回家后叫醒了她，也不知道是几点，起床后跑到走廊透了一下气，随后就被妈妈拉回家了，写作业。然后小区的物业就到她家了。

　　　　　　　　　　　　　　　［特写］

"在走廊那里有几块砖头，你看见了没有？"警察问。

"我看见了，"她说，"这些砖头一直在走廊那里。"

"你在走廊透气的时候有没有拿这些砖头？"警察问。

"没有，我没有拿砖头。"

"你有无往楼下扔物品？"

"没有，我什么都没有往楼下扔，"谢欣说，"我知道往楼下扔东西是不对的。"

在随后的笔录中，谢欣的妈妈声称她上午买菜回家是10点1刻。洗完脚，开始烧饭。11点40分左右，崔水保来到家中。警察问她："2902室外面走廊地上的红砖你可知道是怎么回事？"

"这个红砖是很大一整块，是好几块红砖用水泥拼接在一起的，长方形，是我之前的2902室的租户放在走廊阳台那里的，具体是哪里的砖头我也不清楚，"她说，"我是听房东讲的。"

谢欣的爸爸是最后被询问的。他说房子是向工友的姐姐租的，9月底刚搬来。对于今天上午的经历，他所言与妻子基本一致。对于门口的那一堆红砖，他说"是简易装修的房间做灶台用的，具体是什么时候放在那里我也不清楚，反正我们住之前已经在那"。

警察问："案发后，你从楼梯口往下看现场时，看到位于楼梯口的那些红色砖头跟你之前看到的是否发生变化？"

"这个我真没有注意，应该没有什么变化。"他说。

问询之后，三人均未发现可疑。警方得出结论，2902户"未见异常"。

与此同时，警方调取了28号楼1单元的监控录像。1单元共有三处摄像头，分别在一层大厅与两部电梯中。在查看了10点至11点的监控后，警方注意到，602户的叶子巍较为可疑。

叶子巍只有9岁，他从家里被警察带走，并在当天傍晚接受了询问，父亲陪在一旁。

按叶子巍的说法，他早上8点多起床后，家中只有他一个人。9点半左右，奶奶买菜回来。10点半，他出门找同学玩，去了同一单元的2502户，但同学不在家。他坐电梯到了1层，想出门玩一会儿。他过了马路，在小卖部附近碰到了两个同学，在喷水池附近聊天，聊了飞机什么的。大约11点半，他准备回家吃饭，路过大门，看见围着很多人，没敢多看。后来是到了1单元一楼，透过玻璃往外看，刚好看见一个人躺在地上，好多血。

他接着说："到了下午，警察来我家，把我和奶奶带到派出所。警车到派出所的时候，我奶奶和我说，让我讲谎话，就说我在家看了一上午动画片，还说楼下死人这个消息是我听大姑爷说的。但是我不想讲假话，我就没有按照奶奶的说法说。"

"你奶奶为什么让你对警察说谎？"警察问他。

"她想保护我。"叶子巍说。

警察提取了叶子巍的DNA血样，让他回家。后来，调取小区监控录像时，警方发现叶子巍在10点35分离开小区，直到事发仍未回来。警方最后认定，叶子巍"排除嫌疑"。

五

28号楼1单元902住着两个老人，女儿不住这里。老人叫林毅东，63岁，多年来习惯每天健身，胳膊粗壮，老伴儿有时会陪他去健身，有时在家带外孙。

搬来伊顿公馆之前，林毅东住在老旧的社区。一共三楼，他住一楼，憋屈了很多年。由于建筑密度大，一楼日照短，只有正午才有阳光。每年梅雨季节，屋里返潮，一地是水。老天爷不照顾一楼，楼上的人也欺负他们。垃圾随手扔下，稀饭吃不完直接倒下，招揽成群蚊蝇。林毅东有时看到，抬头呵斥。对方只是赔笑，行为却不变。他知道，楼上不是存心耍坏，就是图方便。可这更糟糕，更改不掉。现在，那个老旧社区就快拆了。

买房时，林毅东看中了这里的物业。2010年，伊顿公馆二期还在建，但物业管理严格，进出都要登记。小区绿化也好，有花有草，还有喷水池，像个公园。开盘价4500元，林毅东买时，涨了1000。两个月后，突破6000。这个涨幅在安徽一个地级市的郊区，算是很大了。购房者被激怒，砸了售楼部。

2012年，林毅东拿到钥匙，小区还在扩增。物业果然没令他失望，事事过问，即便装修也规定只能在白天8点到17点。四周工地嘈杂，老两口却觉得欣慰，从此能住在有素质的地方。老伴儿的姐姐后来也在这里买了房。

问题是在真正入住后发现的。一楼几家饭馆，鼓风机日夜不停，顺着厨房外的细长天井，油烟向天上冲。老伴儿说，扔片蒜皮都掉不下去，会往上飞。他们找物业反映，毫无效果。

物业日益松懈，陌生人径直闯入，干扰生活，又不见身影。门外的垃圾、纸盒、水瓶拿走后，其余的被随意丢弃。有时菜放在走廊，进屋转个身，菜不见了。小广告在门上贴满，被铲下，又被贴满。

单元楼也很复杂，很多业主不住，把房子租出去。二楼开设棋牌室，聚集的赌徒让老两口感到不安。按摩店就在903户，那个阜阳人让老两口来试试。他们瞄了眼，屋里全是床，狐疑地关上了门。

到后来，伊顿公馆被传销组织看中，到了难以收拾的程度。小区挂了很多鲜红的横幅，号召大家举报传销。28号楼内，就有几处传销宿舍。成群结队的人进楼，成群结队的人出去，说着晦涩的方言。一位父亲让儿子回家，劝不动，急得哭喊。警察也发公告，抓了一批又一批人。

出事后，警察常来小区。一周后，林毅东在家里做了笔录。他期待真相大白的一天。

六

警察对28号楼的询问，仍在继续。

这栋楼发现类似红砖的地方一共有六处。除了之前2902户，警方还询问了1002户母女，以及3001户的装修工人。

1002户的母亲说："昨天上午我10点30分才起床，起床后吃完早饭大概11点多，我就准备去带我家小狗洗澡。到楼下发现就不给出门了，我才晓得有人被砖头砸死了。昨天上午我丈夫一早就出去钓鱼了，到下午5点才回家。我女儿睡到11点多才起床。"

警察问："你家门口公共走道上的砖头花盆是怎么回事？"

"我不清楚。我2012年搬来的时候好像就有了，具体没在意过。"

"你有无往楼下扔东西？"

"没有。"

3001的装修工人，主要是做木工、吊顶工作，他姐姐也在那里打打下手。他说："我和姐姐是早上7点半到的，开始工作。到了11点多，物业保安来敲门，问我们是否从楼上往下扔东西了，还讲下面砸死了一个人。开始我们还不信，但是我们往下面一看，发现的确有人躺在楼下，才知道保安讲的是真的。到了下午2点多钟，我们才离开房间回家吃饭。"

警察问："房间有一些砖头，是怎么回事？"

"那些砖头是房东堆的，砌墙用的。我们是木工用不到，没有动过。"

事后统计，在28号楼1单元，警方共做了64份笔录。无笔录的，涉及空房及无人在家，警方均电话取得联系。

3301的住户是买的房子，平时一家三口，她说："我丈夫那天上午8点就离开家了，只有我和女儿在家。女儿10点30分才起床。她起床之后我就开始打扫卫生。大概11点多就有人敲门。我开门一看是对门3303的叔叔，告诉我讲楼下有人被砸死了。我当时不知道，就跟他一起去看了下才知道出事了。"

3303的住户是个66岁的老人，他在事发当晚对警察说："我和妻子、儿子住在这里。昨天我儿子去宣城看望我儿媳和孙子，今天17时许回到家。我老婆昨天下午回娘家，至今未回。今天早上，我一个人在家。早上7时许，去了趟菜市场，回来就没有出门，就自己在家看看手机打发时间。再烧了点饭菜中午自己吃。吃完以后，睡了一觉到13时许醒。我下楼去交话费，得知楼下有人死了。但是死的具体情况我不清楚，我没有问，但听人说好像是被砸死的，其他的我不清楚。"他也没看见任何人向楼下扔东西。

501户一共住了四个人，一对夫妇和儿女。警察问男主人，当天上午10点半到11点半左右家里是否有人，他说，除了儿子，其他人都在家。

"当时你们在做什么？"

"都在睡觉。"

2501户一家三口，在小区住了三年多。女主人说："我当时在家，在玩电脑。我大概是8点多起床的，我女儿9点多起床的，我丈夫7点多起床去买菜到9点多左右回家的。我们一家就一直在家看电视，玩玩电脑，没有出门。到了上午11点多，我女儿在QQ群上看见楼下有人被砖头砸死了，我才晓得出事了。"

"你们有无往楼下扔物品？"

"没有，我们一家人都没有扔物品。"

2301户住了三个年轻人，都是安徽工程大学的学生，租房是为了考研。其中一个22岁的男孩说："今天上午我一直在家睡觉，到12点多警察敲门，我才起来的。"另外两个人，一个也是上午在睡觉，另一个早7点就离开了，晚7点才回来。

2002户住了一位79岁的老人。他说："这套房子是我购买的，居住有三四年了，但是住得少。10月4日家中无人，我和妻子从2016年10月1日至10月5日一直在上海。"

"你还有什么要补充的吗？"

"没有。"

卜英贵被砸死后的第三天，在事发地周边，警方张贴悬赏通告，向群众募集相关线索："2016 年 10 月 4 日早上 11 时许，一名男子路过我辖区伊顿公馆 28 幢 1 单元门面房时被空着落下的砖头砸中头部，现特向广大群众募集相关线索，对能够提供线索的群众查证属实后给予现金奖励。"

其中一张通告上，有处错别字被涂，"空着落下"改为"空中落下"。

此外，考虑到商业街对面的伊顿公馆北区 11 号楼正对着 28 号楼，警方也走访了 11 号楼 3 个单元，与 192 户中的 69 户见面并询问，是否观察到案发时的情况。但所有人均称没有。

案情陷入了僵局，所有嫌疑都被一一排除，警方多次走访均无突破。

七

凌晨 1 点，老婆孩子熟睡时，章骥起了床。他已经习惯如此作息——9 点睡，1 点起，中午补回笼觉。简单洗漱后，他下了楼，保安已从楼下撤岗。前一天中午，回家吃饭时，保安把一层大门封住。他听说有人被砸死了。

28 号楼 1 单元 601 是章骥两年前买下的，花了大部分积蓄，又按揭三十年。那时，他们一家从东莞打工回来。准确说也不能叫回来，他是安徽人，但不是芜湖人，老家在阜阳。孩子就要上学，没有东莞户口，公立学校不接收。大哥在芜湖卖菜，他跟着大哥也来芜湖卖菜。

无论如何，他终究有了一套体面的房子。三十多层的大楼顶天立地，外立面有驼色方砖，远看像洒满夕阳余晖。

再往前十年，章骥来过这里，杂草疯长，农房破旧，马路烂得不成样子，简直是一片荒废。怎么起了高楼，自己又住进了高楼，这就算是城里人了？章骥不这么想。即便是城里人，他也把自己看作最底层，起早贪黑，辛苦卖菜。

章骥当初选择卖菜，是觉得不上班自由，时间能自己支配。真的做了，才发现错得离谱。菜没法当天卖完，剩的往后摆，上压下等，第二天不卖就浪费了。他不舍得，因此除了过年那几天，他几乎不休息，生病也要扛着。

菜场离伊顿公馆一公里，再远一点是批发市场。都不是本地菜，从甘肃的蔬菜基地来，货车要开一天半。章骥也不喜欢本地菜，理由是长得丑。顾客买菜都是看面相，又直又翠的黄瓜，像玉雕一样，一下就能出手。歪歪扭扭的本地黄瓜，放烂了也无人问津。从批发市场拿菜，再回菜场摆菜，是早上4点。老婆起床，来菜场帮忙。过不了多久，第一批顾客就会出现。

楼下有人被砖头砸死的事，章骥没放在心上。反正不是自己干的，他想，而且有的是证人。像很多人一样，他觉得自己只是看客。

八

国庆之后，芜湖秋意渐浓。秋天之后是冬天，再之后是新的一年。28号楼1单元的日子回到以前的样子。有的租客搬走了，有的业主卖了房子。砸死人的事，若有若无间已渐渐淡去。

熊莉早上8点上班，晚上9点回家。她还想停缴店铺的物业费，原因是卫生间倒灌粪水，物业仍然不管。拿钱不办事，

〔特写〕

这是她对两任物业的共同看法。

林毅东依旧健身，健身房的人不时问起，案子破了吗？他只能摇头。老伴儿每天在家，守着固定几个电视台。芜湖台是身边事的投诉，安徽台是省内新闻，江西台有档"金牌调解"，专门解决家庭纠纷。"金牌调解"是晚上10点后的节目，通常她8点多睡觉，第二天看重播。

章骥卖菜两年，认识了很多人。一个经常来买菜的妇女说，自己是死者的妹妹。从她那里，章骥偶尔会打听些情况，但对方又说不出来。后来他听说，警察逮住了某个人。和所有道听途说一样，这无法被证实。

他们都没料到，2017年3月，天刚刚开始暖和，事情出现了巨大转折。28号楼1单元被贴上法院告示，除了一层商户，整栋楼都成了被告。死者家属要求民事赔偿，各项损失共计526 671元。不久，法院的传票送到了各家。

原告的法理依据是《侵权责任法》第八十七条："从建筑物中抛掷物品或者从建筑物上坠落的物品造成他人损害，难以确定具体侵权人的，除能够证明自己不是侵权人的外，由可能加害的建筑物使用人给予补偿。"

原告代理律师李长志认为，在警方没有破案的情况下，"可能加害"这四个字，决定了被告的范围。于是，28号楼1单元的业主、租户、置业公司、物业公司，一共176位，都是被告。

看到告示的第一时间，被告中很多人不服气。他们认为，即便有法可依，但被告范围也应该扩大。住户们称，现场排查时，无论是保安还是警察，都在关键处有遗漏。

比如，33层往上是天台，经常有人晒衣物。从那里，28

号楼两个单元可以互通。此外，通过电梯和楼梯，可从 28 号楼到地下车库，整个小区在地下是互通的。如果真的存在抛砖者，他完全可以从这两处离开 1 单元。如果不存在抛砖者，那死者死在了 03 户的正下方，几乎是两个单元交界处，2 单元住户也不应该被排除在被告名单外。

短暂的惊愕之后，1 单元住户中有人牵头，试着把大家组织起来。先是组建 QQ 和微信维权群，然后几位热心的住户开始扫楼，挨家挨户敲门，告知开会讨论相关事宜。

林毅东爽快答应。对于成为被告，他愤愤不平。在他观念中，被告要被写入档案，影响提干入党，业主是他女儿，声誉会受极大损失。

熊莉猜测，砖头只能是装修户才有。她丈夫说，警察既然知道谁在装修，为什么不抓起来审，不信审不出来，"就像猫吃了东西，会发虚的"。

章骥觉得冤枉。他不懂，自己天天卖菜，怎么就成了被告，还要赔钱？

会议是在业主委员会办公室开的。住户们气愤归气愤，但真正参会的，并没有多少人。平时相识甚少，这次为召集住户，组织者受了不少白眼。

应对官司需要找律师，组织者最初估计，每户大约平摊 100 元费用。虽然钱不多，但交钱的户数不足一半。后来律师实地了解，认为辩护难度大，提高了费用，就更是应者寥寥。一些业主不住楼内，一些人觉得与己无关，还有人说，赢了跟着沾光，输了一起交钱，总之不多掏一分钱。

九

镜湖区法院的一审开庭时间，是 2017 年 7 月 25 日。被告太多，旁听席也成了被告席，座椅后贴有名字。但开庭时，稀稀拉拉的，没坐满。法院原计划要开四天，最后两天就结束了。

很多人提交了不在场证据。

403 户提供了考勤表和单位证明，"上班时间为 8：00，中午在食堂就餐，未离开工厂"。

1103 户递交一份证人证言，说一家四口"在 10 月 3 日凌晨 6 点由伊顿公馆家中驾驶车外出。沿吴宁长深高速于 11 点 30 分至江苏省灌南县惠庄小区参加乔迁喜宴，晚宿留其家中。次日受邀，10 点 30 分到达其家中并吃饭，下午 2 点后离开返家"。

他们同时递交两份 10 月 3 日的交警罚单做物证。一份是超速，罚 50 元记 3 分。一份是违反禁止标线指示，罚 200 元记 3 分。

2802 户夫妇说他们自 2014 年开始在杭州工作。他们证据事无巨细，法院打印出来共有 38 页。有宿舍同事与保安做人证，也有事发当天在外游玩的照片做物证。照片中是背影的，又单独拍下背影的背包，注明"下图中背的就是此包"。照片中只有下半身的，又单独拍下衣物，注明"衣服鞋子就是下图中的"。

物业公司为了证明"管理一直尽职尽责，受到广大小区业主的好评"，证据中包括多面锦旗照片，其中一面写着："为业主不惧艰险 扑烈火奋勇争先"。

熊莉本可提交店内监控作证，但监控保留期限是一周，在法院需要时，早就没了。林毅东一家没有提交任何材料。他们觉得，提交证据本身就不公平，同住一栋楼，都没有扔砖头，不能因为不在场，就不摊钱。章骥找两位人证写了证明，章骥夫妇"在2016年10月4日上午6点至11点30分这一时间段内，二人一直在菜场内卖菜"。

所有证据都被原告代理律师李长志一一驳回。"即便不在家，也不代表高空坠物的隐患与你无关，"这是他的辩护意见，"除了高空抛掷的物品，还有可能是从建筑物上坠落的物品。"

案件没有当庭宣判，庭审第二天下午，法院宣布休庭。庭外有记者采访，能言的住户做代表，讲了两句。

章骥从法院回来，他告诉老婆，暂时没结果。老婆说，她在菜场碰到一个邻居，邻居说，去不去法院无所谓，判得不好就上诉，反正不能给钱。被这么一说，两人觉得，好像也可以。

等待复庭的日子里，28号楼1单元的住户意兴阑珊，不再议论对策。几天后，维权微信群里，有人发了一张图，是阳台上的一截烟头。他怒斥是谁干的，还往下扔东西，就不怕着火。回应者寥寥。又过了几日，再没人发言。现在，群里的新消息，多是小道新闻、搞笑视频，以及心灵鸡汤。

文中部分资料来自警方的询问笔录。

傻妹

文 _ 罗洁琪

一

　　我第一次见到傻妹时，她独自坐在超市门口的水泥阶梯上，把头埋在膝盖里，用手指逐个抠着脚趾缝，搓着脚皮。那是 5 月 25 日下午 3 点多，太阳热辣辣地烤着广州市番禺区大石街道的城中村，让人总想躲在某个阴影下面，又要提防脚下的垃圾和头顶上乱七八糟的电线。路上行人不多，看商铺的和开摩的的人漠然张望，大马路上的汽车川流不息。

　　当我和她的奶奶走近时，她刚好抬头，眯着眼睛，看了过来。本来几乎静止的身影，突然活动起来，举起塑料拖鞋，在地上用力地拍了几下鞋底，再把光脚塞进去。她抬头看了一下我，指着旁边快餐店的广告牌，用粤语说："我要吃那个，我要吃那个。"我顺着她的手看过去，是台湾卤肉饭的图片，一盘鲜红的肥猪肉和白花花的米饭。

　　去餐厅的路上，我悄悄地打量着她，仿佛在寻找一个谜底。

与其说她是个少女，不如说是少年。她和其他 17 岁孩子一样，手里随时握着手机，还有一个新的充电宝。1 米 5 左右的个子，穿着蓝黑相间的迷彩服和绿色的校服裤。圆圆的脸蛋，又长又浓的眉毛，短发很厚，没有层次，是随便剪出来的轮廓。皮肤晒得黝黑，身躯结实有肉，嘴唇薄，嘴角微微翘起。看上去只是个孩子。说话的时候，露出两个黄褐色的牙根，是门牙断了一半的残骸。

快餐厅是明快的黄色调，座上没有顾客。一个大嘴巴的女服务员站在点餐台后面，迎面而笑。我问："你认识她？"

她侧眼看了一下傻妹，笑着用手比划："她还是这么小的时候，我就认识她了。那时候，我在阳光商城上班。她跟奶奶在路上捡垃圾。"

傻妹拿着菜单点餐，用手指戳着不同的图案，换来换去。她奶奶有点尴尬，大声吆喝："就要那个，不要换了。"奶奶说，傻妹以前不能进这个快餐厅的。有个经理禁止她进来，曾打过她，还报警要拉她走。奶奶对那个经理说："如果你要打她，有本事就干脆打死她。"

等饭菜的时候，傻妹把餐桌上的座位牌放倒又扶起，放倒又扶起，又在桌上敲打，最后揣在怀里说："我要把它拿走。"过了一会儿，她拿起手机自拍，对着奶奶拍，对着我拍，然后让我们看她手机里的照片，是各种歪歪斜斜的镜头，是路边的各种人。奶奶 60 多岁，脸上满是一道道的皱纹，木然对着镜头，没有笑过一次，重复说着"拍什么拍，费电的，还要找地方充电"。手机是她第二个孙女用过的，充电宝是辉哥给傻妹 50 元买的。辉哥是番禺本地人，一个有钱的老板，以前经常在奶奶干活的

　　　　　　　　　　　　[特写]

大排档吃夜宵。他认得傻妹，常常给钱，出手阔绰。

傻妹用勺子大口大口地吃卤肉饭，喝可乐。奶奶喝套餐里的乌鸡汤，用纸巾擦了嘴巴，递了一张新的纸巾给傻妹。傻妹没用，塞回去，拿奶奶面前用过的纸巾擦了脸上的油，然后把碗一推："饱了，不吃了。"奶奶说："别浪费了，还有那么多。"傻妹没吭声，把白灼生菜盘子里的酱油倒进饭里，用勺子使劲翻了几下，重新吃起来。吃完了，奶奶又塞一张纸巾给她。傻妹又塞回去，伸手拿奶奶用过的纸巾胡乱地在嘴上和脸上擦了油。

我对奶奶说："傻妹很听话啊。"

"如果她不听话，我就说我不管她了，我去死了，她就害怕了。"

为了向我证实，她对傻妹说："奶奶去死了，好不好？"

"不好。"

二

去年 9 月 18 日的夜里 11 点多，傻妹被人强奸的时候，奶奶还在回家的路上。

过去的二十多年，奶奶一直在大石街道附近的大排档洗碗。傻妹十几岁时，曾跟着奶奶干活，用水洗刷碗碟上的残羹和油腻，奶奶再洗第二轮。洗了两个月，老板一分钱都没给，她再也不愿意去了。今年，奶奶 62 岁，已是老人，很多大排档不要她了，更加不欢迎傻妹跟着来。

后来，她在 4 公里之外找到一家汕头牛肉火锅店，远一点，傻妹找不到她，工资是 2000 多元。每天早上 7 点多，她走路去上班，家里留一锅白粥给傻妹。她还有两个孙女，是死了的小儿子留下的，一个约 15 岁，在上学，另一个约 9 岁，寄养在广西的工友家里，这两年因不够钱寄过去，暂时辍学。下午，有两个小时的休息时间，可是，她不想来回走路，也舍不得坐摩托车，就等到夜里 9 点多下班，才一边捡垃圾一边回家。12 点左右，她洗完澡，再去超市门口的夜市找傻妹。

那天下班后，她没去捡垃圾，去了一个私人诊所看病。输液完，已是深夜 11 点多。从外面的马路拐进来就是狭窄的巷子，有昏暗的路灯，小制衣作坊、台球室和冰饮小店。再拐过一个垃圾堆，就是她租的小平房。红砖垒砌的墙，一张铁皮门，整片的水泥瓦，能防风，但是不能挡大雨。经过台球室时，一个邻居对她说："傻妹被一个男的拉走奸了。就在市场尾那里。"她说，当时懵了，哭都哭不出来，就是流着眼泪说："咁阴功（缺德），傻妹还是细佬仔（孩子），连傻妹都搞。"她慌慌忙忙想跑步过去，可是一个趔趄，差点扑倒在地上。台球店的老板开动了摩托车，让她赶紧上来。

傻妹坐在一个牛杂店里面的床边，上身裸露，只穿了裤子，是治安员来到之后帮她穿的。奶奶见状，就着急地想找衣服给她穿，在凳子下面找到，全湿透了。她说，可能是那个男人对傻妹泼水了。

事后，傻妹也说不清楚细节，详细复述超出了她的智力。当奶奶问的时候，她指着那个 50 多岁的东北男人杨玉才回答，他给她喝酒，将她衣服脱光，让她用口含他的"鸡鸡"，还用"鸡鸡"插入她的小便处。奶奶发现她的脖子被抓伤，有淤血，下身有血迹，浑身都是酒味。她愤怒地冲过去，操起拖鞋底就想掌那个人的脸。旁边的警察拦住了她，她只能用脚狠狠地踹了一下。警察说："我们都认识傻妹的。这个人渣，留给我们处理吧。"

城中村的治安员和警察都认识傻妹，她在那里出生，在街头巷尾里游荡，问陌生人讨食长大。出生后不久，她爸爸就病死了，妈妈"跑了"。直到5岁她都不会说话，走路也走不好。奶奶每天骑着三轮车去大排档，让她躺在里面。她说，傻妹很听话的，除了饿了、拉了，或者被别人打得很疼，才会哭。也有邻居提醒她，不会哭的孩子可能是"脑子不够数"，可是她也没有钱带她去治疗。

慢慢地，在她出租屋附近的一些人都习惯了喊她"傻妹"。曾有很多人劝奶奶把傻妹扔到广州的马路边算了，养大也没什么用。奶奶说，毕竟是亲生的，舍不得。很多年以后，傻妹学会了走路和简单的表达，她就不再跟着奶奶去干活，而是在城中村到处走，见到陌生人就说，"姐姐，给我一块钱"，"我饿了"，"给我买肠粉"，或者"哥哥，你好靓仔"。这是她很重要的求生本领，有时候，也让她陷入不可预测的陌生人险境。

三

出事那天，城中村的某个族系的祠堂外面有人在跳广场舞。那个祠堂有青砖灰瓦，古色古香的木门，青石阶梯。阶梯外面是一个宽敞的广场，有一些社区的健身器材。晚上，傻妹跻身于人群中，来自黑龙江杜尔伯特蒙古族自治县的罪犯杨玉才在旁边喝酒。后来，他交代说，他在一个小便利店买了一瓶白酒和一瓶饮料，一个女孩子过来讨饮料喝。那个人就是傻妹，他们此前并不认识。傻妹对她奶奶说，当时那个男人给了她三元钱，让她跟他回去出租屋。她就去了。

那个出租屋是一个还没开业的东北饺子店。谁也不知道杨玉才曾经是干什么的，为什么来到这个城中村。5月26日夜里，我找到了饺子店的房东陈小姐，一个已经做母亲的年轻女人，平常做桶装水生意。她自建的楼房，她住楼上，楼下铺位出租。店铺唯一的门口就是一个铁闸门，朝着马路，杨在里面铺床睡觉，在外面放了冰柜、餐椅，打算做生意。租户和房东是隔绝的，房东从巷子里的侧门上楼梯。那天晚上，她在楼上闻到很浓的酒味。但是，她没下楼看，她知道这个新来的租户很爱喝酒。

2016年9月1日，一个倒闭的牛杂店老板把这个地方转租给他。按照当地行情，"押二付一"。他付了3600元左右的租金，陆续买了很多旧的厨具和桌椅回来，乱七八糟地堆在店里，半个月还没开业，只是常常喝酒。马路对面的便利店老板娘说，那个人经常只穿着一条内裤，坐在门口阶梯喝酒，然后在别人的店铺门口找人说话。别人不想应付他，他就骂，一骂就是半个小时。他常常去她那里买珠江啤酒。城中村的超市一般开到凌晨3点。那个人搬来之后，如果老公不在，她就会害怕。对此，房东陈小姐也有点知情。她说，还来不及提出解除租约，强奸案就发生了。

那个爱喝酒的男人没敢对周围的女人下手。他把傻妹带到了那个肮脏混乱的出租屋里，强迫她喝了白酒、半瓶桂花酒，自己也喝了白酒、桂花酒和珠江啤酒。他一边喝酒，一边用

DVD 机播放着黄色影碟《金瓶梅》，让傻妹一起看。

夜里 11 点多，有男群众去村里的治安队报警，说饺子店的男人拉一个智障女孩回到出租屋，两个都没穿衣服。治安队的人马上过去，房间亮着灯，敲门没人应。窗户里面拉了窗帘。从窗帘和墙壁的缝隙，看到床上有两个人头在动。叫房东下来开门后，他们看到那个男人上下身都穿着衣服，但是比较凌乱，看上去是刚穿上的，裤子的拉链还是敞开的。傻妹在床上朝内侧躺着，上身赤裸，下身用一张被子盖着。

几个月之后，房东请了一个建筑工人处理了杨玉才留在店铺里的物品，发现冰柜里的东西全长了蛆，行李箱里是凌乱的衣服，里面裹着一瓶敌敌畏。那个长得非常健硕的工人给我看了当时拍的照片，他至今存在手机里。

"他留着敌敌畏干什么呀？"

"不知道，这里没有人认识他。"

四

从广州 3 号线地铁的大石站出来，走过几百米绿树掩映的公路，就到了傻妹所在城中村。沿路有一长排的黄色共享单车和带着帐篷的摩的，这是最潮流和最传统的广州城市标志。经过两排热闹明亮的商铺，再走进去，就是昏暗狭窄的巷子。巷子里，再有小巷子左右延伸，像个错综复杂的网络。从下午 6 点多开始，大石地铁站就开始有密集的人流涌出来。一张张年轻的面孔从城市的各个方向汇集，戴着耳机，背着电脑包，有情侣，有孕妇，还有穿着高跟鞋的年轻女子。

3 号线是广州地铁的重要干线，连接最繁华的商圈之一天河城。从天河城到大石才七站地铁，可是 20 分钟路程的两端是相差悬殊的房价。番禺县被划为广州的辖区后，大石镇就变为番禺区的大石街道。大石街道的中心区域有连锁百货，大型超市，建材批发市场。公路的两侧是修剪整齐的绿植，整齐划一的城市景象。在绿植的背后，向内延伸十几米，就是城中村。

傻妹所在城中村，以前是大石镇的一个村。那里曾是稻田成片，池塘边栽着香蕉树。约十年前，3 号线地铁通到这里，之后田地和池塘都被填成宅基地，见缝插针地建起了密密麻麻的自建楼房。在楼下的路边，横着竖着各种牌子，用大字写着"出租公寓"，夹杂其中的，是各种便宜的木桶饭、川菜馆、肠粉店和各种炒菜的大排档。每个月花 500 元左右，就能住进配备齐全的一居室。很多年轻的白领选择坐地铁回来这里睡觉，就像倦鸟归巢，只是过夜而已。有个村代表说，现在，有三万多个外地人，只有三千个左右的本地人。

下班回来后，他们会去大排档吃饭，或者去马路对面的夜市逛逛，那里有十元一双的丝袜、潮流的手机贴膜、可水洗的文身贴、便宜的 T 恤、银饰耳环、水果摊和热气腾腾的肠粉大排档。

请傻妹吃完台湾卤肉饭的第二天，我站在一个卖内衣的店铺门口，远远地看着傻妹在夜市里晃荡。5 月的夏夜，暮色刚起，华灯初上，她在一个三轮车水果摊旁边，不停地翻弄人家的水果，偶尔被卖果人劝住。她一直在那里磨蹭，后来得到一根长竹签串着的水果吃。随后，她又站在一个卖银饰和水洗文身贴的地摊前面，随意地拿起东西，放在手里看。卖货人是两

[特写]

个年轻女子,她们厌恶地赶傻妹走。傻妹不加理会,顽固地乱动。那两个女子瞪圆眼睛,怒视着她,威胁她。傻妹悻悻地走开。

然后,傻妹到了一个卖袜子的中年妇女那里。她姓张,来自湖北,她的出租屋就在傻妹家附近,彼此隔一个转角。她在夜市摆地摊已经有十七年了。她说,周围的人都笑话她说,她是傻妹的亲妈,因为傻妹喜欢来找她,讨到好吃的,也会分给她吃。深夜,奶奶找傻妹的时候,第一个就是来问她。有时候,是她们夫妇俩把傻妹送回家。她说,傻妹其实不傻,见到有城管来没收地摊,也会跑着来通风报信。

我搬了张圆凳子坐在张阿姨身边,和她聊天,看她卖袜子。天色越来越黑,她吩咐傻妹"点灯"。傻妹就熟练地接了电源,按了开关,灯泡立刻照亮了摊子上的各类袜子和内裤。

我问她:"傻妹怎么会做这样的事情?"

"我教她的。"

她问:"傻妹,你中不中意阿姨?"

"中意。"

"阿姨累了,帮我捏脖子。"

傻妹在她肩上胡乱使劲地敲打。

她说,疼了,疼了,再不听话,阿姨就回去了。

傻妹就面无表情,习惯性地说:"不要。"

她说,傻妹奶奶人好,春节从老家回来,有什么好吃的,就会让傻妹送过来。她丈夫站在地摊旁边,抽着烟,乐呵呵地说:"傻妹现在能养活自己了,起码不会挨饿了。陌生人一般都情愿给她一块钱,不愿意被她烦。我工厂里的一个女的,女儿是脑瘫的,十几年了,都是被锁在屋里的。"

在夜市摆地摊的人，在傻妹小时候跟着奶奶捡垃圾时，就见过她。她们都是外来人，都在城中村租房，已经习惯了傻妹的烦扰，也习惯了分她一口吃的。

傻妹出事的9月，张阿姨有事回湖北老家了，没在夜市。事后，傻妹让夜市的其他人给她拨了微信视频。她记得傻妹对手机屏幕喊："阿姨，有坏人，我好疼啊。你快点回来。"

五

出事的晚上，傻妹就见了法医，鉴定结果是处女膜新鲜破裂，无性自我防卫能力，中度精神发育迟缓。天快亮时，才回到家。

第二天，傻妹没去超市那边玩，在家整整睡了一天，也许是难过，也许是疲惫。接下来的几天，她有点反常地哭泣，问奶奶："那个坏人抓到没？"除此之外，没有更加激烈的行为。

谁也不知道那件事对傻妹的心理有什么影响。她和奶奶的日子在表面上很快就恢复如常。她也毫无芥蒂地把这件事告诉了很多她认识的人，卖袜子的张阿姨，卖香烟的姐姐等。在采访的时候，我很想知道傻妹的心理变化，可是又不敢直接问。

我问她："你觉得坏人多，还是好人多？"

"好人多。"

"那你觉得好人多，还是坏人多？"

"坏人多。"

曾经有社工介入了这件事情。在广州，每个街道都有社工。大石的妇联帮助傻妹奶奶对接上社工。她们属于番禺区一个非营利性公益组织，政府购买了她们的服务。20 个左右社工，服务大石街道 30 万个常住人口，力所能及地做一对一的服务，有时候组织社群活动。

社工的办公室在江边，有石阶围栏。年逾四十的韩社工穿着水粉色连衣裙，在大厅的木桌旁，接受了我的采访。她曾在外企工作，因为曾在人生低谷的时候受到别人的帮助，她放弃高收入的工作，转做社工回馈社会。韩社工和另一个同事负责傻妹的个案，为此写了很多文书，走访了多个职能部门。她很关心傻妹以后怎么能避免二次伤害，最希望政府能把她安置进工疗站，那是官方专门为精神残障人员设立的机构。可是，傻妹是外地人，不是广州户籍，不符合安置条件。

韩社工觉得律师和检察院提供了很多帮助。她联系了番禺区法律援助处，为傻妹找到了陈仲英律师，免费代理刑事附带民事的起诉，向法院请求精神损失费 20000 元和医疗费、监护人误工费等，共计 22000 多元。开庭前，律师曾和被告进行调解，希望他看在傻妹受到伤害的份上，能尽量多赔点钱。可是，被告说："她惨吗？我比她更惨。"律师说，作为一个女儿的父亲，"特别想上去狠狠打他一顿"。

5 月 9 日下午，我去律师事务所采访陈仲英时，他刚好通知傻妹奶奶来签收一审判决书。她请亲戚开车过来的，穿着黑白红花的短袖衣服，光脚穿着拖鞋，因为腿疼，走路有点瘸。

陈仲英告诉奶奶，那个男人被判了五年半的刑期，法院没有支持精神损失赔偿，总共的医疗费和误工费等赔偿只有 1832 元，问她是否接受，要不要申请检察院再提起抗诉。她说不认识字，也不懂法律。律师说，他估计，杨玉才也不会有什么财产了。就算法院支持了几万元的赔偿，也是无法执行的。至于刑期，检察院建议法院判三年八个月到五年六个月，法院已经判最重的了。

在律所的会客室，我们围着会议桌而坐，奶奶在我的身边。在桌底下，两只光脚交叉重叠着，右手执笔，拿着律师给她的确认书看了很久。她并不认识字，只是很认真地端详着那几行白纸黑字。最后，她一笔一画地签名了，在写日期时，不会写"日"，就画了个圆圈。

临别，律师给了她约 3000 元的捐赠款，那是陈仲英在律所内部发动的捐赠。他说起傻妹第一次来律所时，见他的第一句话就是："哥哥，能不能给我一点钱。"他答应了。那次会面可以称"乱七八糟"，傻妹根本无法专注于谈话，在会客室翻动一切东西，嬉嬉闹闹的。尽管如此，他还是心生怜悯，而且想信守那句看似轻率的承诺。他说，这种心情，是家里有女儿的爸爸才能理解。

案件结束后，番禺区检察院特别从刑事案件受害人救助基金里拨了 3.5 万元给傻妹的奶奶。这是韩社工帮忙申请的。陈律师还帮忙联系了广州市天河区天祥关爱服务中心，一个专门帮助刑事案件的受害人、被告人及其家属的公益组织。傻妹得到了 3000 元，而且记得一个姐姐曾来看望过她。

前年春节，奶奶带傻妹回家，有人热心当媒人，找了一个50 多岁的相亲对象。那个男人认为，傻妹尽管智障，但是好歹能生育。可是傻妹不愿意，要跟着奶奶回广州。她说，奶奶不能死。

[特写]

六

农历五月初一，我到了傻妹遇见罪犯杨玉才的祠堂。那天恰逢当地赛龙舟，氏族的长者们在阶梯上的门口摆了个小桌子，在红纸上一笔笔地记着族人的捐款，从五十到几百元不等。几十个大圆木桌摆在广场上，每桌配着十张椅子。很多中年妇女在准备当晚的"龙舟饭"，把褐红色的桌布铺在水泥地上，中间是砧板，用菜刀麻利地剁着鸡和猪脚，肉碎和肥油飞溅，一派过节的喜庆景象。祠堂广场有铁网围成的外墙，墙外一直有十几个外地人在打牌，聊天，抽烟。

我在祠堂的门口坐下来，心里琢磨着怎么表明自己的身份，让当地人谈谈傻妹的事情。我问一个妇女，是否有外地人来参加氏族的"龙舟饭"。"外地人怎么会来呢？他们一般只是在外面看热闹。"

外地人只是他们的租客。后来，我遇到一个有干部身份的本地人。我问他，是否嫌弃有那么多外地人过来？他说："是这些外地人养活我们本地人。如果他们不来，我们建的房子就没人住了。"

我想请他在路边的小商店坐下来，好好说一下当地的情况。可是，每个店铺都狭小局促，不适合谈话。他邀请我去他出租的楼房，那里的三楼是闲置的，等着儿子结婚时用，其他的房间都租出去了。

我迟疑了一下，跟着他拐进了一条又一条的巷子，两边都是自建楼房，渐渐离开了商店密集的街道。当地的楼房普遍用电子锁，而且在家门口和楼房里都安装了监控摄像头。他一边走，一边捡起一些空的食品袋和牛奶盒，握在手里，再扔进某个垃圾聚集的地方。我不知道巷子的尽头在哪里，只是觉得越来越寂静，只有我们的脚步声。

走到某个楼房面前，他用电子钥匙感应了一下铁门上的电子锁，就开门进去了。一楼和二楼，分别有三套出租的公寓，两居室是 550 元，一居室 420 元。这是巷子深处的房子，比商铺附近的公寓便宜了 100 多元。

二楼的两居室门口摆满了孩子和大人的鞋子。那是一对外地夫妇，在马路对面卖手机配件，有两个孩子。其他两间一居室，好像各是一个建筑工人租下来的。有时候，他看到他们拿了工地的石灰桶回来。有时候，他们会半个月都不回来。在二楼和三楼之间，有个闸门隔开，上面是他留给儿子的婚房。

二十世纪九十年代，广东改革开放了十年之后，他们所在的村开始给每户分宅基地。后来，各自家庭的经济能力有了变化，宅基地在村集体内部流转，有前瞻眼光的人开始买地建房，成了那个地方首先富起来的人。

约十年前，从天河开过来的 3 号线地铁开通后，这个地方的外地人越来越多。村里人担心以后政策会有变化，在 2008 年集体决定，要保障本地人享受终身利益，杜绝外地人进来均沾利益。那一年，所有活着的、有本地户口的人都享有"终身股"，当时共有 2100 个。后来，无论生老病死，这个名额一直不变，去世的名额由其继承人继续享有，后来出生的，不能加入这个行列。2100 个名额一直享受着后来的拆迁补偿，村里有了房地产项目后，更享受着和开发商"三七分成"的利益。

这些利益，都和傻妹这些外地人无关。

　　　　　　　　　　　　　　　　　　[特写]

七

在一个木桶饭快餐店，我向一个年轻的男子打听傻妹的事情。他说："我们只是回来睡一觉，不关心这样的事情。"我坐在他对面，他吃着小炒肉饭，我点了凉瓜牛肉饭。他的眉毛很粗很长，轮廓清晰，20多岁的模样。

两年前，他从中山大学那边的康乐村搬过来。那里整治城中村，所以很多私人制衣坊迁移到番禺区的城中村，租一栋自建楼房的一楼，改造成一个小厂房。很多工人就随着搬过来，在这里重新租房子。

他说自己是用电脑设计服装的。那天是周五，他轮休，所以下来吃快餐，这是他常来的小店。他说，商店楼上的出租屋会安全一点，虽然房租贵一两百元。他有一个西安工程学院的同学今年毕业，过来广州找工作，也托他在这个城中村租房子。他说，他的同事都有八九千的工资，哪怕成家了，也不想在广州城区租房，孩子在老家，还要寄生活费，想省下钱，以后去中山或者佛山等二线城市买房。

下班后，他经常待在自己的出租屋里。虽然外面的环境不好，可是关起门，自己好歹有一个私人空间。第二天，他们通常打包一份早餐，就去上班了。

"在这里能认识一些新的朋友吗？"

"有些老乡会凑在附近住。"

"除了老乡之外，在这个城中村会认识新的朋友吗？"

"不会。"

他吃完先走了。后来我去结账，老板娘说，他已经帮我结了。

傻妹

"可是，我和他不认识的。"

"我看你们一起在聊天的，就收了两个人的钱，29元。"

"他知道吗？"

"知道。"

后来，老板娘怕他回来要多收的钱，让我一定要留下微信，说万一要还饭钱。我留了。一个月过去了，她没找我要钱。

吃完快餐，我再去看出事的牛杂店。我问了对面的大排档，那里的服务员说出事的晚上，她们没开业，不知道情况。"我见过很多次那个智障的女孩。可是这种事情，哪有人会讨论？"

和牛杂店相邻的超市、马路对面的烟酒店的老板，都说从来没听说那条街上发生过强奸案，也不认识智障女。城中村的商铺流动率很大，一两年就倒闭，转租。在那条街上，只有一个开业到凌晨3点的超市老板知道这个案子。案发那晚，警察和治安员过去的时候，有些人在围观。他在看店，就没有过去。他说，事情过去后，再也没有人谈起。

八

最后一次在城中村采访时，我想在离开大石之前，再去夜市看看傻妹。傻妹穿着一身绿色的校服，手里拿着一张十元钱。我问她，这是谁给的？

"辉哥。饮料钱。"

"你刚才见过辉哥吗？"

"是，"傻妹又说，"你帮我买衫。"

"你最喜欢什么衫？"

"校服。"

"你很想读书，是吗？"

"是。"

"你没去祠堂吃龙船饭吗？"

"没去。"

"为什么？不敢去，是吗？"

"是。"

我着急回家，就跟傻妹告别。她坚持要送我出去。她拉着我的肩膀。第一天见面时，她是有点小心地把手搭在我的肩膀上。她问我去哪里。我说，去地铁口。

她喊着不远处的一辆摩的："要坐车啊，这个女人。"

我说要走路去。她坚持送我过马路。过了马路，她突然对着一个派出所的牌子笑。第一次见她那天，奶奶就说了，傻妹每次走到这里，都会看着派出所的牌子笑很久。

我问她："警察是好人吗？"

"是。"

后来，她带我去了另一个我没去过的祠堂。那里也有一个小广场，摆满了酒席，龙舟饭已经到了尾声。在那里，我见到了穿玫红色 T 恤、带着金表的辉哥。在一个吃完饭的饭桌上，还有两瓶没喝完的大可乐，傻妹过去拿了，说要给阿姨喝。

走到外面的马路旁，她又要送我去地铁口。我说："如果你跟着来，下次姐姐就不和你玩了。"

她不再闹了。我不放心，要看着她过马路，让她先走。她站在斑马线上，跟着人流一起过去了，离我远了。在模糊的暮色里，我看着她的身影，绿色的校服，两只手提着沉甸甸的可乐。

一部国产电视剧的诞生

文 _ 谢丁

《潜伏》播出后，全国各地四处拿奖，孙红雷拿得最多。有次在山西太原，剧组全班人马去领华鼎奖。颁奖结束，回到酒店后，大家到孙红雷房间喝酒，都很高兴。按理说，《潜伏》拿奖早已不是意外，都有点疲了，但导演姜伟那天尤其高兴。他喝了很多酒，满脸笑意。他对姚晨说："今天最开心的，就是你拿了最佳女主角。我这个心，总算圆满了。"姚晨之前总是提名，却从未拿奖。此时离播出已一年多。后来大家都说，这是姜伟最开心的一天。

但拿了这么多奖，姜伟从没拿过最佳导演奖。拿得最多的，是最佳编剧。虽是编剧奖，但他每次上台致谢，第一句话，感谢的总是小说作者龙一先生。如果观众有心，会发现《潜伏》片头字幕首先出现的，也是巨大两个字"龙一"——这在电视圈也是少见的。

《潜伏》之前，除了圈里人，很少人知道姜伟。这个戏一出来，所有人都找上门来。姜伟却换了个手机号，躲起来了。

朋友都说，他不是低调，是根本不喜欢。

龙一说，由这几件事，可见姜伟是个君子，是有古人之风的。

《潜伏》里的余则成和翠平，人选问题上，姜伟最先考虑的是辛柏青和朱媛媛两口子，觉得辛有文人气。结果碰上他们生孩子。早期并没想到孙红雷——"说句不好听的话，没敢想！"姜伟担心太贵。后来孙红雷有了兴趣，但先要和姜伟单独谈谈。

姜伟喜欢吃海鲜，两人约了个海鲜馆。孙红雷一上来就说，他喜欢这个剧本。那时剧本还差两集没写完，姜伟说，这男主角带点文人气，还有点胆小，唯唯诺诺。孙红雷说："这个好办，我能演。"两人又要了瓶五粮液。那顿饭吃得特别长。出了门，姜伟在车上醒了半天酒，感觉这事就敲定了。

剧本构思时，姜伟就没想过余则成是个智勇双全的共产党人。他觉得他走入革命阵营就是个误会。在大纲阶段，姜伟就想把他写成胆小鬼。他对孙红雷说，为什么大牌演员不能演傻帽，都得演牛人？余则成就是个小人物。在站长面前，都是点头哈腰的。在剧本里，余则成在情报站里行动时，姜伟从没用过褒义词。有次他写："看着陆桥山远走的背影，余则成无耻地笑了。"他用了很多贬义词去提醒演员，这个人物不能跑到牛人那边去了。

开拍后，孙红雷很快找到了感觉。姜伟问他什么感觉？孙红雷说："我就看你，就照你那个样演。"这什么意思呢？姜伟后来剪片子时，发现有几个镜头，余则成和他真的很像，像得一塌糊涂。那时他还很瘦。

戏拍到一半时，有天晚上又去喝酒吃饭。孙红雷说，老姜，咱俩是一种人，特别像。姜伟说，你身上的流氓匪气我可没有。孙红雷说，不是那个不是那个。

"我也不知道他说的是哪个。"姜伟后来说。

姜伟以前写过诗。《潜伏》的台词都干净、简练，全无一句废话。孙红雷刚进组时，说一定要把姜伟的剧本改一次。"好啊，你改吧。"姜伟认真地说。孙红雷拿了剧本回酒店，研究了一晚上。第二天，问改得如何？"没劲，没成就感，"孙红雷说，"我就改了六个字。"从此再也不提改剧本。

姜伟最开始写剧本时，比如《让爱做主》，台词和现在还不一样。他说那是郎朗型的，舞台感有点重。但也有人偏好这种台词，比如当时的导演张建栋，他很多戏都让姜伟写。制片人也喜欢，还大段大段地在别人面前背诵过姜伟的台词。朋友们有时会说，姜伟的戏里，有很多莎士比亚的路数，话剧型的，好像并不是很生活。但你总能在他的剧本里，看到一些警句——这在电视圈也是很难得的。

写得越多，姜伟就越朴实。"多写无益，少写，写精一些，"他说，"如果是没有意义的台词，就争取有点趣味，如果没有趣味，那就争取有点意义。"

姜伟在电影学院讲剧作课，有个特别清晰的概念：台词不等于说话。台词得有道理。他说，现在很多年轻编剧把台词理解为说不完的话。

搞文学的人，那身功夫转到编剧上，台词是可以看出来的。对文字表达的逐字逐句推敲，是老派文学传统的基本功。一个优秀的编剧，在关键的地方，台词拿捏得很准。谢晋拍

《芙蓉镇》，男女主角分手时，姜文说，要像狗一样的活下去。"只有那些有思想深度、有人生阅历的人，才会在这个关口，放上去这么一句有分量的话。"姜伟说。

当年在电影学院读书时，姜伟也算是个老大哥。1993 年考进导演系念研究生，他已 31 岁，比周围同学都大，老成持重。用林黎胜的话来说，他们都不是这个圈子的世家子弟，所以很珍惜机会，做什么选择，都比较务实。林黎胜和姜伟同一届，是理论研究室的，也是后来《借枪》的编剧。

姜伟考大学，考了三次，才去了曲阜师范学院读历史。毕业后又想着留在家乡济南，因此选了个不喜欢的工作，在山东师范大学图书馆，一待就是七年，无聊死了。他想着要么考托福，要么考研。有次一个同学说要考电影学院，觉得他也适合，自此这念头就扎根在他心里。但姜伟是比较谨慎的，怕这是一时头脑发热，于是自己给自己降温，少想这事。过了一段时间，他发现那愿望反倒变强了。

考研也是有准备，一步一步来的。第一年，他参加考试，没抱希望。因为电影学院考题从不外漏，之前他无从下手看书。他进了考场，第一件事就是把专业试题抄下来。带回去复习。第二年就考上了。

在学校里，姜伟就是个万事通。什么都知道。林黎胜说，姜伟完全能参加电影百科知识竞赛，记忆力特好。"八十年代以前的所有中国电影他都了如指掌。哪个人演的，台词是什么，他全通。"他对苏联电影也很熟悉，尤其是那些精彩的瞬间。后来写《潜伏》，他从记忆里调出了两部戏。一是《春天的十七个瞬间》，一是朝鲜的《无名英雄》。这两部戏都有大量的旁白。《潜伏》也用了旁白。

姜伟毕业后留校。留在教务处，发电影票。每个月500元。"能屈，才能伸。"林黎胜说。但行政工作也有个好处，能摸透体制内的人是怎么玩味说话的。《潜伏》里充满了这样的台词，话中有话，一语双关意味深长，一副老机关单位的派头。

演站长的演员冯恩鹤，生活中是个性情中人，但他在部队待过，还当过领导。"你让他演一个官僚，他其实太清楚了。简直小菜一碟。"姜伟说。

学校也是机关。有些东西不必亲自经历，你也能联想、推断出来。"如果从20岁，我就开始有目的、有计划地去混行政，也许能混出体面来，"他说，"但是太难受。"

懂得混，而不混。这是真的看透。

一年后，姜伟就回到了导演系当老师。

姜伟第一个剧本就是电视剧。山东电视台一熟人，介绍他去写《阿里山的女儿》，真人真事，讲一个台湾高山族女人，嫁了个大陆军人，1949年初到了山东，当老师，一直待到七十年代。她的故事，和国民政府溃败至台湾，是反着来的。姜伟可能觉得有趣，和林黎胜一起写了这个剧本，最后还拿了个"骏马奖"。那时他们也没什么机会，刚毕业，抓到什么就拍什么。姜伟拍过很多广告。上学时，他就是班上拍广告最多的人。

他们都不想搞电影。那时电影也少，不怎么受待见。他们也不喜欢当时那些电影人的做派。觉得电视圈更朴素，也更务实。

真正进入电视圈，全靠张建栋。他拍完《刑警本色》后，如日中天。好多项目找来，其中一个是改编皮皮的小说《比如女人》，张建栋就找了姜伟做编剧。写这个剧本（《让爱做主》）时，姜伟开始留心编剧这一行。关注谁是最有名的，东西写得如何。和很多编剧聊天。慢慢地，他有了自己的判断，对这个圈里的水平高低，大致有了认识。

"好像这一行还挺好混的。鱼龙混杂，什么人都有，"他说，"我觉得以我的水平，没什么可担心的了，可以混口饭吃。"

《不要和陌生人说话》筹拍时，制片人张静先找的张建栋。她那时正着急，原先写剧本的人，死活写不出来了。张建栋说，你运气不错，姜伟刚好有空。张静就约了姜伟，在小西天宿舍门口的小饭馆碰面。谈吐间，张静觉得姜伟是个严谨的人，听起来很靠谱。张静是湖北孝感人，这也是她制作的第一部电视剧。她想要做一部戏，"家庭暴力"。说完就出差去山东了。第二天下午，她就接到了姜伟的电话，说："你回来吧。我可以做。"

此后十年，张静和姜伟一直合作。《绝对控制》《沉默的证人》《迷雾》，直到《潜伏》和《借枪》。姜伟后来笑称，张静应是很早就觉得他有戏，牢牢地掌握在手中了。

张静是看上了姜伟的为人。她其实很少看剧本，凭的就是直觉和眼光。一路合作下来，她喜欢姜伟是个重承诺的人。"他说能，你就可以放心了。"姜伟做事，也不喜欢三心二意，从来不会同时接好几个活。一件事干完，再想另一件。在做完之前，任何人找他去做另外任何事，他都不搭茬。

姜伟总说："我的脑子没那么多，等我做完这个，再说下一个。"

姜伟做事之认真，也是出了名的，绝不会偷奸耍滑、不出行活。在电影学院，姜伟一般周二或周五有课。张静和朋友们都知道，前一天下午就不要去打扰他了。他在家备课。上课的时间是雷打不动不能被干扰的。姜伟常说，他是教育界的，不在娱乐圈。

不过，他也赶上了一个好时候。姜伟毕业后这十几年，正是中国电视剧发展的黄金时代，商业化进行得很顺当。姜伟说，中国写字的人，估计就数电视剧编剧赚得最多。

《不要和陌生人说话》剧本写完，姜伟拿了稿费，存银行里也不知道怎么用，就去买房子。那是 2001 年左右。他算了一笔账，付了首付，按揭贷款每个月差不多还 7000 块，一年不到 10 万。写剧本，一年 20 万肯定是能挣的。他就跑到电影学院对面，看了两天，就订了一套 170 多平方米的房。图省事，上班方便。直到今天，他有时还在这套房写作。

电视台买节目，预购电视剧，主要依据就是看剧本。南方电视台总编室的华明说，评价剧本有三个层次。一是情节，收视率的保证。二是人物形象鲜明，观众才会关注角色命运，追着看。好剧播出后，留下的都是人物。三是文化品质、信息量和趣味性。上述三点，《潜伏》都符合。

《潜伏》火了后，林黎胜有时笑赞姜伟，说你这是抽了很多人一记耳光，对方还不知道怎么还手。"在中国目前的社会和电视圈，这个戏就是个反讽。"因为太好，几乎是完美，人家找不到下手批评的地方。很多观众看了《潜伏》，再去寻姜伟以前的戏，才发现原来都不错。有人据此认为，姜伟一定是个悬疑大师，喜欢看侦探小说。

《不要和陌生人说话》虽是反家庭暴力，但其实也是悬疑惊悚路线。那次是姜伟和薛晓路一起写的。两人刚好碰上了，都对那种东西感兴趣。姜伟说，他们并非故意做成悬疑，起初只是喜欢那样写，觉得有意思，会好看。后来写的剧本多了，回头看，才发现都有悬疑的影子在。但这影子从哪里来的？姜伟也说不明白：人的个性中，有些选择，真推不出理由来。

圈里人都知道，姜伟擅长写情节剧。但他的情节和别人也都不一样。都是警察破案，姜伟却总要出新。他在《沉默的证人》中写出了犯罪心理学——那时这词还不像现在这么热。他说，我就想写个坐在办公室破案的故事。

"我喜欢的东西，一上手就想往偏走，"他说，"我写戏没有堂堂正正的，可能就是不喜欢那么亮。喜欢哑光的东西。"

后来有观众反馈，说《沉默的证人》看到一半，就猜到了结局。姜伟有点受刺激，就费了大力气，写出一部《迷雾》，做了一个巨大的局。悬念悬到底，不到最后，谁也猜不到凶手。在豆瓣和贴吧，这个戏至今仍被人讨论。一个一个情节被人拿出来分析，也找不到破绽。

但《迷雾》在电视台播出时，收视率却不好。姜伟又受了点刺激。一度，他不想写剧本了。只做导演。

姜伟起初不太适应做导演。《让爱做主》拍摄时，张建栋让他做 B 组导演，一个月后就被人换了。他有点心灰意冷。都说他不擅长和人打交道，其实是他不喜欢。剧组是个临时停留的地方，人际关系多，是非也多。他自然不习惯。

后来拍《绝对控制》，他又去做B组导演。第一场戏是毒贩子交易，是个过场戏，没有主要演员。制片人张静以为，半天足够拍完戏。结果，剧本里半页纸，姜伟拍了三天。他把那场戏拍成了激烈的枪战，像电影一样，一举奠定了这部戏不同于以往的公安文戏。后期剪辑时，张静去看，剪辑师把姜伟拍的那些片段拿出来，说："你看他拍的，多好！"

《绝对控制》最后一场戏拍完，张静就决定投资，让姜伟自编自导《沉默的证人》。很多人都说她是冒险。"哪有风险？"她说，"我知道他是个什么样的人。"

那部戏对姜伟很重要。他第一次独立当导演，题材也是他自己喜欢的，剧本好几年前就开始写了。等来这个机会不容易。因此在导演这位置上，他得做一些妥协。他说：有些事想想很难，做了可能也没那么难。比如一天三顿饭，每顿饭桌上都是不同的十几个人，想想都头大。但真要往那儿一坐，聊完两个小时也就过去了。

姜伟是求安静的人，喜欢独处。有时，他独自在家写写看看，到晚上才发现一天都没出门，门还是反锁的。"这个性格，很多人说不适合做导演？"他说，"其实，有意的调整是可以做到的。"

张静说得更好："懂多大的人情世故，就能成多大事。"姜伟如果不懂，能做成今天这样？

姜伟做了导演，才知拍别人写的剧本有多痛苦。尤其他还有一点创作洁癖。并不是别人写得不好，而是合适不合适。可是，他自己写，自己拍，到最后又可能完全没新鲜感，激发不出创意。

《潜伏》最开始是找了别人写。结果没写出来。小说中的"假夫妻"关系是个亮点，姜伟认为很有原创性，以前没人这么写过。他对军统那段历史也有兴趣。再加上张静不停地逼，他就又提笔了。

他写东西，对环境没什么要求。刚毕业时，他就在教职工宿舍的筒子楼里写。关键是心态平和，心情舒畅，哪儿都一样。写之前，自然要磨蹭一段时间。不过，剧本这东西，一半是写出来，一半是改出来的。

写《沉默的证人》时，有次他写了前三集，拿给薛晓路看。她看完后说，不好，怎么那么格愣？不像他以前的东西。姜伟回头就把剧本全删了，只留下三个字："第一集"。

无论哪部戏，姜伟写作时，心里都会有个模拟演员，想着应该让谁谁谁来演这角色。梁朝伟和张曼玉，都曾是他的写作模特。当然最后没一个兑现。再比如写《浮华背后》，女主角是按照赵薇来写的，想着是个小燕子的形象。最后敲定演员，却是袁立演了那个角色。

写作最怕的是重复。每写一个新剧本，姜伟对自己的要求，是必须有点新意。

当然也有写不出来的时候。《迷雾》他写了两年。碰到过不去的写作坎，他就给张静打电话。张静两口子就从武汉老家飞到北京。到了晚上6点，接上姜伟去吃饭，喝酒，瞎聊，凌晨1点再放姜伟回家。每天如此，连续一星期。

张静说，那时她在北京还没有家，就去找个有电视的包房。

天南海北一顿胡聊。也看球赛、足球、斯诺克。什么都聊，八卦、车轱辘话。直到姜伟哪一天突然说："我好了，你们走吧。"张静夫妇又飞回武汉，带孩子，打麻将，等着。

要是某天姜伟说，剧本写完了。张静就带着人马，找个酒店，开始约演员。白天姜伟接着改剧本，下午6点就去酒店看演员。等正式开了机，张静带着全家人连同保姆孩子一起跟过去，守着拍戏。《迷雾》是在青岛拍的，张静的孩子因此还在青岛上了几年学。

每次写完剧本定稿，姜伟都有一种解放感。他就打电话四处约人吃饭喝酒。

喝酒是姜伟生活的一部分。和写作一样。

姜伟的电视剧，没有一部是亏钱的。他曾说，写剧本首先要考虑好看。收视率高了，才能有下一步。无论如何，得对得起投资人吧。但在中国做电视剧，有时也会遇到突如其来的风险。

2004年，《沉默的证人》正准备播出时，突然来了政策，说涉案剧不能上黄金档。姜伟也傻了。张静那时候特别崩溃，都快疯了。老公对她说："着什么急？姜伟不是还要给我们写一个吗？到时候再赚回来。"那年夏天，张静从武汉飞到北京，下了飞机，姜伟正紧张地等着吃饭。姜伟看了他们一眼，说："你们两口子是我见过的涉案剧制作人里，最踏实最淡定的。"

张静说："不是还有你吗？"

姜伟其实很愧疚。他认为张静支持他拍了这个戏，却播不出去。后来好几年，有人找姜伟写剧本拍戏，他都一概回

[特写]

绝。他总说："《沉默的证人》肯定让张静赔了，我得再拍三部戏，让她缓过来。你们谁也不要来找我。"

后来发现，那部戏不仅没赔，还拿了好几个地方的收视冠军。

张静的弟弟有次问她："你们对姜老师怎么这么好？"

她说："姜老师跟任何人说，我给你做一个戏吧，那其实就是在帮你挣钱。"

姜伟上课时曾说，如果一个编剧，他的喜好正好符合大众，那他是很幸运的编剧。他自己喜欢，观众也喜欢，收视率就高。

这样的人，就是编剧天才，命中注定是当编剧的。

《不要和陌生人说话》《沉默的证人》《迷雾》，强调悬疑、心理的东西，是因为姜伟喜欢。他还有一种自己与自己较劲的习惯，不管大家爱不爱看，他一定要做个不一样的东西。也就是说，他要有点个性。

姜伟说，无论写什么，剧本或者小说，总归有个才情的痕迹。但是呢，电视剧这么公共快餐的东西，才情、个性，不能压倒共性。无论如何，你得好看啊。

在此意义上，《潜伏》似乎刚好。

最后一个故事。

《潜伏》关机的前一天，大家在一家日本料理店吃饭。场记、统筹、制片主任等等，所有人都到了。姜伟那天很不开心。他一直对某个工作人员不满意，张静让他换人，他又不想换，说一旦换了，就毁了人前途。他已忍了很久，那天实在有点受不了了。他喝了点酒，黑着脸，说："不行，今天是最后一天，我得骂一个人。"

"你骂吧。"张静说，然后大家都期待着他骂出一句特别脏的话。

"你大爷的。"姜伟说完了。

大家互相看了看。就这句？

"就这一句，"张静后来说，"那是我认识姜伟至今，他说过的唯一一句脏话。"

姜伟，北京电影学院导演系副教授，编剧，导演。编剧代表作品：《潜伏》《不要和陌生人说话》《沉默的证人》《迷雾》。

随笔

这才知道我全部的努力，不过是完成了普通的生活。

——穆旦

农民大哥

文 _ 范雨素

　　大哥复读了一年，差两分就够到分数线了。他决定不再复读了。他说家里太穷，不好意思读了。因为他是有良心的人。他又滔滔不绝讲了以后的打算，要像族人范仲淹、范文澜那样，做一个青史留名的大文学家；要像家附近鹿门山上的乡贤孟浩然一样，边耕作，边写作。

　　他一再强调他的良心。总说起他的一个住在跑马岗的王姓同学，家里房子后墙都塌了，还要复读考大学。大哥要做有良心的人。因为大哥扑通扑通的良心，我们家的日子过得更苦了。记得他高中时我们家吃红薯，喝稀饭，吃青菜，青菜里只有点滴油星。大哥要当文学家后，家里从来都不吃油了。大哥买回来很多很多的文学杂志，中外当代、现代文学著作，中外古典名著。爱看小说的我们在家里没有话语权，但也不计较菜里没有油。看到家里有这么多的精神食粮，就很高兴了。

　　青年的大哥能吃苦，有豪情。他一夜一夜地不睡觉，写小说。他指着我们家的三间破烂砖瓦房说："你知道吗，几十年后，这房子就和鲁迅故居一样，要叫作范云故居了。"他的豪情一直激励着我慢慢长大。

我偷偷看过大哥写的小说，大哥写的小说名字叫《二狗子当上队长了》。我看了以后感觉写得很不好。我那时看过很多小说，已对自己很自信，认为只要是文史哲的书，我都能分辨出真伪、优劣。大哥写的小说真是太差了，但我不敢说大哥。不过大哥还是属于机灵人，他很快发现自己当不了文学家。

他决定要当个发明家。主要原因还是上了文学的当，他看了一本叫《当代》的杂志。记得是 1983 年的一期，那本杂志大哥看过后，我也悄悄看了一遍。里面有一篇叫《云鹤》的报告文学，内容是一个农民自己买了飞机的零件，造了架飞机。按时间算，那个农民造飞机的时间应该在 1981、1982 年。看完后，当时九岁的我第一反应是惊叹！这个农民怎么这么富，竟然有钱买飞机零件。可我万没想到，这个人成了大哥的偶像。

大哥也决定造飞机，也决定买飞机零件。他做事只和妈妈商量，我们家里别的人在大哥眼里都是空气、浮尘。我的妈妈对家里的每个孩子都好得像安徒生童话《老头子做事总是对的》里面的老太婆。我们每个人做什么，妈妈都说好，好，好！

买飞机零件要有钱，还要有关系。我父亲的小妹妹在湖北省省委大院上班。我的小姑爹据说还是省委某个部门的处长，所以大哥觉得我们是有关系的人家。但家里没有钱，穷得菜里都没有油，可大哥还要让我们从牙缝里省钱，不吃菜了，不吃米和面了。主食吃红薯，啃着吃，煮着吃。我们的妈妈是大哥永远的、永久的支持者。我们满心地憧憬着大哥哥造个大飞机，带我们飞到天上去。也不计较每天填猪食过日子。

　　　　　　　　　　　　　　[随笔]

大哥给省城的小姑爹写了一封信，让小姑爹帮忙买飞机零件。没过几天，小姑爹就捎话给妈妈。主要意思是大哥是不是有精神上的毛病了，让妈妈领大哥检查一下。还有就是让大哥在村里做个裁缝，在当时的农村是个很赚钱的手艺。妈妈听了捎信人的话，很生气。她像每个护犊子的妈一样，觉得儿子是最棒的。为了不伤害大哥，妈妈只告诉大哥，小姑爹买不到零件。我和姐姐想坐飞机上天的愿望像肥皂泡一样破了，已没有任何希望能坐上大哥的飞机了。

　　可大哥是个永远的梦想家，永不气馁，屡败屡战。他决定做个专业户。那个时候专业户、万元户是很时髦的词。万元户就相当于现在的土豪了。大哥决定做养殖专业户。他不养猪、不养牛，养簸箕虫，又叫土元，可以做中药材。养了几个月，不知为什么不养了。改养蘑菇，又改养蜜蜂了。养什么都养不长。

　　最后，大哥什么都不养了，说以后踏踏实实做农民。

植物笼罩上海

文 _ 张莹莹

一

这一天尚未落雨，灰云一直低低地在半空翻卷。黄陂南路和延安高架夹角，延中绿地（黄浦段）一片葱茏，正如入口处玻璃板上的简介所说，它"如一颗绿色翡翠，镶嵌在城市中央"。临着小池塘的石亭柱上挂着宣传板，黑白照片记录这块地面曾经的景象：拥挤低矮的平房，挤作一团的水龙头，斜靠着墙堵住窄巷的破自行车；另一侧，彩色照片是改造过的、今天的延中绿地，红的绿的叶子间着粉的黄的花，有种经过规划的、繁荣的好看。根据宣传板上的说法，为了建成这块绿地，动迁了居民和单位4837户，拆除房屋建筑面积170 600平方米，2001年6月竣工。有人喊了一嗓子，把鱼食扔进池塘，锦鲤们争相游过去。一只灰色的鸟掠过水面，停在塘中喷泉留下的柱子上。

上海很绿，这是长居北京的我对上海最强烈的印象。每走

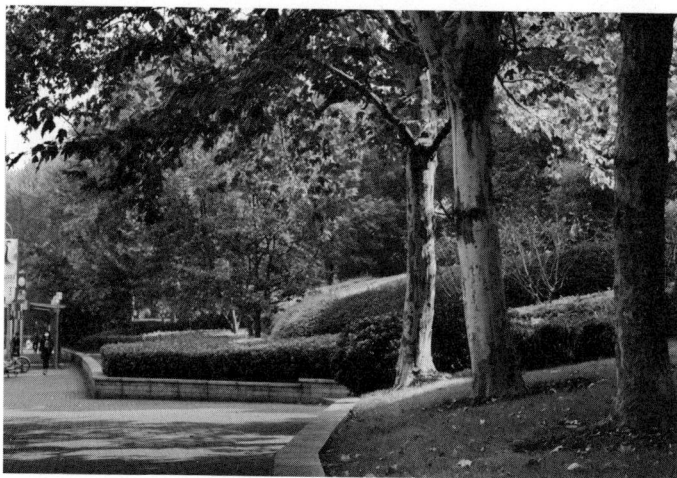

法国梧桐

几百米总能遇到小巧的花园，足以在高楼、马路和汽车的缝隙里稍事休息。来上海次数多了，我也想要认识一下植物们，上海辰山植物园工程师刘夙成了这次游逛的导师。他提出以延中绿地作为起点，因为它透露出在拥挤城市中建设宜居环境的努力。

10月19日下午1点多，刘夙来了。他很高，穿蓝色登山外套，说话如同调取资料，有条理，带着科学工作者的严谨神情。我们站在延中绿地外缘，看了一会儿多数人提到上海最先想到的植物，法国梧桐。

这真是一种美丽的树，竖立两排，长在黄陂南路边。树皮斑驳着青色和灰色，在几乎一致的高度，主干分成四个大枝丫向四周展开，显然是人工修剪的结果。刘夙说，法国梧桐的命名有许多不同的说法，他做过考证，相信自己的看法是最全面的。

法国梧桐这类树种，在今天的植物学上叫悬铃木，全世界有8—10种，分布在北美、西亚和欧洲等地。五胡十六国时期，原产东欧、西亚一带的三球悬铃木经印度传入中国，在陕西，现在还有那时留下的1600多岁的古树。同时，三球悬铃木也向西传到欧洲西部。还有一种原产北美洲的一球悬铃木，在哥伦布发现美洲后由欧洲人引种到欧洲。17世纪，在英国伦敦，一球悬铃木和三球悬铃木种到了一起，杂交产生了二球悬铃木。抗性更强、生长更快的二球悬铃木很快从伦敦推广到整个欧洲，当然包括法国，香榭丽舍大街上都种着这种树。

上海开埠后，法国人把它种到法租界，因为叶子有点像中国原产的梧桐，又是从法国引种，被上海人称为法国梧桐。

当时中国学者不知道这些树其实是二球悬铃木这个杂种，错误地把它们鉴定成了三球悬铃木。1937年，林学家陈嵘就这样把三球悬铃木称为法国梧桐，二球叫英国梧桐，一球叫美国梧桐，这个说法在植物学界非常流行，然而是错的。实际上至今中国栽培的悬铃木类树木基本都是二球悬铃木，一球、三球非常少见。因此，法国梧桐实际上是二球悬铃木的别名。

不过，"法国梧桐"显然比"二球悬铃木"更广为人知。在网上搜"法国梧桐"，与之关联的是衡山路、张爱玲，再加上月份牌、旗袍等物件，足以编织对二十世纪三十年代"夜上海"充满小资情调的想象。

正值午间，三三两两挂着胸牌、穿着时髦的女孩沿着灰砖

铺成的小路散步。延中绿地挨着几家商场和写字楼，COACH
和GAP的牌子在高楼立面上很显眼。草地上，几个穿着后背
印有"广场公园"字样蓝工作服的人正在修剪树木。他们挥动
长长的青竹竿，竹竿头上捆着弯锯。一个戴灰帽子的男人先把
一根枝杈拽裂，再把锯伸过去，划动。漫长的、看不见进展的
两分钟过去，那一大根枝杈突然掉了下来。灰帽子独力完成了
这费力的工作，便站着，望了一会儿同伴把那大枝再锯成小枝，
拢进三轮车里。

"为什么要锯掉呢？不是长得好好的吗？"

"这个枝太密，会影响下面的草皮，"他答，又忍不住说，"木
质的香味儿，好闻吧？"

真是好闻。清新，提神，一点矫揉造作的意思都没有。刘
夙说，这是樟树。

"上海市中心可能法国梧桐比较多，但在全市范围内，肯
定是樟树种得最广。它是久经考验的行道树，原产中国，从古
代以来，它就是南方树木的象征。"

樟树天然的香味可以防腐，以前，江南人家常用樟木做成
衣箱。后来，人们更多用人工合成樟脑，樟树的木材价值降低。
古代诗文中很少有人谈及樟树，它因此不那么有名，但它成了
南方综合评价最高的行道树，耐虫，常绿，没有飞絮，叶子密
密的，树枝蜿蜒又伸展，很美。

二

沿着小路，我们继续在延中绿地游逛。靠近普安路那一

毛竹

端，几丛毛竹在风里晃动叶子。刘凤说，上海的发源与竹子有关，尤其是毛竹，长得粗而高大，用途很广，可以搭建大型的房屋和船，也可以劈开做成其他用具。上海的简称"沪"，原本指的就是用竹子做成的捕鱼的工具，适合用在河流入海口的水域。竹子编成一排，插在河道的一侧，挡住河道的一半，涨潮时，潮水带着鱼虾涌上来，退潮时，一部分鱼虾就被挡在"沪"的上面。历史记载，至少唐代之前，黄浦江入海口就有很多人用沪来捕鱼，当时的黄浦江也被称为"沪渎"，意为"一条有沪的水道"。"沪"逐渐成为上海的代称，它反映了一种绵延千年的生活方式。

当年以竹捕鱼的地方逐渐发展成世界最大的城市之一，也引进了来自世界各地的植物。再往前走，我们看到几棵叶子油绿、生机勃勃的树，刘凤说，它是原产美国南部的荷花木兰，

[随笔]

也许是因为春天它的花朵硕大，像一朵荷花立在枝头。

看起来非常挺拔、如塔一样的雪松，原产喜马拉雅山西部，最早在 1961 年引入中国。

加那利海枣来自大西洋加那利群岛，它属于棕榈科，典型的热带树种，在上海只要做些养护，也能长得非常粗壮。

鸡爪槭来自日本，叶片小巧。上海引种的品种中许多是红色的，搭配在绿色植物里，显得丰富。

绕过靠近普安路那端的高树，靠近绿地中心的池塘，植物矮了下来，视野也随之变得开阔。

花叶蔓长春来自欧洲，叶子有金黄色边缘。它在春天开花，紫色的像风车一样旋转的花，很好看。

八角金盘原产于日本荫蔽的森林，几十年前引入中国，它耐阴，被种在高楼的墙根、立交桥的下方。叶子多数是七个或九个裂，但命名"八角"，也许因为在东方文化中，八是个吉利的数字。

可能是最皮实最常见的路边灌木，红叶石楠，由美国人用中国原产的一种石楠和美国原产的另一种石楠杂交而成，刚长出来的叶子是红色，像朵绚烂的大花。

上海的作家常写植物，张爱玲在《红玫瑰与白玫瑰》里写石库门巷堂房子，"一长排都是一样，浅灰水门汀的墙，棺材板一般的滑泽的长方块，墙头露出夹竹桃，正开着花"。王安忆写淮海中路，"梧桐树冠覆顶，尤其在夏天，浓荫遍地。一些细碎的阳光从叶间均匀地遗漏下来，落到一半便化作了满地的蝉鸣"，思南路细长，因此"两边的梧桐树就连接得更紧了，树阴更浓密，蝉鸣也更稠厚了"。上海的植物不仅仅是植物，还寄寓了许多时间与梦幻。

三

离开延中绿地，我们沿着延安中路向西走。人行道上的花坛里种着女贞、山茶、海桐、金叶美人蕉、修剪过的矮柏树，挨着行车道的地方，摆着一溜漆成绿色的花架，花叶蔓长春枝条从上面垂挂下来，这绿色瀑布柔软地抚在花架下停的共享单车上。

2005 年左右，还在北京大学读书的刘夙成为 NGO "自然之友"的志愿者，他带队，组织二十多人的小队到北京郊区认植物。他们去过东灵山、百花山、云蒙山。参加的人多是白领，也有工人，未必多有钱，但都有一点认识植物的闲情。刘夙觉察到，对博物学的热情又在大众中萌生。

刘夙 1982 年出生于太原，2000 年进入北大化学系，毕业后在北大历史系读了硕士，又到中科院植物研究所读博士，2012 年，他又回到北大，在生命科学学院完成博士后阶段，研究方向为生物学史。这构成了他复杂的学科背景。

2007 年夏天，刘夙开始在网上发布科普文章；2010 年，他与陈润生院士合著出版了《基因的故事：解读生命的密码》，这是他的第一本书。这本书获得了国家科技进步二等奖。颁奖典礼在人民大会堂举行，持续了 90 分钟，刘夙坐在后排，他掏出手机想拍照，坐在最前排的人的面目怎么都看不清。

那 90 分钟长久地影响着他，他怀有推动基础科普的使命感，也想要在这一还少有人走的领域充当先行，建立自己的功业。

"做植物学家有两种方式，一种是实验型，每天面对实验器材，各种发文章，虽然创造知识，但失去了很多时间去了解

　　　　　　　　　　　　　　　　　　　[随 笔]

花叶蔓长春枝条垂挂在共享单车上

更广博的知识；另一种是植物保护型，经常出野外，听上去挺厉害但是挺累的。两种都不是我想要的。我想选择另一种路：花时间学习更多的知识，传播给更多的人。"

此后他写了《植物名字的故事》《万年的竞争：新著世界科学技术文化简史》，翻译了《植物知道生命的答案》《世界上最老最老的生命》《醉酒的植物学家》。2014年，刘夙进入上海辰山植物园，科普正式成为他的工作。

四

路边又出现了一个小公园，在手机地图上，我得知它叫"都市音韵"，入口处生着一丛大花六道木，一簇簇五瓣小白花开在浓绿的尖叶片里。旁边突然蹿起来一簇高草，有点狗尾巴草的意思，但毛茸茸的部分比狗尾草更粗壮。刘夙说，它叫狼尾草，和狗尾草近缘。以前，国内的园林不会种这些"杂草"，不过，北京奥运时，国内也吸收了国外的经验，有意识地种植"杂草"，在城市中制造更接近自然的环境。

在"都市音韵"，我认识了更多新植物。鹅掌楸的叶子果然像肥厚的鹅掌，又像清朝马褂，也叫"马褂木"；旁边几棵玉兰树，叶片还没有落尽，枝头已经鼓起了将在明年春天绽开的花苞；来自美洲的深蓝鼠尾草正开着蓝紫色小花；南非引进的黄金菊专在冬天开花，它和春夏开花的杜鹃种在一起，好让四季都能看到花开。

绿地北向边缘，一排水杉挺拔直立，叶子像一片片绿色的羽毛。在植物界，水杉的发现是个传奇，人们先发现了它的化石，以为是早就灭绝的一种古植物，然而二十世纪四十年代，植物学家在湖北、四川发现了活的水杉，这是中国植物学史上一件大事。

往绿地更深处走，出现了一片草坪。刘夙揪下一根草细细辨认，他说，这是结缕草，与另外一种"狗牙根"一起，成为上海最常见的两种草坪用草。1292 年，上海设县，在那之前，海岸线还没有如今这么向前推进，如今上海市辖区的范围内大部分还是海，历史最久的是松江、青浦一带，这里发现了距今五千年左右的崧泽文化，是上海市辖区内最早证实有人类活动地方，因此称松江为"上海之根"，而松江别称"茸城"，原因是战国时期吴王在此修建别苑，用来打鹿。别苑里青草郁郁葱葱，"茸"便是草初生的样子。上海在兴起之初，就与草产生了关联。

[随 笔]

水泥高架上的五叶地锦

五

　　左拐，过马路，高架的水泥柱子上攀着五叶地锦。我们上了威海路，经过了极具设计感的高楼，经过了卖衣服、鞋子、咖啡、简餐的都是洋名儿的小店，也经过了如下植物：

　　　　黄金间碧竹，竹竿整体是明黄色，中间一道细细的绿色，看上去很别致。

　　　　红花檵木，细细花瓣连成鲜艳的红色，可能是上海红色程度最深的植物。

　　　　大吴风草，叶片像一把圆扇子，开黄色的、有点像菊的花。

　　　　珊瑚树，二十世纪八十年代从美洲引入中国，总是被修剪得特别齐整，做成天然的篱笆。

瓜栗，原产中美洲，引入中国后它有了个吉利名字，发财树。

在一栋高楼前的小花坛旁，刘夙停下来。那儿生着一丛小灌木，叶子纤细舒展，有点像竹叶，因此得名"南天竹"。刘夙说，这是城市里常见的有毒植物，全植株都有毒性，人吃了会上吐下泻，不过不至于致命。综合权衡，它依然成了常见的园艺品种。

真正引起他兴趣的，是爬在南天竹上、长着小小桃心形叶子的一根藤蔓。两种有毒的植物长在一起，那藤蔓是马兜铃。

刘夙整理过致癌物中和植物有关的部分，一般人可能知道吸烟、嚼槟榔存在致癌可能，却不知道含马兜铃的草药也是一级致癌物，它可能引发肾癌和肝癌，且不存在安全剂量的说法。

这些信息，刘夙放在了他和朋友做的名叫"多识植物百科"的网站上。由于科普的欠缺，中文网络上许多关于植物的信息都是虚假或者错误的，刘夙希望能够翻译和整理权威的资料。

2010 年左右，刘夙看了《植物的欲望》，作者迈克尔·波伦用四种植物，苹果、郁金香、大麻和马铃薯，代表人类的四种欲望，甘甜、美丽、陶醉和控制。刘夙意识到，书还能这么写，从植物的角度审视人的历史，也许这是植物科普的一个突破口。在国外，纯植物类著作已经有了小众但稳定的读者群，国内这样的市场还未形成，虽然博物热兴起，但大部分人还是对人的故事感兴趣。这成为刘夙的方向：把植物放在人类社会中，探讨植物和文化的关系。

这时，我们已经走上了陕西北路。一直萦绕着的发动机和鸣笛的声音忽然减弱，明显有年头的矮房子带来了城市的另一种感受。人行道很窄，擦肩而过的时候，我听到穿着校服的女孩谈论考试，拎着公文包的人打着电话，谈论北上广深四座城市气质的不同。

刘凤在一道院墙外停下，一棵茂盛的树越过墙头，展开树冠。那是一棵梧桐，原产中国的、真正的梧桐，因为树皮呈青色，也叫"青桐"。它的果实是片状的，挂在树梢像挂了很多枯叶。距离它两三米远的墙外长着一棵法国梧桐，对照起来两棵树很不同。

我往墙里张望，那明显是个小花园，青桐树旁立着六角亭，沿墙栽着竹子、棕榈和枫杨。墙外的白色活动房里，一个中年男人埋着头。

"里头是什么地方？"

"荣宅，"原来是荣宗敬的故居，"可以参观啊，前头买票。"他右手攥个旧牙刷，擦着左手握着的一个串儿。

"您磨的是什么？"

一脸笑容，他抬起头："金刚菩提。"

"得磨多久啊？"

"才三天，还要最起码两个星期。磨出来很漂亮的！"

我和刘凤继续往前走，荣宅漆成金色的门口，衣着光亮的人儿拿着票排着长队。后来我才知道，荣宅成为 Prada 在中国举行各式文化活动的地方，那天是正式对外开放的第三天。距离"时尚"几十米的地方，一个男人磨着他的金刚菩提。

可能这也是人与植物的一种关系。

六

走到陕西北路和南京西路的交叉口，左前方便是著名的恒隆广场，挤挤挨挨的广告牌提示着我们进入时尚的核心、财富的核心。刘夙兴奋起来——路边有了这一路还没见过的新行道树，来自美国的栎树，也称橡树，引种到中国不过几年的时间。陕西北路上的这一排显然也刚种植不久，树叶稀疏，树干外还立着四根木棍搭的稳定架。

"它有很典型的美国红栎类树种的特征，叶子有很多尖端，到秋天会变红。这些年在园艺界也流传着一种实用的观点，认为城市行道树种栎树比悬铃木更好，栎树木材致密，以前美国造船、铺地板用的都是它，种植栎树相当于为城市储备木材。"

穿过马路，行至恒隆广场前，路边是一排白色的花坛，朱蕉、一品红、四季海棠高低错落，一片玫红的三角梅和青绿的蕨类互相映衬，看得出用了心。往西走，路边又是一个小花园，名叫"玫瑰花园"角里是一盆北方常见的龙爪槐，廊道上缠绕着紫藤，小花园的核心是将月季植株做成树状的花坛，月季因此不再是常见的灌木状态，有了更挺拔的造型。

距离玫瑰花园不远，我们拐进了一个弄堂，进门那条小路一侧的花坛里满种着桂花。

上海春夏的香气属于茉莉、白兰和栀子，以前弄堂里会有老婆婆卖花，时髦的女郎买几朵包在手帕里，揣在身上，香气从衣襟里散发出来，是上海女人的风情。而秋天属于桂花。桂花细小、不惹眼，但那几天在上海，走着走着我就突然被一阵浓香席卷。据说因为前些天下雨，温度冷，延长了花期，那正

　　　　　　　　　　　　　　　　[随笔]

花坛里的朱蕉、一品红、四季海棠高低错落

是今年桂花开放的最后一波。

刘夙说，桂花是沾了"桂"字的光，把以往和"桂"相关的典故都继承下来，其中最有名的是月宫中吴刚伐桂的神话，加之它在中秋时节开放，所以总是和月亮、嫦娥、吴刚联系在一起。其实，在《楚辞》中，"桂"是指肉桂，树皮部分用作香料的植物。如今的桂花，在植物学上称为"木樨"，因它的木材有着犀牛角一般的纹理。

继续向西，再向南穿过马路，暮色里，我们走到这次游逛的终点，静安公园。主干道两边树龄超过百年的悬铃木遮蔽了许多光线，那儿当然是嘈杂的，车声，人声，但高大的树木提供了一点安静下来的可能。一只黑白猫从长椅上伸展起来，蜷进椅子另一头的女人怀里。香彩雀，百日红，醉蝶花，罗汉松，泡桐，我们又见到了一些新植物。

静安公园

　　最值得说的，还是靠近延安高架路那一端的几棵银杏。银杏长得慢，碗口粗要长几十年。它寿命长，上海保存至今最古的树木里，银杏是最多的，它常被种在寺庙旁，也因此减少了被砍伐的概率。上海 1292 年建城，在小南门乔家路永泰街口，有一棵七百多年的古银杏树，几乎与上海同龄。

　　这时候，天完全黑了下来。

图片来自摄影师范剑磊。

梦游的人走了二十里路，还没醒

文 _ 郭玉洁

一

"你不是靠心灵行走的人，你永远都在用双脚行走！"吴家英用食指指着我，偏过头打了个酒嗝，脚下乱了一步。他喝多了，匆匆忙忙赶到宾馆，是为了拦住我们，继续喝酒。空旷的宾馆大院，停着一排车，几个陌生的年轻人坐在台阶上，笑嘻嘻地旁观。海拔 2240 米的宁蒗县城，暮色纯净。

彝族个个都是诗人。吴家英戴着眼镜，看上去和汉族年轻人没什么两样。后来我听说，他原来写诗，现在在县城做生意。"生意是不好的生意，但人是好的。"阿尔说。阿尔的样子和吴家英相反，粗莽、豪放。他汉话不好，但是很动人。

我被吴家英诗意的指责心里一动，又想，真有人靠心灵行走吗？现实就是背在肩上的行李。我说，今天必须赶到丽江，才能转车去下一站和同事会合。

"丽江那个烂地方，有什么好去的？你是不是不喜欢宁蒗？"

我只好解释，我不是去丽江，是路经丽江，要去工作——而且，我也不喜欢丽江。

"工作有那么重要吗？比跟朋友喝酒还重要吗？"阿尔皱着眉头，他是真的不能理解。

"要是工作妨碍了自由，还要这种工作干什么？"吴家英的酒气喷出来。

但我坚持要走。我原本收拾好东西，就赶在他们来之前逃离。没想到被他们拦截了。

最终阿尔和吴家英还是拗不过我。他们帮我叫了一辆小面包车。吴家英握着我的手，大声对司机说："一定要安全送到，不要给我们彝族人丢脸！"阿尔没有走过来。暮色里，他的胡子和大肚子都显得有点低落。

第一次见到阿尔，是在丽江古城口。他穿着橙色 T 恤、白色裤子，下巴留着一圈胡子，黑，胖，腆着机关干部的肚子，腋下夹着一个黑皮包。我有点怀疑地想到嘉日的短信："我表弟阿尔可是凉山第一勇士。"阿尔话很少，到宁蒗后，他径直带我和摄影师到宾馆订了房间："你们去休息吧，吃饭的时候给你们打电话。"

其后的两天，吃饭都是生活的重要内容。县城的生活就是这样的。阿尔说，每天上班以后，大家就开始商量去哪里吃饭，"工作算什么？"阿尔是县城教育系统某部门的主任，也是可以在各餐厅、宾馆签字的人物之一。

那几天正是高考成绩揭晓的日子。宁蒗县城街道上拦街挂着红色条幅："热烈庆祝宁蒗一中高考上线人数到达历史最高水平"。阿尔自豪地告诉我，宁蒗的教育很先进的，比丽江更好。这教育，当然是以全国统一教材为基础，以高考升学率为标准的。

为了庆祝高考、中考的成功，教育系统的同事们去一个卡拉 OK 厅唱歌。参加的大都是彝族人，也是宁蒗教育系统的中坚力量。我也受到了邀请。一个彝族小伙子、招生办公室主任听说我对彝族文化感兴趣，非常激动。在嘈杂的汉语流行音乐声中，他端着酒杯忧伤地说，对我来说，彝族传说就像密码，我解不开。

大约在六百年前，一支彝族从四川大凉山迁到宁蒗，繁衍至今，也被称为小凉山彝族。阿尔、嘉日都是彝族人，他们生活和交往的圈子也大都是彝族，不是兄弟就是姻亲。"我们彝族人"，面对我这个汉人，他们经常骄傲地把自己的民族挂在嘴边。

彝族的传说就像密码，又是诗一样的句子。但我又想，这怪谁呢？如果他们都无法帮助彝族人探索、了解自己的文化，喝酒、唱歌、完成升学率、准备升官，都只会加深这种无知吧。

每个人都来敬酒，间歇不超过两分钟。阿尔说，每天晚上兄弟们都会醉倒。喝醉以后，阿尔变得很可爱，他摸着痛风的腿说："我不知道王子是什么样的，但我觉得我就是王子，我就是小凉山王！"

此时我们已经从餐厅，转到茶馆，转到卡拉 OK 厅，又转到烧烤店，从下午 5 点到午夜 12 点，漫长的晚餐让我痛苦。这些浪漫、义气的兄弟们，和在机关工作、没有效率、用公款吃喝的年轻官僚是同样的人；热情、好客的宁蒗，和时间变得无边无际的宁蒗是同一个地方。

宁蒗待了两天，诗一样的谈话，让我的心时时柔软，却又一再坚硬离开的决心。我喜欢彝族的朋友们，他们有不同于汉族的热情、诗性，他们强悍，动起情来毫无防备。可是除此之外，这个县城和中国大多数县城，和我少年时想要逃脱的地方一样，糟糕的城市规划和建筑，精力充沛又无所事事的机关里的年轻人，每天晚上漫长的晚饭和酒宴。

从宁蒗到丽江，有一段路是石块铺成，车颠簸在上面，轰隆轰隆，噪声和黑夜一起，封锁了外部世界。

吴家英说，工作妨碍了自由，但我想要的自由绝不是七个小时的晚餐。我这个靠双脚行走的人，在寻找什么呢？

二

嘉日和阿尔所属的家族是姻亲，他们也是最好的兄弟，朋友。嘉日全名叫嘉日姆几，因为"姆几"和"母鸡"谐音，同学就给他取了个外号叫"公鸡"。"嘉日公鸡"在宁蒗很有名，第一，他读书时从来不换洗衣服；第二，他很聪明，成绩好，是宁蒗县走出的博士之一；第三，他很好斗。

一定有很多人不喜欢嘉日。一个堂弟抱怨说，这个人太喜欢出风头，只要有他，一桌人都不要想说话了，"你就不能少说点，让别人也说说吗？"嘉日在昆明读大学的时候，堂弟在昆明当兵。每到周末，嘉日就去堂弟的部队玩，不光自己去，还带上十多个同学朋友，堂弟不多的津贴全部用来请他们吃饭了。"他太自我，不会为别人考虑。"

阿尔说，嘉日以前经常喝酒，"不喝酒的时候是好的"，喝醉就打架，骂人。让阿尔佩服的是，后来嘉日发誓戒酒，果然

［随笔］

从此滴酒不沾。可是这不代表他戒掉了打架。前段时间，因为博士资格的问题和学校学生处处长发生争执，他把处长揍了一顿，如果不是导师力保，他就拿不到学位了。嘉日的兄弟们十分惋惜，以嘉日的学历、头脑、家族背景，如果回到宁蒗，一定会受到重用，一定也是可以在餐厅、酒店签字的人物，到时候大家联合起来，宁蒗就是兄弟们的天下。可是嘉日非要待在学校读书，做老师，这是他们不能理解的事。

我在北京见到嘉日，他的 T 恤领子松松垮垮，短袖卷起在肩膀，据说中学的时候一个学期都不换洗衣服。他喜欢发表意见，给在座的汉族讲彝族的历史，彝族人的血性，彝族女人的温顺。夹着烟的手随着语速大幅度挥舞，衣服上落满烟灰，脸上有一道明显的刀疤。

嘉日家族是宁蒗最大的家族之一，在彝族这样重视团结、家族观念的民族，家族大就意味着有势力，没有人敢欺负。而且，彝族的职业、阶层是按照家族世袭的，嘉日家族出武士，他的爷爷、父亲，都是当地的厉害角色，兄弟姐妹中年纪最小的嘉日又受宠爱。也许这是他自我、暴烈的原因。

没有人否认嘉日很聪明。他本科读英文，因为想要了解自己民族的历史，开始学习彝语，读彝族历史，现在云南大学人类学系教书。他和阿尔、吴家英一样，有诗人的禀赋。不同的是，他了解彝族的传统，并以此为生。

嘉日的博士论文是彝族的自然法，这是在漫长的历史中形成的民间调解纠纷的方式。彝族人内部发生纠纷之后，并不找官方解决，而是求助于"德古"，即族内有德望的人。德古会按照此部落处理同类纠纷的案例裁决，一般而言，都能服众。嘉日的叔叔万格就是当地的德古。嘉日给我讲了许多例子，有的涉及人命，也在德古的调解下得到解决。但是不用说，彝族的传统已经衰落得相当严重。

就在传统逐渐侵毁的宁蒗，前几年出了一件有名的事。九十年代，宁蒗毒品泛滥，万格讲起当时的情形，仰望了一下天空，说："那时候的毒品啊，就像漫天大雪一样。"万格所在的宁蒗跑马坪乡，是嘉日家族聚集的地方。1999 年，嘉日回到家乡，和家族的长辈们商量说，这样不行，必须要管管了。当年 1 月，近半个世纪没有开家族大会的嘉日家族举行禁毒仪式，规定家族吸毒人员不准外出，并召回其他外出人员；宣布该家族的辖区戒严，并以倡议书的方式向外界发出信息，任何个人、团体不得以任何理由携带毒品入境。

由于仪式在虎日举行，所以称为虎日禁毒。彝族的虎日一般是宣布战争的日子，嘉日说："禁毒和戒毒，我们理解它的背景、它的底色、它的语境是战争。"结果是，60% 以上的人戒除了毒瘾，没有人复吸，也没有贩毒者再进入跑马坪乡。万格说，现在这是一片净土。因为这一成效，2002 年，另外两个家族联合嘉日家族又举行了一次仪式。嘉日的导师、人类学者庄孔韶带领学生以此为题材，拍摄了纪录片《虎日》，这件事作为民间禁毒的成功案例，逐渐传播开来。

我问阿尔，这样禁毒真的有用吗？他肃然，有用啊，挖了牛心，涂了鸡血，这么隆重的家族大会，戒毒没有成功的人，会被族人看不起的。

从纪录片中可以看到，仪式的最后，伴随着誓词，人们把鸡血涂抹在石头上。誓词是："让我们的后代永远记住我们的誓言，像顽石一样永恒！让我们的脚像石头一样的结实，让我们的眼睛像太阳一样的明亮，让我们团结起来向毒品斗争。祈望神灵赐予力量，抓着所有吸毒的人员，愿我们的族人永远平安。"

一个彝族男孩，学习了汉族文化，学习了英文，他用来自西方的学科——人类学——反观自己民族的传统，并介入其中，用传统伦理解决实际的问题。有人质疑虎日禁毒，它改变的范围极小，只是小小一个跑马坪，但它却是一种新的可能，从传统中寻找力量的可能。

三

7月的昆明，温度适宜得可以忽视空气的存在。茂盛的花草和蚊虫，构成良好的生态系统。仅仅天时地利就足够使云南成为天堂。青年旅店的露台上，都是来昆明闲逛的外国人。这些年，很多人来到云南，就过着这样的日子，没有目的，无所事事。

1938年，年轻的人类学家费孝通来到昆明附近的禄村调查，他发现这里的村民和曾经调查过的江村不同，喜欢享受而不勤做。有一个细节，禄村的宦六爷要掼谷子，和他30多岁的儿子说："明天你不要上街，帮着掼一天谷子罢。"他儿子却回答："掼一天谷子不过3毛钱，我一天不抽香烟，不是就省出来了么？"第二天，他一早又去城里闲混了。

费孝通发现，农作中省下来的劳动力，大部分浪费在烟榻上、赌桌边、街头巷尾的闲谈中和城里的茶馆里。他把这种经济形态定义为"消遣经济"，少收入，少消费，贫穷的闲暇。作为对比的是以新教伦理为基础、拼命赚钱拼命消费的资本主义经济。费孝通并没有做价值判断，他指出，这是中国传统农业匮乏经济特有的经济态度，"他们不想在消费上充实人生，而似乎在消遣中了此一生"，"知足、安分、克己这一套价值观念是和传统的匮乏经济相配合的，共同维持着这个技术停顿、社会静止的局面"。然而，西方工业文明在侧，很难保持这样知足、安分的经济状态了。

将近七十年后，这段话仍然相当准确，这就是中国内陆农村的状态，也是中国人的气质。只是今天，商业文明压境，"消遣经济"的危机更大了。人们如过江之鲫去往沿海、大城市逐利，云南人似乎还保持"消遣"的气质，包括我在宁蒗县城见到的彝族年轻人。当都市的人们在"消费经济"中感到疲惫盲目，"消遣经济"作为另一种可能性被发现了，有钱有闲的人们到这里天天发呆。这是云南在小资们中间的意义。

但是，云南不应该只是一个休闲胜地，一个可供幻想的异地。生物、民族、文化的多样性，是它不同于中原地带的地方。在单一文化统治的今天，云南丰富的色彩，可以带给我们多重的视角。它是沉思的起点。

在翠湖边的一个居民楼里，我们见到了云南社会科学院的研究员郭净。他干瘦，留一点山羊胡子，目光极其智慧。他走路很快，这是经常出门调查的结果。郭净说，云南学者的特点是都很野，不重理论，重实践，喜欢到处走，喜欢喝酒、唱歌。

"野"的另一个解释是不喜欢被规矩束缚，跨学科、跨领域是很自然的事。郭净在八十年代大学毕业以后，研究民族学，后来做人类学研究，他不甘心被绑在学术战车上，和另外几个学者开始为人文地理杂志写作、摄影，后来又拍纪录片，办影展。2004 年，郭净和一帮年轻人成立了白玛山地文化研究中心，他把这个组织定义为"研究—行动组织"。郭净说，云南学者大多都和社区有感情，所谓客观中立的研究经常会变成介入式的帮助。他们希望社区能够分享研究成果，而不只是研究对象。

德钦县卡瓦格博文化社的藏族年轻人给他的启发非常大。这几个藏族年轻人发现自己不懂藏文，更不懂藏族文化，于是他们自己组织起来学习藏文，学习民族歌舞。没想到活动很受当地的欢迎，规模逐渐扩大，原来已经失落的传统文化在日常生活中恢复了活力。这件事给郭净的启发是，只有社区找到自己的传统，重新建立和传统之间的联系，才能抵御全球化的未来。因此做社区教育，帮助人们找回文化自信，成为郭净这几年的工作重心。

"云南是汉文化、藏文化和东南亚文化的交汇点。我有三个参考的背景，在思想里面。在这个背景下，我们很容易从非主流的民族思想里吸收营养，"郭净说，"人类学家从现代文明出发，到达原始文明，却总是会被原始文明俘虏。"

而人们之所以出发，总是因为自身的问题。人们试图寻找不同的精神资源，但是谁能抵御全球化？旅游业已经改变了云南，人和自然的关系，人与人之间的关系，都不同于以前了。一两个人，纵使几百几千人，又能做什么呢？

与其说是为了拯救世界，不如说为了拯救自己。任何文明都可能消亡，只是当时当地，个人如何选择。

郭净在一篇文章里写道："就连那些以人类学为职业的人，如果不满足谋一个衣食饭碗，而试图去远方、到他人的文化中寻找生活的价值，就应当属于朝圣者之列。由于经常形单影只地外出，这类人难免渐渐远离华丽的学术殿堂，像溪水，汇入到为朝圣而远行的人群当中。既然是远行，那么无论何种形式的朝圣，都必须以地理上的'异乡'为目的地。真正吸引朝圣者不停地往前走的，是对于陌生之地的幻想。"

四

在去德钦的路上，山路反折缠绕。夜里降下大雾，汽车灯光只能照亮一轮之地。我想到马骅，这个汉族诗人，厌倦了都市的生活，由郭净介绍到这附近的乡村小学教书。有一天，他坐拖拉机去县城买书，回去的路上车翻入澜沧江，再也没有音信。在他翻车的路边，常有鲜花，香烟。

在马骅最后的岁月，他曾写诗说：

> 梦游的人走了二十里路，还没醒。
> 坐在碉楼里的人看着，也没替他醒，
> 索性回屋拿出另一把伞，在虚无里冒雨赶路。

在云南处处有人提起他。"马骅你知道吧？"诗人吴家英说，"他才是真正用心灵行走的人。"

芦笋记

文 _ 王琛

一

　　表弟坐在马扎上，他的脚边躺着一堆又一堆的芦笋。绿色的芦笋大都半米长，头部尖细尾部粗壮，表弟一根一根将它们拣起，把它们的头部对齐、码好，铺在面前，再拿蓝色的塑料胶带捆在它们的腰部。每捆都是差不多十斤。我坐在另一个马扎上，面前也是一堆芦笋，我低下头，模仿表弟的每个动作。由于不熟练，我的速度很慢，我扎好一捆芦笋的时间表弟能扎好三捆。

　　你去歇歇。表弟说。

　　没事。说着我站起来，摇动我的腰部，一会儿是逆时针一会儿是顺时针。我的腰发酸，好像一直被捆起来的不是芦笋而是我。

　　我晃完了我的腰，再坐回马扎，拾起芦笋。散乱地躺在一侧的芦笋逐渐减少，整齐地捆在另一侧的芦笋逐渐增多，随着芦笋位置的转移我的心情逐渐明亮。等芦笋只剩最后几捆，我好像恢复了力气，双手徒然获得了生机。我想起小学语文作业中对生词的抄写，一样是极度无聊的工序，起初心情沉重，每抄一会儿就去计算时间，直到抄到最后一页，因为胜利在望，心情愉快起来，写得也反而最为工整。

从9点扎到12点，表弟和我扎了三个小时的芦笋，我应该看了十几次时间。我看一次时间再看一次芦笋，计算单位时间内我的工作量。

表弟看得出我的焦虑，每次都用微笑来配合我。那微笑带有了然于胸的意思。他起初可能也是跟我一样，到后来习以为常，再也不看时间。看时间没用。芦笋就躺在那里等着。

二

2015年夏天，表弟开始在崇明岛上种芦笋。他在岛上的一家农场租下23个塑料大棚，每个大棚至少有两间教室那么大，排成一排，在太阳下白茫茫一片，闪着光。芦笋是已经扎根了的，转租大棚的同乡交代表弟，大棚是好大棚，芦笋是好芦笋，表弟只用定期施肥和收获就行。25岁的表弟立即交了定金。他读到高中一年级离开学校，此后换过不少工作，每个工作都做不长久，主要就是没赚到钱。24岁结婚时他买了一辆小汽车，每个月要还车贷。接着弟媳生了孩子，他又要买奶粉。在他们两个人都没有工作又要养孩子又要养车的时候，就开着小汽车带着孩子来到了岛上，住进农场的房子。

表弟怀着来赚一票的愿望。我们那里不少年轻人都是怀着

　　　　　　　　　　　　　　　　　　　[随笔]

赚一票的愿望出门的，比如另一个被称作杠子的年轻人。杠子也在农场待着，他的工作是每天早晨把大家扎好的芦笋以一个价格收到卡车上，运往市场卖出另一个价格。这是个人人眼红的好工作，通常一个市场只有一个。本来这个工作属于杠子的姐夫，但杠子当众将一把小刀插到了姐夫的屁股上。姐夫摸着屁股上淙淙的鲜血，一边骂着杠子一边逃往远处。杠子因此继承了姐夫的工作。中午 11 点左右杠子的卡车沿着农场一排房屋前的主干道鸣笛前行，路旁正在扎芦笋的众人就加快了手上的速度。

杠子的卡车推进到表弟门口时，我正在摇晃我的腰。杠子停下车，探出头。小时候我去姥姥家那个乡里时跟杠子一起玩耍，不过现在十多年没见，我们早就不认识了。

"我哥。"表弟放下芦笋，擦一下额头，坐在马扎上说。

杠子对我笑了一下。我也答复他一个笑。

"今天收多少一斤？"表弟问。

"两千一斤！"杠子说着，卡车又启动了。也许他说的是两万，我记不清了。

"傻子！"表弟朝远去的杠子大喊，接着转头朝我大笑，笑完又认真地说："杠子不等人，还装，规定 12 点交芦笋，晚一分钟你就得给他递烟，傻吧，杠子不是人。"

三

我到崇明岛是 2016 年 3 月，那时表弟已经在岛上待了大半年。那个月我结束了北京的工作，企图换一种生活，我在南方几个城市待了半个月，最后买了一张高铁票到了上海。我提着箱子，背着电脑，先在市里待了几天，接着坐地铁到了浦东，上了一趟去崇明岛的跨海公交。过桥的时候正是中午，我晒得发昏，不过想到即将迎来岛屿生活，心里还是很不平静。表弟给了我地址，交代我下了公交车转坐黑面包，价格二十块。我下车直接拦了出租车，岛上车很少，司机开得飞快，汽车越过高低起伏的公路，越过大小不一的桥梁，穿过几个小镇，一直开进了农场，在一片大棚的白色的光芒里，出租车沿着主干道缓缓推进，路过一户一户的平房和一堆一堆的芦笋，直到我看见坐在马扎上的表弟。当时他刚刚将芦笋交付到卡车上，正在认真地数钱。他手上有一叠红色的钞票。

"多少？"我将行李箱从出租车后车厢拎出来，远远问。

"我靠！"我记得表弟吓了一跳，可能手还抖了一抖，抬头看见我，站了起来。

表弟一家三口住在平房里，以衣柜隔出一个卧室，卧室外面是简单的客厅，摆着冰箱、洗衣机、一张饭桌、几个马扎。我住在平房旁边一个建筑工地常见的那种临时板房，房里有一张床，一个写字桌，桌上有一副扑克牌、一只手电筒，地上则堆着几箱农药、几圈铁丝和一台背在肩上的农药机器。床上已经铺好了被褥。

两间房子前面是一片水泥空地，也就是每天上午坐在马扎上码芦笋的地方。上方搭了黑色的网罩，用来遮阳。事实上，一旦到了正午，阳光过于猛烈，这网罩根本不起什么作用。

我到农场的第一天晚上，表弟买回了一只咸水鸭，拎出一桶黄酒，一杯一杯给我倒满。黄酒二十块钱一桶，一桶两升。

[随笔]

我才喝了两杯就脚下打转。表弟自己喝，一杯接一杯。

在岛上就得喝酒，他跟我解释，酒能解乏，不喝睡不着，睡不着第二天就干不了活。一到晚上都是酒味，你去路上闻闻。表弟说。

除了喝酒呢？我问。

除了喝酒就是吹牛，表弟说，都太能吹了，我是来了才知道的，不吹牛过不下去，吹牛吹到最后自己就信了。

怎么吹？我问。

睁着眼睛说瞎话，吹自己挣到钱了。上一年，芦笋一年到头卖不上价，就腊月里贵，腊月贵的时候棚里就根本不长笋，到春天长了笋，价格就噌噌往下掉。表弟说。

赚不到钱？我问。

赚不到，根本赚不到，表弟说，大棚是好大棚，芦笋是好芦笋，就是赚不到钱，前年芦笋贵，市场起来了，整个岛上都种芦笋，芦笋太多了，就卖不上价了。

四

晨昏交替，除了吹牛和喝酒，菜农还要给芦笋施肥、浇水、除草、捉虫。表弟几乎一个人完成了这些工作。有时表弟媳妇想帮忙，表弟疼媳妇，不想累到她，就将她赶出大棚。

早期，岛上也有当地的工人。工人分两种，一种是计时工，岛上称为"小工"，另一种是包身制，称为"长工"。小工按小时收费，比如拔草，一个小时十块钱，拔完结账。长工拿固定工资，早先的价格是每月两千元，一部分是聋哑人，另一部分智力不及常人。对于菜农来说，聘请长工较为实惠，但长工稀缺，农忙时只能聘请小工。小工脑子灵活不易管理，经常出工不出力，最大的爱好是看表、睡觉、磨时间。七月天，大棚里杂草长到了棚顶那么高，必须请人除草，这就到了小工最容易偷懒的时候。你看到哪个小工提了一个纸箱进棚，表弟说，那这个小工肯定有问题。进了棚，小工钻到杂草最盛的地方，拆开箱子铺在地上，躺上去就开始睡觉，太阳在大棚外的天空里越滑越远，滑到看不见，他才揉揉眼睛，出门找菜农算钱。

但到了这年，就是这样偷懒的小工也请不到了。表弟说都是因为江苏那边的农场给价高，小工过去了，岛上没人了。租大棚的菜农请不到工人，就只好全家一起出力。能给他们帮忙的只剩下太阳。太阳意味着绝大部分事情——如果白天太阳够大，那么一夜过去芦笋平均能长五厘米，换成阴天，芦笋一夜就连一厘米也长不了。

昨天是多高，今天还是多高，表弟说到兴奋处，大概是仰头喝下了一杯黄酒，大笑着说，你走进棚一看你就哭了！

表弟比我小三岁，但当他讲述自己的农场经验时，显示出的是比我更年长的神态。我接不上话，也没法打断他。夏日，在我们那里的乡间，有时你能碰到几个劳作以后在树下闲扯的中年人，他们就使用着和我 24 岁的表弟相同的语调和神情。乍一看你觉得他们似乎是骄傲的，但很快你又明白那态度和骄傲正相反。似乎是什么将他们牢牢地折服过。

芦笋不长高你也哭，长得太高你也哭。表弟继续使用那种语气，接着说。那时我已经迈不动腿了，扶着墙走回我的板房，躺到了床上。我的电脑在写字桌上充着电，书包里放着几本书。

　　　　　　　　　　　　　　　　　　　　　　[随笔]

一周以后，直到离开崇明岛我也没有打开过它们。

岛上太安静了，只能听见风声，风吹到金属板房上产生巨大的声音，我在夜里被吵醒，以为下雨了，走出门看见天上满是星星。我走到路边，对着一棵树排尿，接着回到床上，再醒来是早晨8点，推门出去，看见表弟一家的房门已经上锁。农场里8点多太阳已经很高了。我换了运动鞋，走向远处的白茫茫的大棚。

五

喝酒时表弟跟我讲起在大棚里拔芦笋的感受，是拿农场里一个姓薛的老头做例子的。薛老头是个鳏夫，在表弟之后来到农场，自认能干活，一个人租下了三十个大棚。第一天早晨，其他已经完工的菜农们走出大棚，待在阴凉处，看见薛老头走出最后一个大棚，捏着一把芦笋，整个人晃晃悠悠，好像醉了酒，走在路上，走了几步扑通跪了下去，仰头对着太阳，大叫起来。

"去你的老天爷，"表弟将薛老头的叫喊复述给我，"老天爷，你干死我吧。"

走进大棚，芦笋有高有低，表弟示范动作给我，拔掉那些超过半米的。我弯下腰，握住芦笋的根部，用力将它们拔起。我拔了十几根就湿透了后背。表弟拉开一层塑料，使风吹进来，他告诉我，棚里的温度大约是四十五度。

拔了半个大棚，我有点站不住了，走了出去，跟表弟一起抽起烟来。回头看看棚里高低不一的芦笋，我们又钻回大棚。第一天早晨我大概拔了不到三个棚，和表弟一起推着电动三轮车将它们运回门口。我以为我的腰不见了。

回到门前，我和表弟坐在马扎上，将芦笋捆扎起来，等待杠子开着卡车出现。为了找回我的腰，我不得不坐一会儿就站起来，不停地摇晃它。12点，含着一根烟的杠子接过了表弟的芦笋，交付了定金，将卡车开走。我坐上表弟的电动三轮车，我们走在主干道上，走在杠子的卡车烟尘里。"我哥。"表弟跟他熟悉的人介绍我。我们将三轮车开出农场，走在崇明岛的小路上，越过河流上的桥梁，一直开到崇明岛镇上的澡堂。在洗澡的过程中我的两腿发酸，站不住，脚底打滑，表弟看着我大笑起来。洗澡以后我到一家菜馆点了一只咸水鸭打包，路过菜市场，我又买了一些猪肉两个椰子和一袋香蕉。我想买两条野鱼，可是此后几天去遍了附近的渔家也没买到。他们说天太冷没有出海。我将买来的东西放在车上，我坐在三轮车里的马扎上，表弟迎着风开回农场，路上我们遇到几个同样开着三轮车的中年人，表弟跟他们一个个点头打招呼。

你认识？我问他。

不认识。他说。

回到农场，我喝起黄酒，一杯接一杯，喝到两腿发软。6点不到，农场已经四无声息。那个3月我在崇明岛待了一周，结束了并没发生的田园牧歌式的岛屿生活。表弟在半年后也离开了农场，他说他亏损了大概10万块。临走那天，大棚荒废了，他想转租出去，但是等了三个月也没成，就扔下大棚，开着他仍在还贷的小汽车回了山东，回到了我们县里。

[随 笔]

海边的老鼠

文 _ 谢野

　　我们从日照开车到海阳，用了三个多小时，一路顺畅，碰到服务区就停下来，抽支烟，喝一罐红牛，然后换一个人驾车继续上路。我和小黑都没去过海阳，胶东半岛的一个海边小城。如果不是小黑的朋友在那里有套房，我们根本不会路过那儿。那朋友是个古怪的书生记者，几年前去海阳出差，顺手就买了那套一居室，阳台能看到大海。他后来再也没去过那地儿，说已经变成了鬼城。我们离开高速时，是傍晚，阳光只剩一点点。四周都是荒地，看不到鬼城，也看不到大海。

　　车里原先有三个人，但其中年纪最大的老黑，前一天坐火车回上海了。临走前他还了我的墨镜和书，留下整个后排空间和几箱没喝完的啤酒。出来这一个多月，小黑中途离开过，老黑现在也离开了，我没办法离开，我得把车开回北京。但这事儿说不准，我们一路都在讨论，也许能在哪儿寻摸到一个极乐之地，抛锚扔车，再待上几天。我们碰到过一个女孩，在某个小城一起转了两日，然后各自分头再上路。小黑年纪轻有女朋友，我和老黑年纪大了些。但这事儿，也说不准。

出了收费站，我们驶上了一条小公路。天还没黑尽。公路雾蒙蒙的，是乡道，两边都是电线杆和农户。路的尽头出现了一些高楼，楼那边也许就是大海。轮到小黑开车。

"慢点开，不着急，"我摇下车窗，冲进一股湿润的腥味，"海风就是不一样。"

"还是海边舒服。"小黑说。

"可能。"

"你不觉得？"

我伸手探向窗外，摊开手掌，迎着风。路上一个人也没有。

"你同学说得没错。"我说。

"什么？"

"手掌迎着风的感觉，"我嘀咕道，"像女孩。"

"对。"小黑笑了两声。

我们拐上一条水泥主干道，没多久，再右拐驶入了那片高楼区。这儿离海阳市区还有段距离，盘在一大片儿荒地上，大门很豪华，道路很宽阔，我们绕了个圈，跟保安打了个招呼，直接进了小区中心。我说，肯定是这儿，没错。这些高楼都空洞洞的，不像有人住。我们在中心街道停下，两边都是商铺，几个餐馆还在营业，街边停了一些车。

"这些车从哪儿来的？一点儿都不像鬼城。"小黑说。

"我们也可以在这儿吃点什么。"我说。对面有一家饺子馆，一个咖啡店。

我跳下车，站在街边，掏出一支烟点上。包里的烟快没了，我有点担心这儿买不到烟。小黑也下车走过来，我递给他一支，

[随笔]

他摇摇头。这一路他都没怎么抽。有时他会突然戒烟，连续几周不碰。比如他感到胸口很闷时，就觉得这玩意迟早要了他的命。只有在喝酒到半夜，他偶尔会晃荡着从沙发上站起来，拿过桌上的烟盒，"我也来一根"，他说，像对着死神说话。然后他默默站在窗口，吐出烟气。他一包一包买烟。我喜欢买一条。很久前一个深夜，我抽完了家里所有的烟，凌晨跑到街头到处找小卖部，走了好几公里，空气很新鲜，但我想着胸里被熏黑的肺，如果不赶紧抽一根，也未免对不起这空气。自那以后我尽量随身带一条烟。烟灰缸插满了烟头。

我也认为我迟早会死在这玩意上，有时能感到身体某些部分已经麻痹，像被人拿刀从头到脚分成了两半。左边是塌陷的肺，抬不起的手，走路的时候矮了半截。右半边生活在白天，可以单手端花盆，敲打键盘，拿酒瓶约人吃饭。可能走着走着，左边的身体就掉了。我想趁着还健全，在海边住上一段时间。也许能买个房子，或租套公寓。这种意愿越来越强烈，也像成了瘾，所以小黑提议我们来看看他朋友的房子时，很好。

抽完烟，我站在那儿朝海边望去，不远处有两栋金碧辉煌的大楼。"十里金滩"，是个大酒店。四周是高楼住宅，楼下有一个人工湖，湖边和道路之间是修整完美的草坪。现在，一群一群人正从酒店那边朝我们走来。老人牵着小孩，穿着泳装的年轻夫妇，推着婴儿车的家庭。我说，这儿看起来很郊区生活，你那朋友为什么说是鬼城？小黑说，谁知道呢，可能他自己也没来过。

我们逆着人群朝酒店走去，夕阳马上就没了，影子拖得很长。小黑正在电话里问他朋友，那房子到底在哪一栋楼。但不

海边的老鼠

管是哪一栋楼，我们今晚都住不了，他好像还没接房，连家具都没有。我说，他阳台能看见海吗？小黑说，如果看不见海，还住在这鬼地方干什么？我们停下脚步，又看了一圈："这地方看起来还真挺好的。"

酒店大堂有很多人，中间放了一个小区沙盘。我们站在旁边，在沙盘上寻找朋友的房子。那栋楼二十多层，手指那么长，确确实实就在海边。我想象自己站在这个模型里的阳台上，注视着大海，除了抽烟，好像也不知道能干什么。也许我们可以在这儿歇一晚，我说，不用去海阳市区了。对。

前台的姑娘很年轻，穿着制服，正忙着打电话，解决某个房客的淋浴头问题。我问她标间多少钱，她抬头望了我一眼，899元。我环顾了一圈大堂，打算离开，这时她搁下了电话，对我说，不好意思，我们的房间今天全都满了。

大堂后方是一排阶梯，我们从那儿走下去，出了大门，外面的世界突然热闹起来。这儿有很多儿童游乐设施，喷水池，穿过去是一大片沙滩。沙滩上搭着帐篷，卖海鲜烧烤。十几辆沙滩车堆在旁边，围了一圈空地。到处都是人，年轻夫妇和老人小孩，到处都是人。太牛了，小黑说。

我们脱了球鞋和袜子，穿过沙滩走向海边。往人少的地方走。这时太阳彻底没了，天空罩着雾一样的蓝，回头看，酒店大楼闪着灯光，能看见面对着大海的阳台上，一个人也没有。

"这沙滩不错，沙子很细，"小黑说，"那房子值了。"

"也许我也应该买一套。不知道还有看得到海的房子吗？"

"有，但也许很贵。"

"夏天人太多了，冬天也许还不错，"我盯着远处拍照的人群，"冬天这儿是什么样子？"

"你可以到这儿安静地写点东西。"小黑笑道。

"我更想在这儿晒太阳。"

"最好旁边还有个人。"

我们挽起裤管，站在海水里，等着新一轮海浪卷过来。"也许住上几天就烦了，我刚才没看到小卖部，没法买烟，外卖都没法叫，"我说，"可能很无聊，没什么意思。"

"什么意思？"小黑说，"走吧。"

我们拎着球鞋，赤脚往上走，经过沙滩摩托车时，犹豫了一下。"没什么意思，算了。"我们经过烧烤摊，又犹豫了一下。不远处还有个沙滩大舞台，一个乐队正在唱《让我一次爱个够》。我们在音乐声中接着走，得找个地方把脚洗了，穿上鞋。最后我们找到了一处喷泉，泉水溢出了池子，溢出了小沟，地面上全都是。四周没有人。我单脚站进去，试着在水里把鞋穿上。猛然一阵巨响，我差点掉下来。我们抬头朝海边望去，有人在放烟花。

"这到底什么地方。"我扔掉鞋子，双脚站在水里。

"真魔幻。"

我们站在水里看完了烟火，然后穿上鞋子，穿过酒店大堂——在沙盘那儿又停留了一会儿，然后跟着人群朝小区的中心街道走去。饺子馆还开着，但我不想吃了。"我来开车，"我说，"我们先离开这儿。"

我挂上挡，掉了个头，踩油门时听见脚底在滋滋出水。我开得飞快，在转盘那儿差点走错了方向，没再跟小区大门的保安打招呼，车挡自动抬起，我们直行，左拐，再右拐，又开上了那条我们来时的小公路。

小黑打开手机放了音乐，开着车窗。天已全黑，这条路上一盏灯没有。我们都没再说话。然后我看见前方大约100米处，一只像老鼠一样的东西，爬行着，正横穿公路。它看起来可真肥。我目测我应该刚好错过它。然后我们听见"啪"的一声，闷闷的，车抖了一下。

我们俩同时叫了一声。

"感觉爆浆了。"小黑说。

"是。"我继续往前开。

"太可怜了，"小黑说，"那是一只老鼠？"

"应该是。很肥的老鼠。"我不想认为那是一只松鼠，松鼠应该没那么肥。我尽量保持平静："也许它怀孕了，那么肥。"

"一尸两命。"

"肯定不止两命，如果是老鼠。"

我们接着往前开，前方很黑。快到收费站时，我差点拐进了一条错误的小路。小黑看了我一眼，平静地说："算了，别想了，你专心开车。"

"至少它没有痛苦。"我说。然后我们拿了收费卡，上了高速，我踩大油门，驶入黑暗。隔了半天我问小黑，我们今晚到底去哪儿啊？

老黑、小黑皆为化名。

玩
物

于世为闲事，于身为长物。

——文震亨（明）

隔壁李姨又唱起了歌

文 _ 黄昕宇

我在北京二环内住了快两年，搬了三处胡同里的平房。胡同里的生活糙，又特真实。

一、公厕

搬进胡同杂院的第一天，我出门就被邻居大叔拦住。"你这屋子装了马桶吧，我跟你说啊，"他说得很慢，很严肃，"这马桶啊，只能上小的。为什么呢？这儿下水管老，挖得细，容易堵，一堵堵一院子。明白吧？"

平房大多不带厕所。胡同里公厕密布，一些翻新过的公厕有了带门的隔间，老厕所么，就只有隔板了。每间公厕有一个负责打扫的清洁工人。

我住的院门外就是公厕。有时上厕所，墙外一声口音浓重的大喊："有人吗？"——大爷要来打扫女厕了。我还蹲着坑呢就赶紧喊："有有有。"是真慌。后来，管这间厕所的换成一个山东口音的短发大妈，长得敦实。大妈进女厕是没声的。你低头蹲着，视野里闯进一摊拖布，紧跟着一双旅游鞋，亮橙色裤管。大妈不说话，一步一拖，拖布划到你跟前十厘米，又一步一拖，到下一个坑位。在最后一个坑位，她一脚踩住冲水踏板，拖布在"哗哗"水声里涮啊涮啊。

院门口有棵树，大妈总是抱着腿坐在树下的小马扎上发怔，不大跟人说话。我只跟她说过一次话。那天我从厕所出来，她喊住我，把手机递过来，拜托我帮她完成付款操作，她要买一条六十几块的连衣裙。"姑娘帮我弄一下，它说要银行卡。"她又从兜里掏出一张银行卡给我，接着又把身份证号背给我听。我用她卡得不行的手机倒腾了好一会儿，还是没弄成，操作失败的原因是，那张银行卡绑定的不是这个手机号。我解释给她听，她一拍脑袋，"哎呀对对对"，很懊恼的样子。第二天，她又不跟我说话了，在厕所门口撞见就挪开眼神。

后来有几天我出门，看她在树下用一支摊煎饼的木耙子划拉地上的沙。又过了一阵子，厕所清洁工换了人。我猜她大概是干煎饼摊子去了。几个月后却又在另一条胡同的公厕前看到了她。

二、树下的牌桌

过了一冬，天气转暖，胡同闲人在屋外待的时间越来越长，下午阳光和煦时搬出小凳子，在树下聊闲篇儿。"那谁，"叼根烟的阿姨压了压嗓子，"没了。"老街坊都知道是谁，啧啧叹了几声。

杨絮飘起来的时候，满地打卷，在地上滚成一堆一堆。花白头发的大叔抱着胳膊，"就这玩意儿，"他朝胡同另一头抬了抬下巴，"去年那边那个自行车棚，不知道谁扔了个烟头点着这玩意儿，一下都烧啦！"

再暖和点，树下支起一张矮矮的小方桌，一撮人每天傍晚下棋打牌，一会儿安静，一会儿咋呼。几个人坐着，六七个人围拢在桌边，背着手看。胳膊上有刺青的大哥瘦得皮包骨头，热爱指手画脚，总挨骂。卷头发的大妈带着条又胖又老的萨摩耶，趴在桌子旁打瞌睡，凡有人经过，便猛抬起头大吼大叫，胖身子吼得发抖，四条腿还瘫在地上，抬也不抬。只有那个总是笑呵呵的大叔走过，它才站起来亲昵地摇尾巴。大叔大约是这条胡同里人缘最好的人，一路走过来招呼不断，连打牌的人都会扭过头来说笑两句。他的右手垂着，袖管下悬着一只僵硬的假手。另一个养狗的，是个有一副精悍面孔的大哥，粗重的眉毛几乎连成一线。他牵的那条德国牧羊犬，几个月里从憨头憨脑的小狼狗，长成了精壮的大狗模样。狼狗稳重，大哥站在桌边沉默地观看牌局，它就一声不吭地蹲在身后喘粗气。新来的清洁工是个年轻点儿的大姐，闲着没事也好看牌。她站在人圈外，隔着点儿距离，从脑袋缝里探着头看。

三、房东二哥

后来，我搬到马路对面的另一处平房，临篦街，整晚听临近餐馆循环播放《成都》，夜里常常能在胡同口撞见墙边撒尿的醉鬼。

我的朋友张暗住得不远，他的房东二哥太闲了，因此格外热心肠。有一回我见他在小胡同里弯着腰来来回回跑，帮邻居抓一只逃出笼的仓鼠。张暗领他来我屋里坐，他听说我屋里出水管水压小，一拍胸脯："这好办，装个水箱，我给你弄。"然后花了一个下午，帮我焊了铁架装上水箱。

二哥50岁上下，有福气，一天班没上过。他有个上幼儿园的儿子，每天早上送孩子上了学便无所事事，直到下午接孩子放学。他在胡同里有两三间房子出租，张暗住在二层加盖的阁楼。刚搬过来时，他得知张暗搞音乐，就弄了把琴，拜师学吉他。有那么一两个月，儿子上学去了，他就抱着琴，"5323，1323"，慢腾腾地练上那么一会儿指法。后来没声了。晃上楼来找张暗唠嗑，张暗就问他，琴练得怎么样啦？他说，太忙啦，每天还得接送孩子呢。过了一阵，他在路边看到一把别人丢掉的旧琴，就捡回来给张暗（张暗本人也很喜欢捡破烂）。"看我给你捡了个好东西。"

二哥还喜欢玩小动物。最早房门口有一只笼子，关两只黑白杂毛的小兔子。他常常指导儿子给兔子喂吃的。后来又养了一只白色的小杂种狗，在胡同里从不拴链子，围在二哥脚边转，小短腿一颠儿一颠儿的。有一天他家房门口又多了一只笼子，里头有只巴掌大的小花猫，那是房顶的野猫刚下的崽，眼睛都还没睁开。两天后笼子空了。问二哥，猫呢？他有些沉痛："唉，被狗咬死了。"

听张暗说，前阵子，二哥又倒腾来几只小鸟。平时就悬在二楼屋门口，每天清晨"啾啾"叫得清脆。阳光斜照过来，墙上投下几只鸟笼和小鸟的投影，特别好看。二哥送儿子上学回来，就骑一辆板车，载着几笼小鸟，上护城河对岸的花鸟市场溜一圈。

四、房东李姨

今年初夏，我又搬了一个胡同。房东李姨住在隔壁屋，大儿子在当兵，小女儿才上幼儿园，她丈夫一直没出现。李姨得有四十好几了，有点儿胖，皮肤黝黑，眉毛是文的，上挑。我看房那天，她推门进屋，一开口，大烟嗓。她叼根烟，手里端一碗黄瓜片，正往脸上贴，一边问我："你说这贴黄瓜到底管不管用啊，我早就听她们说好，就是嫌麻烦，不然我这么爱用面膜的人早试了。"我加了她微信。她的头像至少比真人年轻了二十岁，肤白貌美，巧笑嫣然。然后我点开她的朋友圈，一溜下来全是K歌软件记录，一天三四首歌和每日人气排名。

住进来我才意识到这意味着什么。她真的是个居家唱将，几乎全天泡在那个K歌软件上，一首歌接一首歌录，完全不挑曲风，一天内可以从《姑娘美姑娘浪》唱到《蓝莲花》，再唱到《走进新时代》。早上8点多，她送女儿上幼儿园回来，歌声就响起了。有时凌晨两三点，我在写稿，她唱得声音嘶哑，还是不停。一首歌得一句一句磨，一些难句可能反复录一个小时也不满意。每次她开始练单句，我就跟猴子听了紧箍咒似的，就那一句歌没完没了地钻脑子，真是头疼得要炸了。我于是总在屋里开音箱放硬核说唱和最躁的朋克，试图把她的歌声盖过去。有一回她上我屋，见我用音箱放歌，觉着不错，隔天也弄了个音箱，每天做饭时在院里放自己录的歌。

不唱歌的时候她在骂女儿，她女儿不想上幼儿园，一哭她就大骂："不上学是废人你知道吗？再哭滚出去！"另一些时候她跟K歌软件里结交的姐妹视频聊天，聊最近的排名，聊谁没给她点赞，聊你用哪个修图软件怎么皮肤这么白。有一天中午，她跟人聊起自己的生活，说起儿子在部队，丈夫在住院，自己一个人带着小女儿，说着说着就放声大哭起来。院里所有人都闻声赶到她屋里劝慰，她直哭了一小时才平复。安静了半个小时又唱起歌来。

五、胡同整治

几个月前，北新桥这一片胡同开始整治开墙打洞和违章搭盖，到处是施工现场、缓慢挪动的大卡车和堵住路的砖土堆，四处尘土飞扬。午后施工消停一个小时，走在胡同里会看到浑身尘土的工人和维持秩序的安保人员瘫在树荫下呼呼大睡。没过半个月，杂货铺和小酒吧大门都被封死了，有的店铺留了个小窗，底下架个梯子，在窗口继续营业。

整治工程一条胡同接一条胡同推进，终于拆到了我住的这条胡同。我们院子深，院里每个人都照旧过着日子，买菜、做饭，倒尿壶，李姨依旧没日没夜地唱歌。除了一出门就是一身灰，生活似乎一切照旧。直到一天下午我回到家，隔壁院的房子开始拆了。李姨领着施工队头子到我房间里看。我突然被通知，临户原先开的大门被封了，得从我屋厕所这儿进门，隔天他们就要来拆厕所。我一下有点懵，刚要开口理论，李姨扯了扯我的胳膊，向我猛使颜色。等他们离开，李姨才跟我说，厕所那小隔间本就是临户的地儿，她也没办法，让我再跟中介商量减点房租。

第二天，拆迁队来了，李姨没给他们好脸色。机器需要用电，工人从院子里接电，被李姨骂了个狗血淋头。他们得进我屋拆，一进门，工人大叔就丧着脸跟我道歉："对不起啊，我们也是给别人干活。"我也不知说什么好，给两个大叔一人递了一根烟，看着家里的墙砸开一个大洞。隔壁李姨又唱起了歌。

击垮我的那些瞬间

文 _ 叶三

一、桥上有四十四只石狮子

童年，我的家在北京二环路的里面。我从小数学不好，听说卢沟桥上有数不清的石狮子，我10岁前的宏愿便是去卢沟桥，数清狮子。

但那时候我没有独自旅行的能力。我屡次向我爸提出要求，终于有一天，他同意了。他带着我从家出发，步行了20分钟，到达一片古气盎然的庭院，说，数吧。我问，卢沟桥不是桥吗。我爸说，你知不知道八年抗战，这是从日本鬼子的炮火中抢救下来的遗址。我恍然大悟。那庭院大门的柱子上确实有石狮子，我去了很多次，数了很多遍，每次结果都不一样，出现最多的数字是四十四。

小学四年级，学校组织春游，地点是卢沟桥。我兴奋地告诉小朋友们，那里我去过好多次，就在我家附近，桥上有四十四只石狮子。然后，我们上了车，车向西开，向南开，再向西，再向南，离我家越来越远。我的心冰凉地往下坠啊，直到我见到干涸的永定河，河边的野芦苇在春风里招着手，一道桥横跨河床，眼睁睁就在我面前。

我的心触底，粉碎。

那天晚上，我爸告诉我，我从小去的"卢沟桥"其实是辅仁大学旧址。他大概连续笑了20分钟。在10岁，我第一次尝到了失眠与人生的残酷。

二、 堵车的路

2015年的国庆假前一天，我结束加班，驾车回家。正是北京最拥堵的晚高峰，雾霾渐渐涌上来，离家三公里时，我被堵死在路上。

暗淡的路灯和血红的车尾灯晃着我。刺刺拉拉的电台音乐油腻着我。雾霾越来越重，天地间是混混沌沌的鼠灰色，北京露出肮脏的笑脸，人间地狱。我拉起手刹，前车马上往前蹭了蹭。我松开跟上，它又不动了。我使劲遥望三公里外我的家，徒然。

从焦躁到丧没用多久。强制空下来的时间逼我开始思考。我盼着早点到家，随后想到，家里一片漆黑，锅盘冰凉，唯一的猫躲在床下，从来、从来、从来没有迎接过我。接下来的假日，大街小巷将充满了人，我将无处可去，无事可做……没等从丧过渡到绝望，我忽然发现，我急需上厕所。

那天后来的事情我不想回忆。总之，一切人生的苦恼都被归结于肉体。我清楚地记得，在一动不动的车流中，我捧着一个濒临爆炸的膀胱，无比具体地想到了自杀。

三、 驴包

驴包，就是那个东北妇女普遍喜爱的世界著名品牌手提袋。我妈是个东北妇女，所以我妈也喜欢驴包。第一次到巴黎，连卡佛百货店年中打折还退税，我在驴店门口排了半小时，得以进店，买到一只，作为当年的生日礼物，送给了我妈。

几个月后，我妈召我回家，说驴包的拉链坏了，表示十分烦恼。驴是名牌，全球保修。我袋起该驴包——用一个庞大的购物纸袋——作为文艺青年，当时我觉得背着驴包在街上走很丢脸。我拎着大购物袋来到国贸商城的驴店，佯装镇定地走了进去。

当时盛夏，我穿着T恤短裤人字拖，T恤上一只米老鼠。驴店冷气十足，一名靓妆的导购小姐笑吟吟地迎了上来。我把我妈的驴包掏出来，说明来意。导购小姐保持着笑容，双手托着它，小心翼翼地走入后台。

我在充足的冷气里站着。几分钟后，导购小姐回到我面前，不知怎的我觉得她的笑容降低了几个度。小姐啊，导购小姐斟酌着词句说，根据规定，您这个包不能保修，因为，嗯，因为，您改装了内饰。

我感觉我身边的顾客和导购把目光投了过来。

我双手扯开驴包。红彤彤的内袋里，有一个绒布口袋缝在上面，大小刚够装进一个大钱包。绒布口袋也红彤彤的，针脚细密结实——慈母手中线。

天崩地裂的一瞬间后，我抱着驴包，拎着纸袋，落荒而逃。

四、沉重的时刻

当我从大而无当的睡眠中醒来，发现自己身处黄昏——那些时刻是致命的。

在黄昏，我从昏睡中醒来，意志随着视力渐渐苏醒，苏醒过来再沉淀下去，我看见租来的房间中日光正在离开，无论好的还是坏的梦境都已忘怀，书架上的书在床对面严肃地看着我，脱下的衣服丢在椅子上一动不动，两只拖鞋在地板上互不理睬，电脑电源闪着一小点缺乏人性的光。这些事物与我有什么关系，我想不起来。我坐起来，在晦暗中坐一会儿，确认我还是我。然后我会再躺下。窗口挂着的纱帘被风扬起来，楼下，小区游乐园中孩子们的笑声锐利地划过耳边，或者他们中的一个会突然大哭。天色就彻底暗下去了。

往往是周末，家里熙熙攘攘的时分。饭菜香从门缝里溜进来，我饿了，这提醒我肉体的不可摆脱。我拉被子盖住身体，身体又冷又热。想哭又不想哭，不能再入睡也无法起床，我安静着，模糊地听见家人说话，谈一些好像天长地久地经营下去的事情，那些正在努力建设的生活，一门之隔，但与我完全无关——所有我触手可及的都是错觉。这样的时刻具有真理的气质，它揭示给我，我从未成功地将自己植入任何一种生活，我一直坐在河边，人们渡河，人们溺死，人们怨憎会爱别离，我连鞋都不曾弄湿。

我躺在这里，想到没有一个为我保留下来的房间，没有任何不动产可言，没有什么值得为之奋不顾身的未来。我不再写诗，不再有什么热望，所有的阴暗和自怜都被征用到这一时刻，没有任何宽慰的可能。心跳着，孩子们悠扬地哭着或笑着，无休无止，如一场失败的情欲。

以上，节选自我几年前的旧文《沉重的时刻》。我经常想，里尔克是在这样一个时刻写下那首诗吗？那些击垮我们的瞬间从来不是哐当哐当地大肆降临，而是偷偷摸摸如诗，如白纸，如体温。如年老的忍者。

五、猫的告别

我算得上一个铁石心肠的人，看文艺作品，至多热泪盈眶。但也有例外。今年夏天，我为一部动画片哭了一个晚上。

动画片是真正的动画片，《甜甜私房猫》，日本人画给小朋友看的。第一季的最末一集，小猫小叽趴在窗口看风景，看到它的朋友大猫大黑被装入笼子，放上车，车从小叽眼前慢慢开走。

小叽是只不谙世事的小小猫，它以为大黑正出发去旅游，旅途愉快呀！旅途愉快呀！它兴高采烈地拍着玻璃喊。车慢慢开过去，大黑看不见了，小叽突然明白，大黑它是搬走了，它不会回来了！大黑不会回来了！再也见不到了，大黑！它拍着玻璃哭喊，大黑你回来，回来……

猝不及防，一部动画片！我能接受和试着理解所有故作残忍的电影、电视剧、诗歌、小说、流行歌曲和真实的人生，但是一只小猫！一部卖萌的动画片！这是为什么呀。一生的悲欢离合、一生的委屈与无奈，都在那个瞬间狠狠地砸在了我身上。

至今我仍在问。这是为什么呀。

[玩物]

访谈

思想比生存更好。

——佩索阿

梅峰
关于《不成问题的问题》的问题

采访、文 _ 张莹莹

　　梅峰，1990 年毕业于国际关系学院中文系，在内蒙古做了五年公务员后，1995 年考入北京电影学院，三年后毕业，留校任教至今。

　　2000 年起，他与娄烨导演合作，先后担任电影《颐和园》《春风沉醉的夜晚》和《浮城谜事》的编剧，《春风沉醉的夜晚》曾获 2009 年第 62 届戛纳电影节最佳编剧奖。

　　2015 年，梅峰首次担当导演，将老舍先生的同名小说改编成电影《不成问题的问题》，这部电影获得 2016 年第 53 届金马奖最佳改编剧本，饰演主角丁务源的范伟获得金马奖最佳男主角。

　　小说写于 1943 年，正值抗战。故事发生在位于重庆郊区的"树华农场"，篇幅不长，主要人物是三男一女——迎来送往的农场主任丁务源，自称艺术家的浪荡子秦妙斋，想要破除陈规的新主任尤大兴和他的妻子明霞。在电影中，梅峰加入了新的人物，农场股东许老板和他的三太太，另一个股东佟老板和他的女儿佟小姐。

在这篇访谈中,梅峰谈论了由小说到电影的改编,所谓"民国感"如何制造,"学院派"的光芒与衰落,以及他的个人阅读史。

一、改编

正午:从您导演的电影《不成问题的问题》谈起吧,它改编自老舍先生的同名小说,您是怎么想到改编这部小说的呢?

梅峰:最早是电影频道找到我,纪念老舍先生逝世五十周年,想拍一部电视电影。后来电影学院提出"新学院派"电影计划,让我们这些老师报项目,我报了老舍的项目,通过了,就开始着手了。2015 年四五月份进入前期,当年十月份左右开拍。

我大学读中文系,老舍先生是现代文学一定要讲到的人,像《骆驼祥子》《正红旗下》《月牙儿》《断魂枪》等等就都看过了,我在没有看过的老舍先生的作品中找,看到《不成问题的问题》,行了,别的不看了,这个最有意思。

它不太像我们熟悉的老舍先生的作品,以北京为背景,小人物勾连出悲欢离合,大家庭映衬成时代变迁,能感觉到他有非常强烈的意愿去靠近这些人,用写实的笔法,忠于生活的面貌。但《不成问题的问题》,老舍先生以如此讽刺的、漫画般的、抽象的笔调去写这篇小说,跟里面所有人物都保持距离,感受非常奇特。细想他写这个东西背后的意图,他想表达什么,就变得有意思起来。

正午:小说最直观的就是其中强烈的讽刺意味,当您把它改编成电影的时候,您怎样处理这种讽刺?

梅峰：文字有文字的自由，去控制一种讽刺的、漫画式的、夸张的变形是游刃有余的。而电影有电影的局限性，这种夸张、失实和变形的处理，变成视觉就没办法了。小说里写秦妙斋，"像个大龙虾似的那么东一扭西一躬的"，电影再去拍一个人也不能说拍出感觉像大龙虾。小说改编成电影，视觉就要以符合我们对于现实的期待和想象的样子来做，但我不认为这是对小说原来的讽刺力度的选择性淡化或者削弱，而是说保留一个神韵，这个神韵一定要符合老舍先生写小说的本意。拿老舍先生的小说做我自己的文章，那是不可以的。

正午：您之前也做过剧本改编，譬如《浮城谜事》改编自天涯论坛上的一篇帖子，但电影只保留了原帖最基本的框架。在改编时，您认为对原作持什么样的态度跟方式是合适的？

梅峰：改编分两种，一种是改编经典文本，选择它就是因为它的意图，一定要忠实它的意图。你可以在旁枝细节上丰满或者删减，可以做创造性的发挥，但是一定要符合小说本身的意图，如果把整个注意力仅仅放在故事本身，会有很大的危险，可能浪费了一部经典作品，浪费了一个好的故事。

另一种是来自真实生活素材的改编，是那些曾经发生过的行为、动作、充满戏剧性的时刻组织出来的东西。它的危险在于看似有头有尾，流水账一样，以看似戏剧性的终场结局。《浮城谜事》的原帖《看我如何收拾贱男和小三》就是这样，女主人公告别了这段婚姻，可能迎来了新的生活、新的爱情，从生活层面看它是完整的，但是要改编成剧本，面临一个特别大的问题：怎样用看似真实或者是实际上也确实发生了的这些现实，组织出一个符合电影叙事的方案，这个方案是最难的。

经典作品给你最好的东西就是它已经有一个非常清楚、有说服力的戏剧方案了。小说是对现实生活的重新结构，再有深刻评判性的小说也要由人物生动饱满的自身和有说服力的行为线索去释放它背后的含义。但是小说改编时依然有视觉化的问题。《不成问题的问题》是个短篇小说的格局，当要把它变成两个小时长度的标准电影，你怎么去呈现一个符合电影叙事的、有说服力的东西？短篇小说已经大刀阔斧地裁减过了，原封不动地去用，很危险，或者很枯燥。

比如说，小说里所有事情都是在农场发生的，但一个电影两个小时从头到尾就在农场，不好看吧？小说里面就三个男人一个女人，性别比例上也不太好看，缺少了一点情感的流动性的东西。男人的事情就是社会的、江湖的、利益的、拼杀的，总在世俗生活的层面上。加上刚才谈过的，小说改编成电影已经面临了风险，损失了原本漫画式的幽默与讽刺，那我觉得，是不是在小说背后能够创造出一个复调的、更有趣味感的层面，不要因为是老舍先生的东西就一点也不敢动。

我看了抗战时期关于重庆政界、军界、文化界、教育界甚至黑帮的大量文献，当时很多人为避战乱，从上海、南京迁到重庆，到了重庆要"拜码头"，形成了"袍哥文化"，是重庆本地很有特色的东西。根据这个背景，我们设定出来农场的股东，匹配出来一个许宅，有了许老爷和三太太，又有一个佟家，有了佟小姐。许家是外来的，佟家是当地的，两家有矛盾，而所有矛盾冲突显现出来的东西都在丁务源身上，他在夹缝中，面临很多选择，必须要做出决定。跟小说相比，电影呈现出丁务源的处境与难处。跟范伟老师沟通的时候，我们都觉得，这个角色天天就是表演。这是观察中国人情世故得出的一个微妙的东西。

正午：小说中，所有人的背景都有所交代，丁务源是交代得最少的，却也提到他做了农场主任之后把自家"姑姑、舅爷、舅爷的舅爷"都带进来。但是在电影中，丁务源全无背景，连亲戚都没有了，为什么您要这么处理？

梅峰：故意做出一个抽离的效果。小说中提到了他的亲戚关系，显示他于公于私都照顾到了，好像也缺少了一点趣味，我尽量让丁务源这个人显得是他给别人张罗事，至于他从给别人张罗的局面里能够得到什么好处，那是他心里面想的问题。另一个考虑，小说中也写到，丁务源闯荡江湖，大江南北，跟什么人都能来两句方言，不知道从哪里来的一个人。这是战争年代，很多人流离失所，很多人隐姓埋名，可能有人摇身一变、改名换姓开始了新的生活。

我们主要目的就是塑造这个核心人物，他是什么性格？他遇到问题会做出什么反应？在这个思路上，给他戏剧性的动力和障碍就可以了，那些留白，对这个形象是有好处的。电影的核心人物一定要简单，信息量越大，给观众带来的干扰越多，分散对这个人本身的魅力的关注。塑造角色要有组织性，观众开始看时对这个人没有感受，看了半小时，这人挺幽默的，一个小时，这人深藏不露，心里面得有多大的江湖啊？电影要给观众慢慢地培养这种东西，而不是用表露在外部现实的具体的动作分散观众对他的抽象判断。这种判断会产生一种幽默感，一种戏剧性。

正午：所有的这些，在改编过程中是怎么一步步实现的？

梅峰：慢慢摸索，原来模糊的，写着写着清晰起来。小说里面什么都没有，写作的过程挺痛苦的。

第一稿出来，虽然变成了剧本格式，但结构、框架、人物和小说都一样，像把小说照样抄了一遍，感觉特别不好。第二稿，我跟黄石（与梅峰合作的编剧）说，我们先写两个女性人物，先把两个背后的股东的家庭写出来，再看看能不能做出有意思的东西来。就是打破小说中空间的束缚和人物性别带来的色彩感上的束缚。我们加入了很多信息，包括三太太和许老板说，现在市面上鸡蛋两块二一只，猪肉十四块钱一斤，这都是从重庆当时的物价表里查出来的。生活的物质化的细节一定要呈现，这样电影就扎实起来。

正午：这部电影给我强烈的感受是，每个人都随时处在流动的关系里，没有谁和谁的关系是确定无疑的，但整体而言又存在一种确定的秩序。

梅峰：对每场戏，我的要求就是一定符合我对生活的理解，一旦觉得哪儿不对了，肯定是不符合我日常生活的逻辑了。我觉得生活就是这么复杂微妙，就是欲言又止各怀心事，在复杂和微妙当中，演员就会有发挥空间，不是死板地把台词准确无误地背出来就行了。

二、风格

正午：《不成问题的问题》的一些影像让人想起《小城之春》，有一种对二十世纪三四十年代的想象。

梅峰：电影的调性跟视觉设计有关系，我有想法以后，跟摄影和美术做了很多具体的沟通，选择黑白，使用比较长的固定镜头，都是在看了大量参考的片子之后定下来的，包括二十世纪四十年代中国最重要的电影作品，像《小城之春》《乌鸦与麻雀》《万家灯火》，不断地看。技术性的提醒最强烈的还是《小城之春》，通过画面了解它用什么方式来创造出这样一个视觉的、想象的世界，有一些借鉴。

这部电影也选择了单机拍摄，单机意味着技术的限定性，也是想尝试用这个限定性做出气质上比较特别的东西。

决定使用黑白后，我们做了很多的实验，包括选什么镜头，某个镜头黑白效果出来的质感是什么。像今天的数字技术，边边角角都是和中间一样清晰的，我们觉得不合适。最后选择了1950年的英国老库克镜头，它让画面虽然显得粗糙一点，但是接近二十世纪四十年代电影的那种质感。之后跟美术、服装沟通，用黑白意味着对比度要出来，不能穿红穿绿变成黑白就一码齐了，得让电影里面根据每个人的性格特制的东西放在黑白世界里，依然符合他的人物形象。

正午：电影是在重庆北碚拍摄的，我看到场景和小说里描述得非常相似，是怎么找到那个地方的？

梅峰：2014年冬天开始选景，在重庆各地跑，最远跑到了巫溪，那儿有个宁厂古镇，它曾经是个盐场，盛极一时，但今天全部荒废了，成了一片废墟。看了看，我们觉得挺好的，但总归不是一个农场。2015年春节后又去看景，漫无目的开着车走，盘着山路，就在北碚那儿，从半山腰往下一看，一个山腰子特别好看，正好有一条河S形流过来，我们觉得挺有意思的，沿着一条窄窄的小路盘下去，发现那儿种着水稻、番薯和蔬菜，品种非常多样，山上的竹子、松树、柚子树、橘子树全有，就是现成的农场。一打听，人家说这确实是个农场，是一个叫"河流计划"的民间环保公益组织做的。他们听说我们要去拍电影，挺欢迎的。

如果找不到这个地方，可能就得把一些外景用起来，组织出一个虚构的空间，内景去上海拍。幸好，老天爷还是给了我们好大的恩赐。

正午：这部电影的画面非常对称，这是您的要求吗？

梅峰：这个更多的功劳来自于摄影师，他每次都说，梅老师我给你这个机位放这儿了，你过来看看。如果我觉得画面舒服、符合我对这个情景哪怕说不上原因的感觉，就说可以。我们第一个镜头就架得挺危险的，对着麻将桌对角线，厅堂、牌位、花瓶全是对称的，迎来送往也是对称的，一个人后脑勺遮了后面的人半个脸，说了5分钟。摄影师说，梅老师你真敢这么拍吗？不用往前挪、正反打了？我说不用了，可以了。

风格就是靠具体的镜头的方法形成的，破解得太多，或者用蒙太奇拼出一个空间，又变成比较常规的方法了，不如给它限定。不要技巧上讨好观众。摄影机一介入，就在引导观众去认可你作为创作者由摄影机的变化而产生的情绪，我觉得这些对于这部电影是多余的。

距离感适合这部电影，不去介入感情，不去引导视点，只是客观地观看，这些戏也足够看了，最后的那种痛苦和荒凉，也足够了。一方面这部电影我们追求某种古典的美学形态，另一方面，它不需要主观地让观众产生一种认同某个人物的情绪。所有人物像一字排开的群像，电影展现人物在戏剧性的空间场景里面用什么样的方式表达自己、用什么样的方式应对别人、用什么样的方式解决问题，给观众非常客观的视点，来看清楚这个人。这个时候观众的判断就有意思了。

摄影是一个道德观的问题，在我的毕业论文里，我研究了好莱坞的窥伺观。为什么美国的类型片那么急促地让你判断谁是好人、谁是坏人呢？你不用思考了，摄影机给了你道德观的判断。

正午：电影看到最后，感觉没有好人，所有人都很可怜。

梅峰：我觉得应该产生某种人情观察，这些人物在他的秩序、他所面对的生活里，他的感受是什么？要观众去思考这个感受，或者动用一切可以动用的方法让观众体会到这种感受，是重要的。另外就是尽量回避那种二元对比的道德判断。史依弘老师演三太太，有一天跟我说，梅老师，原来你把我写成了一个坏人。我说三太太真的那么坏吗？她说，反正骨子挺坏的。这就是演员慢慢地觉得，看看这些人心里的江湖吧，真是都挺坏的。

在日本东京电影节放映过之后，荒井晴彦先生，我特别尊敬的剧作家，说，你这个电影从头到尾塑造了一个坏人。我说不是坏人啊，我创作的时候不是这么理解的，我觉得他身上承载了很多是非善恶的两难，他要做选择，在选择里他产生了痛苦，这是我们应该去观察的。

正午：电影中，镜头总是离得很远，静止，好像一个人远远观望着，看着看着，觉得这个观望者本身也很莫测。

梅峰：当客观事实以这样一种看似生动、丰富而有连续性的戏剧性方式在舞台场景展开的时候，当观众，也就是我们，如此冷静甚至有点躲藏起来，不受干扰和诱导地，慢慢得到一个真相的时候，这挺可怕的。

正午：最后的几个镜头，江水，女人的背影，好像是一声叹息，把前面对人物"坏"的感觉消解掉了。这么结尾，显得这部电影的批判性没有那么强。

梅峰：就是一场斗争、一场风波过去了，丁务源这样的人还是活得很滋润。回过头来想，如果是这样的人在这样的环境得势，又涉及老舍先生想表达什么的问题，为什么这样的人活得最好？

我追求这一声叹息的惆怅感，而不是拿出武器对抗什么。在观察并认清现实之后的这种感慨，对我来说是挺重要的。如果真的摆出一个态度去批判，反而思考的空间太狭窄，已经成为一个定论，因为感慨而留出来的余地就不大了。

正午：这个感慨里面有没有您当下想要解决的一种人生困惑？

梅峰：我觉得每个阶段的创作都要解决自己的问题，不把自己的问题放进去，起码对于我来说不是一个有意义的创作，或者说对我人生的某个阶段不构成有价值的生活。

三、现场

正午：这是您第一次做导演，开拍之前紧张吗？

梅峰：不紧张。到这个年龄，对生活总有一个判断，像当老师一样，强迫自己往讲台上站，那就是你的生活，你应该出现在那儿，才算把这件事做好，我也是抱着这种心情去做导演。

但非常焦虑，虽说是低成本，也是几百万在这儿，120 个人的团队跟着你，压力非常大。开机前一天，我跟摄影、美术工作到很晚，他们走了以后，我一个人躺着，突然想到《小团圆》的开头："大考的早晨，那惨淡的心情大概只有军队作战前的黎明可以比拟……所有的战争片中最恐怖的一幕，因为完全是等待。"就是那种感受。

同时也觉得，从我 1995 年进入电影学院到 2015 年拍这个片子，整整二十年了，导演传记、电影史的素材，这些东西都看得太多了。有了这些东西在，相信不会出现某种让团队失控或者让自己觉得不会拍的东西。

我觉得电影到了现场不存在不会拍，顶多是有"拍得好"和"你要求自己拍得更好"的区别，哪怕对自己没有要求，电影也可以拍完。这是电影本身的特点。想明白了就不紧张了。

正午：在片场，您是让演员觉得自在和放松的导演吗？

梅峰：我从来不骂人，就跟在学校一样，从来不生气。片场也像平时生活的逻辑，做事情有自己的方法和风格，待人客气，是会给人带来无穷的益处的，不是说你摆出一个职业身份应该有的样子，那人生又变成表演了。

正午：拍摄的 36 天中，有没有您觉得很难继续下去的时刻？

梅峰：都很顺，速度也很快，每天制片组给出来的工作量都可以完成。制片给我的总时间是 45 天，我用了 36 天，中间还休息了 4 天，因为我要检查错误。演员的时间都很紧，如果没有检查，演员走了怎么办？我一直是追求内心的秩序感，一定是脑子里面有排得清清楚楚的一笔账。

正午：演员时间这么紧，会给您的创作带来困扰吗？

梅峰：会有遗憾，如果演员的时间更从容，一些戏完成度会更好。比如秦妙斋和丁务源的对手戏，后面好了，前面有点生，不是那么圆润。现在的环境可怕到了这种程度，到了现场演员才跟演员第一次见面。法国的电影，导演跟演员前期读剧本、排练走位，一定要有一个月或起码二十天的时间保证，到现场才能有准确度。反正局限性在这儿了，你就去克服，没有什么抱怨。

正午：在这种情况下，怎么让演员迅速有民国感？

梅峰：一方面是刚才谈过的符合日常生活的逻辑，另一方面，台词已经赋予了某种语言格式。人物的很多对白我是用老舍先生原作中的语言，它带来了年代感和旧文化的感觉。所谓民国感，肢体、服装就不要追求了，谁也不知道民国是什么样的，但是语言某种程度上还是能够做到的。

这部电影中民国感的营造主要依靠两位演员，范伟老师和史依弘老师。范伟老师用特别日常的方式控制出一种局面，通俗的说法就是他的气场特别强大，他在那里，你就相信这场戏是真的；史依弘老师是上海京剧院的京剧演员，她能立刻营造出一种舞台感。不见得这部电影跟民国的气质有多么贴近，而是因为这两种表演产生的张力，使它跟我们今天现实生活的感受拉开了距离。它是不是民国的东西？哪怕不是民国的东西，它也不是现在的东西。

四、阅读史

正午：许多导演都会描述给自己带来震撼的"第一部"电影，您最初的电影教育发生在什么时候？

梅峰：我 1986 年从湖州老家到国际关系学院读中文系，八十年代整个文化的国门打开，西方文化全面进来的冲击力给我的感觉很强烈。去中关村，地摊上就摆着《梦的解析》《存在与虚无》《查拉图斯特拉如是说》《诸神的黄昏》《悲剧的诞生》。

国关每周一周二都有固定的外语教学时间，晚上 6 点半，先放半小时的 CNN 或 ABC，接着放两部原版电影，《教父》《乱世佳人》我都是在那时看的。国关很小，促使我们总是骑着自行车往外跑。我记得第一次看《去年在马里昂巴德》是在北大，没有看懂；还有法斯宾德的《玛丽娅·布劳恩的婚姻》，看了一场，看傻了，赶紧出来去窗口又买了一张票，又看了一遍。后来又跑到北图的音像资料室看电影，给我印象最强烈的是伯格曼的《假面》，原来电影可以这样拍，又去看了他的《呼喊与细雨》《犹在镜中》。在那儿还看了《美国往事》《天堂电影院》。二十世纪八十年代没有现在这种出入机关单位的概念，国关的小门旁边就是党校家属院的门，我们走那个门，去看给老干部们看的"内部片"。我还记得有个片子叫《致命的诱惑》，电影刚开始字幕就出来了，说，"这部片子描述了西方艾滋病泛滥的恐怖状况，表现了资本主义社会的腐朽"，看完我还想，好像跟字幕没有什么关系。

大学期间我也没有中断对《世界电影》杂志的阅读，里头可以看到很多翻译过来的剧本，看剧本激发起对电影的想象，比看一个电影可爱多了、有魅力多了。有时候看完剧本再去看电影，觉得电影不过就拍成那样而已。

这四年塑造我的东西挺多的。还有西四那条街上，新华书店旁边拐过来，南北路口的路西有一个书店，就叫电影书店，小小的，现在已经拆了。1990年我毕业之后被分到内蒙古，每次来北京出差，都要去那儿买书，买了黑泽明、安东尼奥尼、伯格曼的电影剧本集，它们对我后来影响都非常大。

正午：您当时想过从事电影行业吗？

梅峰：没有，那时候那么喜欢电影，就觉得电影是一个遥不可及的梦。

正午：许多知识分子都描述过九十年代初巨大的彷徨和失落，在当时，您的状态是怎么样的？

梅峰：当然对于时代是有感受的，但是我进入了系统，面对作为小公务员的日常生活，我最大的感慨是，天啊，终于理解了卡夫卡小说中小公务员的可怜，昆虫一般、灵魂异化、精神异化的生活。但是好像也无所谓，这种生活不耽误继续阅读、继续学习，那些年我还是比较平静。如果进入社会的潮流当中，肯定要思考何去何从，很难看到未来，那是整体的社会压抑和精神压抑。体制内的好处是，时间都在这儿了。毕业后的五年，我的阅读生活没有中断，部门阅览室里的《大众电影》我都不看，觉得太低端了，就想看看《世界电影》，还有《人民文学》《收获》《十月》这些。

工作到了第四年，我想，十年、二十年后，我变成30、40岁的人，变成我的科长、处长，焦虑感就上来了，我想要改变自己的生活。一个朋友拿了一本《当代电影》，说这儿有个招生简章，电影学院招研究生，电影历史和理论专业，跟你平时看的东西差不多，你报这个试试。第二年，我考上了北影。到现在我觉得那个同学特别可爱，我一生命运的改变就是因为他给我带来了一本招生简章。

正午：您曾经说过，"如果不是娄烨，可能我一个剧本也不会写"，直到1998年留校任教，您也没有想过投入电影行业吗？

梅峰：没有，我学的是电影史论，把理论做好是我感兴趣的，另外教书也是令我有喜悦感的事情，至于创作，我想，看走到哪儿吧，用自己感受到的东西让写作成为一个自然流露就可以了。

所以直到认识了娄烨两三年后，他拿出他的故事的想法集，只是让我看看，我觉得挺有意思的。我们八十年代都在北京，有共同的背景。他说你想不想来写，那就写吧。

写《颐和园》时，我的大学生活已经过去了十年，很多当时身在其中、懵懂未知的东西，沉淀十年也就清楚了。用清晰的对情感的判断，回过头来写那段青涩的茫然的没有判断的生活，时间产生的距离感很重要。它意味着你"会"写了，身处其中的时候不会写。为什么会写？还是那个词，能够赋予当时无序的素材和你投入到所有人身上的不同的情感以一个明确的戏剧方案，你把这个戏剧方案组织出来，它就成为一个作品。

写完《颐和园》，我就跟青春时代彻底告别了。它花了十年时间。一直挥之不去的某种沉重，某种焦虑，某种不能释怀，十年后写完了，终于跟过去的生活告别了。

正午：《不成问题的问题》气质非常东方，结合您中文系的背景，西方著作的阅读，我想知道，您是如何慢慢形成自己的审美取向的？

梅峰：对我来说阅读是塑造精神和塑造心灵的东西。最初我看夏多布里昂，看乔治·桑，但慢慢觉得司汤达的精神世界更靠近，心灵开始有一种观察，成长变得逐渐强烈，同时感到喜悦，后来就成了一种有意识的东西。到大学我开始看陀思妥耶夫斯基，觉得我的人生彻底被他的作品淹没了，他已经给你定了一个人生所应该追求的精神基调，日后所有的阅读都是补充这一基调的营养。再读到现代主义，读普鲁斯特，读罗伯·格里耶，读玛格丽特·杜拉斯，读贝克特，这些不见得立刻拿来作为技巧和方法，而是带给你不一样的精神景观，给你另外的色彩和观点来对待外部现实。

30岁以后，跟娄烨写剧本，我慢慢发现，其实根本不存在客观现实，生活每个阶段的现实都是我的主观感受创造出来的。我愿意学习的人际关系，我现实生活带有的戏剧性，这些回过头来看变成所谓命运的东西以及眼前的生活，我有一个强大的感受：这些现实是通过我过去的积累组织出来的。它不是一个

[访谈]

客观存在，需要我去介入、去改变、去分析，也不是为我所占有、所使用的，现实就是我主观创作出来的精神世界，我今天依然特别喜爱这个精神世界，我创造出来的东西很有力量感，它不是虚无的，哪怕有一些东西对我来说是陌生领域，依然使我保持了好奇心。这是通过阅读带来的感受。

至于东西方的分野，我有一个阶段基本是不看中国古典文学的，从大三到研究生毕业，差不多十年时间，读的都是西方的文学、社会学、心理学著作。

直到写《春风沉醉的夜晚》，这个故事特别市井生活，特别社会生态链的低端。一说市井生活，我首先想起来的就像《清明上河图》，怎样用一套方法，让文字给人唤起的视觉印象也有一种美术的平面感。我又开始看中国古典文学，中国人创造人物时很少心理描写。写完了，娄烨说，梅老师，这次你写的人物平面感都很强，你最近是不是又开始读中国的文学书了？我说是的。那个阶段有这个自觉。

《颐和园》展现的方法有点像西方的人物肖像画，所有的力量都放在塑造一个女性人物的肖像上。到《春风沉醉的夜晚》，市井生活的众生相，就要讲究一些传统的东西，每个人都要均匀。再到《浮城谜事》，我看了一个月的今村昌平，按照他那种社会写实派的美学系统和方法去写。西方的，中国的，日本的，所有这些都有连带性，每个部分都不是某一阶段完成的，只要你投入地沉浸和领略，它就是你人生的一部分。

正午：您有什么创作习惯吗？

梅峰：写作特别容易面临匮乏，不知道写什么，或者写出来觉得清汤淡水好无趣，经常面临这种绝望。写作的匮乏某种程度上等同于情感的匮乏，整个创作过程其实是一遍一遍去找那些在自己的感受里依然能够产生反应的素材。写一个剧本，就看多大程度上能把自己置放在写作的主观情绪中，如果没有这种主观情绪，也就不要去写了，写的东西都跟自己的体验、情感、情绪无关，那就要命了。作为编剧我的状态是奢侈的，写不下去，就十天半个月不写，赶紧看书看电影去吧。

正午：几年前《春风沉醉的夜晚》获奖时，曾有人问您想不想做导演，当时您说，只想做一个好编剧，一个好老师。什么时候您改变了想法？

梅峰：就是因为这个"新学院派"的项目，如果没有它，我可能也不会做导演。现在市场上的电影基本上都是商业片、类型片，我的积累和趣味是偏艺术片，如果我要自己张罗这个事，做一个导演，去资本圈，去今天的市场，拿出一个让人家感兴趣的计划，对我来说这个事情毫无必要。导演要操心多少事啊？想想就头大。我是比较偷懒，不是愿意张罗那么多事、非要挑战自己能力边界的性格，但是这件事搁在眼前，可以尝试一下，那就做了，它不构成我人生改变、命运改变的意义，做导演这件事，相比当年我通过考研来改变自己的命运、从一个安全系统到电影学院，不是一个意味。

正午：今后呢，还打算继续做下去吗？

梅峰：尽量吧，做了一个片子，意味着你在这个行业里面得到了入行职业资格证，这是做这部电影的意义。我觉得每个人有很多方面的潜能，你不用它，你自己也看不见。为了追求安全感，我一直强调自己是一个老师，是一个编剧，强调这些身份的时候，似乎对自己身上作为导演的部分就看不到它的存在，但有了这个机会，当了这个导演，从头到尾把这个事做成了，觉得这个事情也是可以去做的，这个是最大的收获。我还是想要活在对自己能够产生新认识的冲动当中，而电影让人生充满冒险。

五、学院派

正午： 二十世纪八九十年代，电影学院的老师们做出了非常有影响力的作品，到九十年代后期逐渐式微，再往后，对普通人而言"学院派"成了一个陌生的概念。您怎么看待这一演变？

梅峰： 二十世纪九十年代后期，经济生活刺激着整个社会，电影同样面临着市场化，引进的美国大片《真实的谎言》创造了票房纪录，大家真的是抢着去看。从那时候开始，中国电影的格局就发生变化了，走到现在，是一个全面商业化、市场化的过程。八十年代这些学院派作品基本上是纯粹的艺术片创作，把电影看成是一种艺术媒介，来表现时代的生活，表现普通人物的命运，表达知识分子的立场。但是今天为什么看不见这些了？因为市场被商业片和类型片左右，是一个资本的游戏市场，谁还对这种东西感兴趣呢？或者说这种东西自身的空间拓展性在哪里呢？

八十年代是中国电影各个省各个大城市的国有制片厂年代，它们形成了一个国有制片厂的系统，意味着在系统里的电影学院的这些作品依然不用面对自由市场，这才产生了学院派的声音。这个声音延续到第五代导演身上，世界电影史上对中国第五代导演美学有一个描述，他们是"以国有制片厂的强大制作条件和资本条件做后盾而产生的一次美学独立运动"，像《黄土地》《菊豆》《红高粱》，都是制片厂系统支持的产物。

2000年之后，商业全面覆盖，作为国有大企业的电影制片厂纷纷倒闭，今天市场和资本逻辑将电影形成了一个消费概念，电影作为艺术创作的前提全部没有了，顶多是在这个大市场里面，依然有一些创作者还有责任感或者情怀，依然有一些公司支持偏艺术片格局的电影，依然会把电影当成一种介入社会观察和创作时代文化生活的媒介，依然会产生一些有活力的电影，包括我个人觉得是某种黑色电影的中国式遗址，《白日焰火》，是非常优秀的电影。现在的艺术电影，像《路边野餐》，虽然投资很小，但是它显示了年轻人的某些美学态度，被某些愿意扶持艺术片的公司扶持，在大资本运作的环境中分一个小小的份额，有它存在的可能性。

正午：黑白，单机镜头，220分钟时长，这些可能都会使《不成问题的问题》在市场上不会有很好的表现，您有这个预期吗？
梅峰：我觉得不重要，市场有市场的逻辑和游戏规则，如果非要用市场的原则或者对商业类型片的原则来要求这部电影，显然是有不可弥补的断裂和错位。今天的中国电影怎么去消弭这种断裂和错位，是个值得思考的问题。

正午：《长城》上映时，我的同事采访张艺谋，他谈道，他想拍的还是《红高粱》那样的电影，但是他觉得在现在的环境中，审查和资本的压制让这种机会越来越少，空间越来越小，您怎么看待这个问题？

梅峰：不管是从什么角度看，我觉得都是个人选择的问题，个人选择去拓展可能性，而不是说拿一个大而化之的市场概念来说自己的创作面临什么样的局限。

正午：您研究世界电影史，中国现在的这种状况在世界电影史上有对应的、可以供我们参考的一个时期吗？

梅峰：没有。我觉得留在电影史上的作品都跟时代生活有关系。比如二十世纪三十年代，超现实主义流行，像纳粹掌权之前的一个大幻觉；纳粹掌权，带来二战的灾难之后，马上就是意大利新现实主义，面临着整个社会的重建，道德秩序的重建，文化的重建，新的美学就出来了。现代主义和新现实主义包括新浪潮都是在一个动荡的时代兴起的，因为时代生活赋予整体和个体新的感受。到了新好莱坞，台湾新电影，甚至中国第五代美学，都是一个道理。中国国门大开的时代，要表达时代，表达自由和更开放的社会形态，就要重新书写历史。所以我觉得倒不是说今天要对应哪个时代，而是看电影史是由哪些作品来构成的，那些具有分量的、在美学上最具特点的作品，参与文化建设的效果是最强烈的。

今天的美国电影在美学上也是停滞不前的，没有任何让人觉得非常有创造力的原创性作品，或者说很少。说明什么呢？说明这个时代是比较平静的，比较平缓的，这个时代本身是没有什么东西的。整个的，不管文学和电影，我们在这个时代都必须要忍受某种乏味、无聊。

正午：整个外部环境，对您拍或者不拍电影会有什么影响吗？

梅峰：不会的，如果某个阶段对生活、对时代、对个人的存在感有表达的欲望，就去做好了；如果这个方面是枯竭的，给你一张纸你都不知道往上写什么时候，就干脆不要去做这个事了。

正午：每个创作者都要找到自己的声音或者说腔调，您现在觉得自己找到了吗？

梅峰：还在找，我也不知道它是什么东西，有的时候好像是别人给你总结出来的。还是带着热情，继续通过阅读、通过发现去找到一种适合我表达的东西，这个是我的动力。我希望不要在自己想要表达的层面上产生匮乏就行了。

[访谈]

视觉

一种同人亲近，摆脱孤独的渴望。

——安德斯·皮特森

我给我妈拍照片

图、口述 _ 高山　采访 _ 朱墨

　　我出生后的第八天，母亲在鹤壁淇县的县城见到我，把我抱回了家，我开始了全新的生命。

　　我很小就知道自己是抱养的，由于性格敏感，总会在日常生活中感知到这个事情。2014 年，母亲正式告诉我这件事。我一直纠结自己到底来自哪里，我出生在什么地方，那里的人是什么样子的，生活怎么样。现在这些都已经释怀。

　　我出生于 1988 年，在河南安阳长大，16 岁辍学，四处打工，干什么也没长性，生性倔强，在工作单位总会与领导发生矛盾，2006 年自学绘画，觉得这事儿挺有意思，慢慢地接触到了摄影，一晃也就做到了现在。

　　我现在在安阳大学门口摆个小摊子卖小吃，每天下午出摊，晚上 10 点左右收摊。名义上和父母住在一起，实际是家里每天就自己一个人，他们 24 小时都会在车棚工作生活，偶尔晚上回来休息。

　　2013 年的初春，那天阳光很好，我站在窗前拍摄盆栽里的小花。母亲有一条很漂亮的裙子，她从来没有机会穿，那天她穿起这条裙子，我拍了几张她抱着花盆微笑的照片，转过身继续拍花，身后传来了她的声音："来，给我拍张裸照吧。"在此之前，我没有给母亲拍过一张照片。

在大量拍摄以母亲为主线的日常照片后，我发现了很多以前没有注意到的她的生活方式、她的喜好、她所关注的事物。我生在一个不善于表达情感的家庭，随着不断地拍摄，我慢慢触摸、拥抱母亲，敢说出我爱她。她慢慢理解了我做的事情，我们能坐在一起说会儿话了。

母亲看过我拍的一些照片，有一些肖像照片她很喜欢，她说照片拍得真清楚，一道道皱纹都能拍到。

这是我母亲最喜欢的那条裙子，父亲九十年代跑长途汽车的时候，在上海买给她的。在我的印象里她从来没有穿过。我很小的时候，有一个表姐总是借这条裙子出去跳舞。

　　我的父亲是一个长途汽车司机，开了三十五年大车。在我成长的过程中，从来没有看到父亲与母亲有什么亲密的行为，我穿上他的西装与母亲跳舞，只是我与母亲谁也不会跳。照片出来后，我看到母亲对着镜头微笑。这件西装是父亲定做的，他对母亲说退休后就不能挣钱了，他一下定做了三件，穿到了现在。

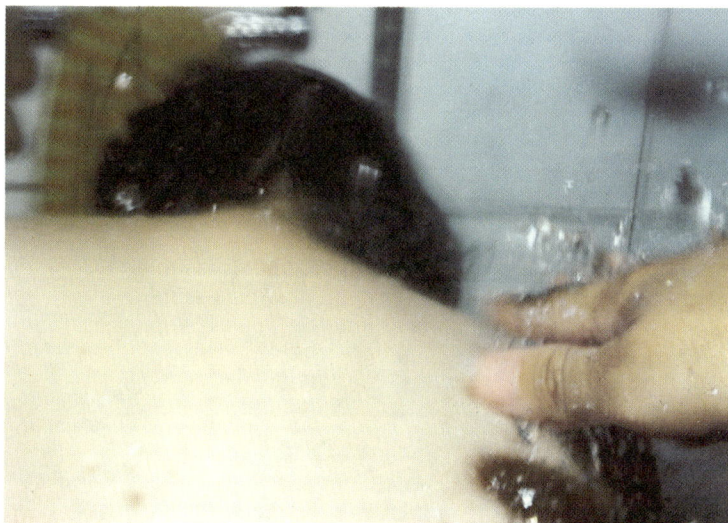

母亲洗澡的时候，我会问她用不用搓背。搓完背，拿起相机，取景器已经完全雾化，看不清任何东西，凭着感觉我伸出手去触摸母亲，水流拍打着手背，不知不觉中按下了快门。

家里有很多废布头，母亲把这些废布剪成方块，一块一块缝起来，用来当床单、门帘子。拼起废布的是杂乱的线头，母亲眼神不好，线头也就没去多理。

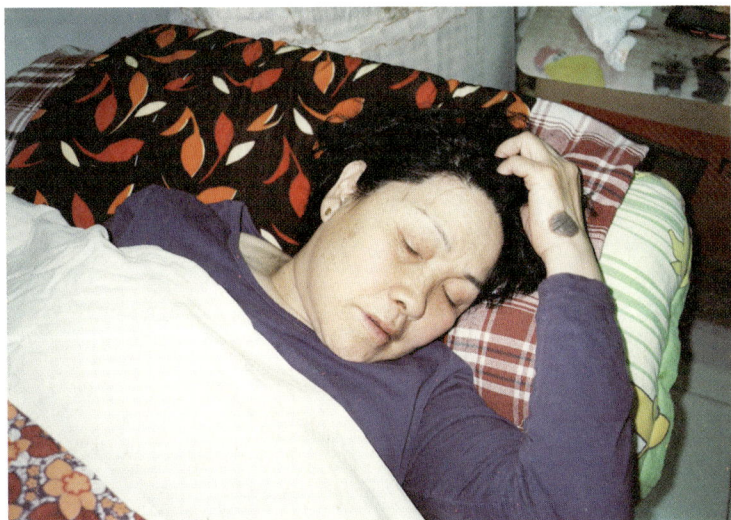

母亲上楼的时候不小心，摔倒了，流了很多血，嘴也肿了，她不肯去医院，说过两天就没事了，过了一个多月，嘴里的肿也没有消掉。

这把梳子用了超过三十年，以前上面总是缠绕着很多长发，这几年少很多了。小时候我总用这把梳子当玩具一样梳理自己的短头发，当时不理解谁会使用这么宽的梳子。

家里马桶的垫子都是母亲自己织的，用的也是这里那里余下的线头，这些废线头什么样的颜色都有，这些不一样的颜色最后编在一起，看上去是那么的美丽。

阳光好的时候，洗完头发，母亲喜欢在阳台把头发晒干再出门，这一头长发最后还是剪了下来，被我收集了起来放在盒子里。

　　母亲把头发剪短了。她说留长发很难受，头发很密，打理起来很麻烦，为此父亲跟她吵了一架。记得小时候，父亲总是要求母亲留长发，穿高跟鞋，出门要让她化妆。

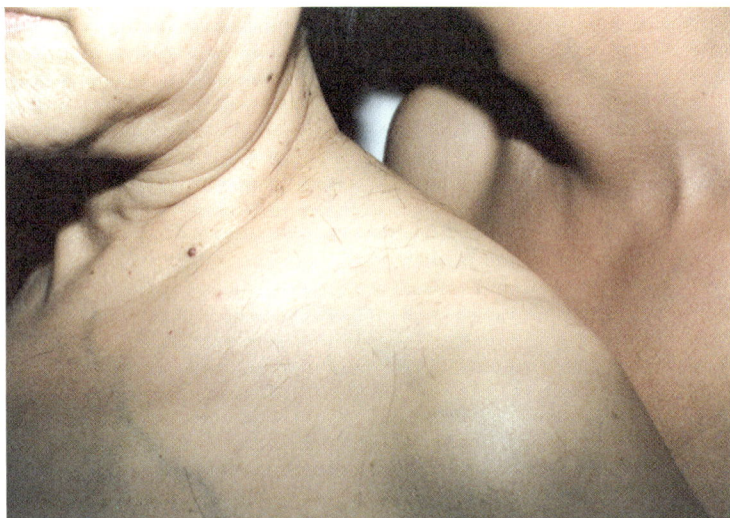

我的头发都是自己推的，长到一定程度就索性推光。不知道碎头发怎么落到了母亲的肩上。

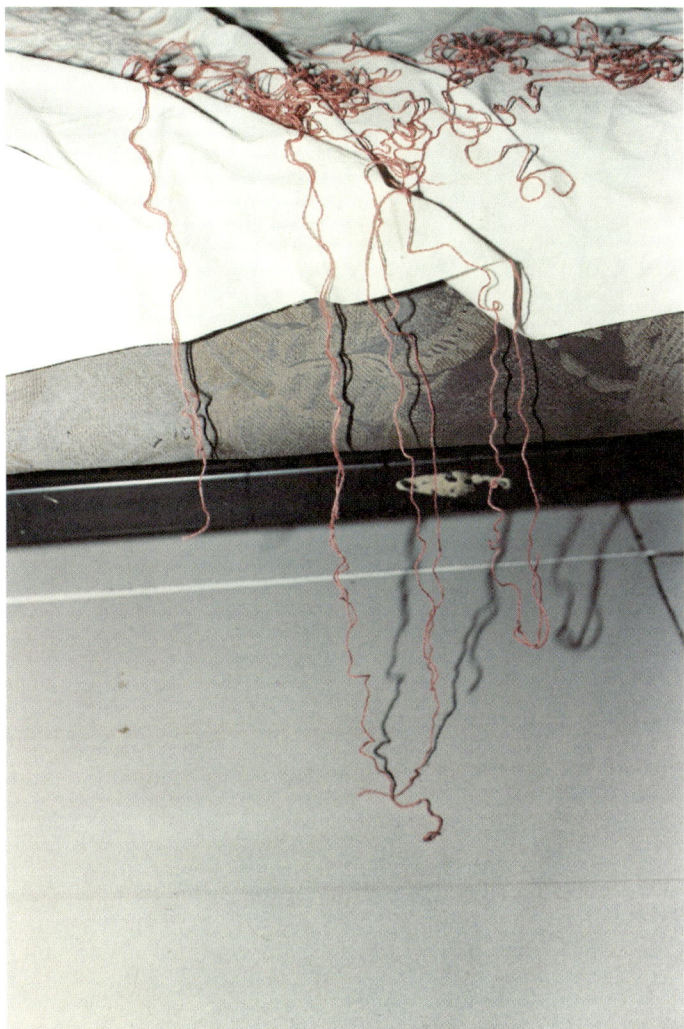

家里散落的线头。父亲把线绕在胳膊上，一圈一圈递给母亲，母亲把这些线头缠绕成一个个线球。印象中这样的画面就出现过两次。

家里经常用的就这一把刀,每次做饭后刀的周围总是发生着变化,这把刀从来没怎么磨过,很钝,就这样将就着用。

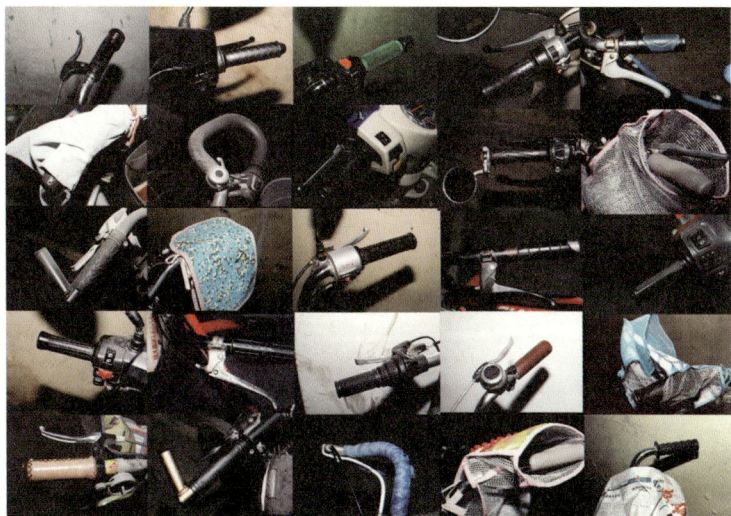

母亲退休后，总是闲不住，找了一个看车棚的工作。我们生活的地方是钢厂的生活区，人们骑电动车、自行车上下班。以前一辆自行车能骑二十年，这几年人们更换的频率很快。

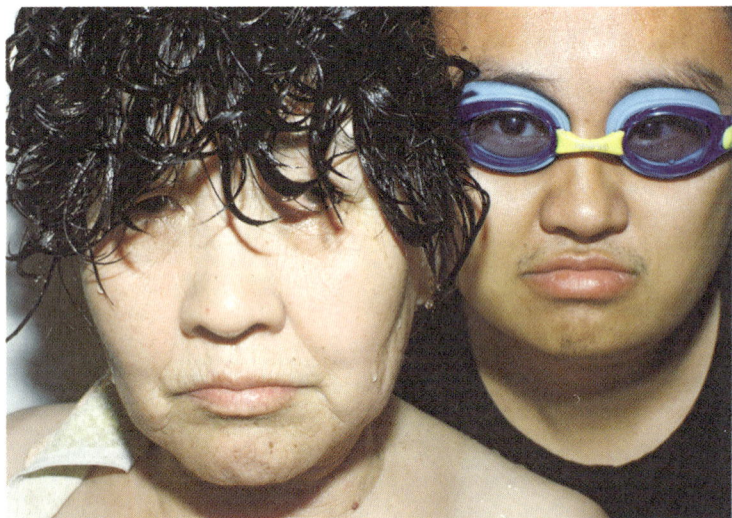

2015年，我的眼睛做了手术。刚做完手术不能沾水，戴着游泳镜给母亲搓完背，搭着她的肩，拍下这张合影。那段时间我洗澡也要戴着泳镜，水流顺势而下，身体其他地方已经湿润，而眼睛还是很干燥。

母亲买来一堆苹果、蒜头放在这里。每次我拿去吃的时候，没想过要整理它们，最后就成了这个样子。通常买一次苹果几个月也吃不完，家里也没什么人。

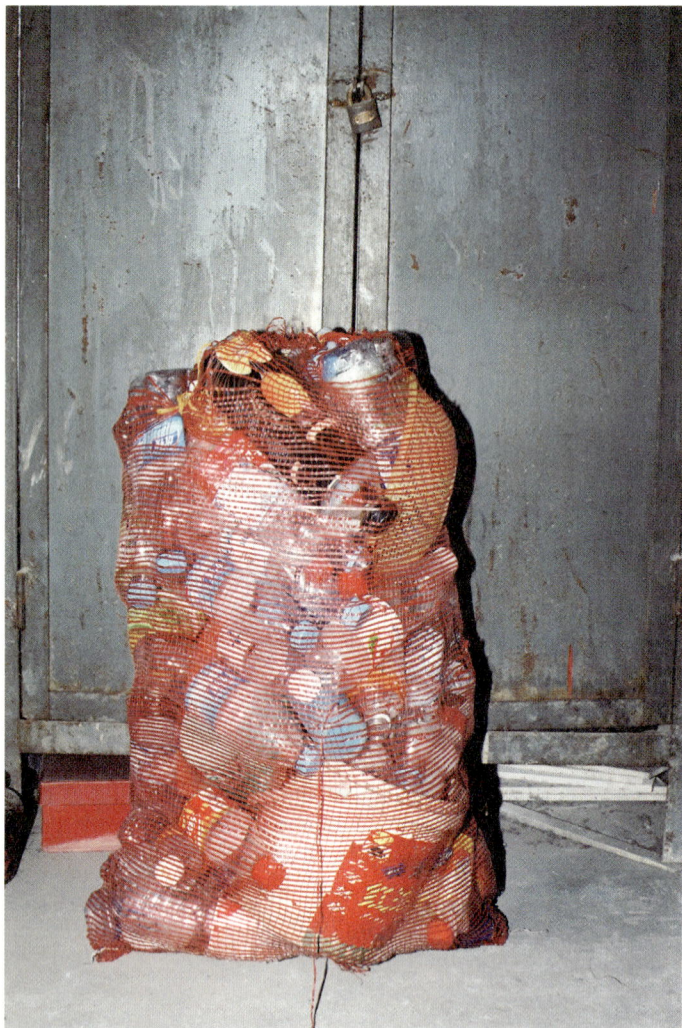

母亲在街上碰见别人扔的瓶子会捡起来，攒够这么一兜就拿到废品站卖掉。我走在街上看到废弃的瓶子，也会捡起来拿回去，这样母亲就可以少捡一个。

个人史

天下之看灯者，看灯灯外；看烟火者，看烟火烟火外。

——张岱

池子：有人送我西兰花

口述 _ 池子　采访、整理 _ 黄昕宇

一

　　我叫池子，1995年生，没上过大学，是个脱口秀演员。我小时候特别淘，跑、跳、蹦、摔，特皮实，浑身没一块完整的地方。我妈也老打我，我能活到现在，不容易。

　　我上课话特别多，爱接老师话茬，说什么我都能抛个梗，就老被罚站，从小学站到高中。有一回，老师把我凳子都拿走了，说你这星期就不要坐了。其实我成绩还行，老师对我又爱又恨。高中有个老师特逗，我把他烦得不行了，他说，你来办公室咱俩聊聊天，然后就跟我探讨，说："我觉得你呀，可能是不适合中国的教育环境，是我们的问题。"我说："老师你说的有道理。"

　　我从小兴趣爱好极其广泛。小学喜欢各种体育活动，轮滑、滑板，在乒乓球校队；中学练跆拳道，打篮球、羽毛球。我喜欢说唱，后来又喜欢电音。梦想也是一天变一个。看到什么感兴趣，马上试一下。比如我电视上看到自由搏击，就觉得我要打拳击,然后马上上网去找拳击手套。过两天又看个纪录片讲厨师,我就立志要当一个西班牙菜主厨。我还想过打NBA,当说唱歌手,当DJ,反正一定要酷。

我真正完全没想过的就是脱口秀。这是一直被我自己所忽视的潜在爱好,我回想起上学时话多、贫、怂老师,就是脱口秀的感觉。但当时都当它是个缺点,不把它当成才艺。太擅长,反而忘了。

我老家在河南,7岁来北京,每次在节目里说"我是河南人",大家都觉得是个梗,说什么"池子!北京孩子,特牛!"

我家里整体来说观念还挺开放的。我爸是画油画的,搞艺术,思维比较开放。我妈虽然打我,但我想干啥都特别支持。我从初中起就不相信一切理发师,自己剪头发。高中毕业喜欢电音,特别喜欢DJ Skrillex,他的发型是一边没有,另一边长,特别酷。我就模仿他剃了一边,另一边留长了就要绑起来,但是绑起来一边特多一边特少,就干脆两边都剃了,留中间。我从那时就开始留这个发型。家里没意见,我爸头发比我还长,长发及腰,也绑了个辫子。我们家我妈头发最短。

我唯一算得上违背家里意愿的事,就是不上大学。

高三那年11月,我打篮球崴脚在家养着。我妈决定让我回老家高考。第二天全家就买票回到河南。当时我特喜欢电影,决定参加艺考,考编导。当时我就报了五所学校,老师听说都疯了,"哪有报五个的,你看人家都报三十多个"。

艺考一直考到3月,接着是准备6月的高考。我爸说,给你找个高中上吧。我不,我其实挺不爱跟陌生人沟通的,不想再重新到一个新班级了,决定自己在家复习。每天7点起床,学到 12 点，午休一小时，下午接着学，晚上 10 点睡觉。安排得特别规律，还给自己排了节体育课，一星期出去打一次球，挺美。

我第一志愿报的北京电影学院，第二志愿云南艺术学院。本来我就不太想上大学了，打算能上北电就读，考不上就不念了。我当时想，既然是艺术，在学校学虽好，自己学肯定也可以，甚至更自由。而且我觉得学艺术很看天赋，你真可以的话，怎么学都可以，否则在学校学几年也没用。

最后果然没上北电，别的学校我都不想去。成绩出来以后我妈问我，要不要找人什么的？我说不要。考得上就上，考不上就算了。我跟我妈说，找人还得送钱，有那个钱不如让我去法国学音乐。我们家也不富，从小我妈教我节俭，我还挺省的。花钱在这上面，疯了吧。

我这么说，爸妈就同意了。但亲戚都炸毛了，挨个来家里劝我上大学。我逐一跟他们解释我的想法，他们不听，说了都跟放屁似的。

高考之后，同学玩，我也玩。两个月后，他们都上大学去了，我也得干点什么，不能荒废下去了。我就想，多看书、看电影、听歌总是没错的，找到方向前先充实自己呗。于是开始看各种书，找了很多电影来看。

我还重新开始练字临帖。以前只随便写写硬笔，那段时间买了钢笔，连毛笔都支起来了。我每天记日记，自己写一些东西，都是手写的。

那时我开始有做音乐当 DJ 的想法，就看了一些软件教程，自己在家琢磨。也有一些酒吧 DJ 在"电音中国"上收徒弟，借你设备，教你怎么把一首歌跟另一首歌连起来，十几天、一个月就能速成，然后你就能到酒吧赚钱，赚了钱就不往上走了。我觉得这不是在做音乐，还是更愿意自学。

高考后的两年一直在家，把能在家做的事都做了，特别充实。

二

差不多学 DJ 的同时，我接触到脱口秀。

2015 年 3 月左右，我在微博上搜视频，忽然看到北京脱口秀俱乐部创始人西江月的视频。

之前我在网上看过一些美国脱口秀视频，觉得比较高级，很喜欢。我因为家庭环境，从小接触的思想比较自由。我叔是搞电影的，跟他聊天他常聊到政治，我也受到影响。美国的脱口秀什么都能调侃，有很多政治讽刺。

我看到"北脱"当时正在招新演员，就去了。

那是在一个小酒吧，有将近二十个各式各样的人，有的人好像根本没看过脱口秀，闲着没事干来的。当时要求每人上台介绍一下自己，结果有讲不出来的，还有推销自己衣服的。接着每人讲个笑话，他就继续推销衣服。笑疯了我。结束后，西江月找了几个感觉对的人，说有一场开放麦，大家都可以讲，来试试。我就自己凭感觉手写了四张纸的段子，这是我第一次写脱口秀稿子，完全没经验。那场开放麦我是效果比较好的。西江月就问我要不要加入。我就从那时候开始，每次开放麦都去练，自己琢磨，慢慢就熟了。

方家胡同有一家热力猫酒吧，是一个根据地，还有一个在三里屯。当时北脱没钱，也没什么大的宣传渠道。开放麦免门票，特赔钱，当时有一次挺惨的，全场九人，八个演员一个观众。全是演员在底下捧场。"牛啊！""这个听过！"这个观众很尴尬。

也有一些商演，收门票，100块上下。有几场气氛真挺好，八十多个观众把那个小酒吧挤满了，我们在台上瞎说，真正有美国脱口秀的感觉了。

5月，北脱举办了一个中国脱口秀艺术节。把深圳的两个俱乐部和上海的一个俱乐部聚到一块儿，演了三天。当时我了解了一下中国脱口秀圈，觉得参加的这些人都太牛了，都是元老级。我刚进北脱，还是很新的新人，做工作人员。

最后压轴的一场，把每个俱乐部最好的一两个演员凑成一台演出。临演前一天，西江月看着名单就说，咱们主办，再加一个，池子你上吧。"啊？我？"他说，没事，我觉得你水平没问题。我回家赶紧准备，第二天就演。那是我当时演过观众最多的一场，有两百人左右，二楼都站满了。

我那时演出状态比较爆炸。根本不懂，什么也不管，哥们儿就这么抛梗，就要快，管你笑不笑。李诞老说我那时的节奏好，无知者无畏。那场效果确实特别好，观众的鼓掌和笑声大家都看见了。

演完我们一块儿吃饭，很多我接待的演员就说我演得真不错。我特开心，觉得被中国脱口秀界的明星们肯定了。饭桌上"幽默小区"的 Tony Chou 也在。幽默小区是北京水平最高的脱口秀演出，每个月就一次，只请最好的几个演员。他跟我说，你直接来吧，就这段就行。

7月，我在幽默小区演了两场，李诞看了第二场。演出完我在外边喝雪碧，李诞就过来说，演得不错，加个微信吧，我是"今晚80后"的。

我看过"今晚80后"，但没想到他是李诞，当时觉得李诞肯定没那么高，挺懵的，脑子里还在反应，等他走了才反应过来——真是《今晚80后脱口秀》那个李诞，太牛了！他回上海不久的一天，我在吃饭，忽然接到个电话，直接说，上海那边要给我买机票让我过去谈一谈合作。当时我就疯了，说，"我考虑一下"。然后想了20秒，考虑什么啊！第二天就飞过去了。

三

那天他们录节目，在电视台，现在公司的领导就跟我谈，问我想不想做脱口秀，加入"今晚80后"，当天就给了我一份合同。我看了现场录制，晚上李诞、王建国还带着我到王自健家对稿。我高中有一阵特别爱看"今晚80后"，每期都追。当时第一次见到电视上看的王自健真人，而且现场看电视台录节目，觉得太牛了！

我跟李诞、王建国特亲切，第一次见面就跟认识很多年似的，特别自然直接互怼。

我当时拿到合同，没看就想签，不签合同我也愿意来，觉得看到什么都挺好。冷静了一下还是拿回北京给爸妈看了看，发现也没什么好谈的，签呗。我就成了公司最早签下的人。

我上的第一期"今晚80后"主题是"社会人"。导演知道我喜欢说唱，前一天跟我说，你来一段吧。我："我吗？"他说，你第一次上，希望有些出彩的地方，有个特色。行吧，我赶紧写了四段词。当天临时找 DJ 沟通，他随便抓了一段 Beat，我说，我举手你就放。

音乐起来，一个八拍空完之后我就开始唱："你们是社会人，你们都会来事儿，每天戴着面具出门就为那点食儿。你们是社会人，你们特会来事儿，低头不见抬头见都怕你喘不上气儿……"氛围搞得还不错。其实第一次上镜头紧张疯了，词都没背住，我照着提词器 rap 的，将来是我说唱史的一个污点。

除了录电视节目，我们还做线下的脱口秀演出，叫《脱口秀》。我现场演出的时候，一紧张会在台上走来走去，走特别快。酒吧台子就那么大，我演出十分钟能走两公里。李诞说，你这个风格特别像克里斯·洛克（Chris Rock，美国著名脱口秀演员），特别对。我说，是吗？我这是紧张。

我应该是我们公司最爱忘词的一个。我手机记段子的文档里有一个小分类，叫"忘词"，收一些记得贼熟的段子，忘词的时候用。有一次我忘词之后，调侃了一阵观众，还是没想起来，就开始瞎说："人对于这个地球其实很渺小，但是你们知道，地球在银河系中又有多么的渺小，银河系在整个宇宙中又是……"最后说："所以告诉你一个道理：我忘词没什么的。"观众和其他演员都乐疯了，说没想到你在台上还可以扯淡。然后我就把这个段子记下来了。

脱口秀有编剧，有演员。不是每一个写段子的都上台，我们有个编剧，那段子写得，特别好，但是哥们儿内向，不爱演。现在"今晚 80 后"有五六个上台的，都是编剧，包括王自健都要自己写。因为节目频率太高了不得不用一些别人写的段子，但不会全用。演现场更得全是自己写的，因为每个人的思维方式、语言气口、抛梗的方式是不一样的，用自己的最舒服。

我可能风格太强烈了，别人写的很难适应，几乎都是自己写的。我上"今晚80后"至今，用别人的段子不超过五个。而且我语速快，贼吃亏。别人一期慢条斯理地说七到九个段子。我最多一次说了十九个段子。

我算比较高产的。"今晚80后"是命题创作，如果明天录，今晚导演就得拿到稿子。我太懒了，玩到6点开始写，写一会儿东摸西看10点了，就啥都不管，手机扔了，坐那儿两小时硬写出来。截稿日期这个东西很神奇，可以激发你所有的才华。

我现在刚起步一年多，我觉得我有这个创造能力，还是要逼自己创作，完全用自己的。我相信如果有这个思维、能力和视角的话，你不会枯竭。

四

我的演出很少冷场。因为我的表演方式就是炸、热闹，时间也短，从头嗨到尾。唯独有一次刻骨铭心的经历。

那时"噗哧"每星期有演出。我那阵子正逼自己创作，每周都写一篇全新的10分钟稿子。那次，写完稿子我觉得不太完整，去上海的高铁上还在改，还是觉得不完美。就开始犹豫，要不要讲老的？这样肯定能保证演出效果。想来想去，临上台决定还是讲新的吧。

那场气氛很奇怪，一百多人的大场子，我一上台，看到底下居然有人举那种演唱会的灯牌——"池子我爱你"。我就懵了，赶紧说"谢谢谢谢"，开场白都没说完。气势一下就掉下去了。然后，又有人上台送花，是个西兰花。

我连说了三个特别不好笑的段子，彻底忘词了，又说完一两个忘词专用段子，硬没想起来——我就下去了。

一般来说每个演员在台上最短五六分钟，长的十几分钟。我就演了两三分钟，鼓掌占一分钟，你说有多短。观众懵了。其他演员都疯了，"牛啊，忘词你就下台是吗？"

脱口秀其实是需要现场练习的。传统的脱口秀演员写了段子会经常去酒吧练。说段子，这条观众笑了，就留下来，观众不笑，就删了，或者修改。反复练，留下来的就是一整篇特别成熟的老段子，在大的商演上用。

但我不太认同这个做法。我不知道这想法对不对，但我特别不喜欢出去练。我这么说，李诞他们得打死我，毕竟我说的确实是比较懒的做法。我认为，如果你对观众的笑点有敏锐的嗅觉，一个段子写完你就知道好不好笑，自己在家感觉一下觉得不对就改。我觉得一个段子讲多了演员会麻木，对它失去新鲜感。我特别希望自己能达到对笑点把握特别准确的程度，哥们儿就在家写，一拿出去给一万人讲，就能特别炸。

我以前经常灵感来了想到个段子，写完我就知道它是最炸的，特别想给你们讲，但我谁都不告诉，就上台讲，特别好。我特别不喜欢给人看稿，老想给人惊喜。

但电视录制不行，要保证安全，要切机位，你的稿子必须得很详细地拆给团队每个人。其实电视会大大削弱脱口秀演员的魅力，跟现场完全两码事。

最重要的区别是，演现场要关照观众反应。说极端点，脱口秀没有演员都不能没观众。脱口秀是一个人在台上，跟全体观众交流。有交流对象，是脱口秀跟单口相声的区别。

比如有一万个观众，你得让一万人觉得你在跟他说话。如果你一个不笑，我会特别使劲儿地想让你笑。如果所有人都笑完了，还有一个人在哈哈笑。我就逗他："哥们儿你怎么了，有病你去看，你不要这样。"相应的，如果观众气氛特别好，也会促发我再来个现挂（现场临时想的段子）。我是那种人越多越兴奋的演员。

电视节目注重的是录制效果。虽然现场也有观众，但不能过多交流，你得跟电视机前的观众交流，也就是看镜头。有经验了还要注意后期剪辑需要的说话节奏、语言。有时候现场观众特开心，录出来跟屎一样。

无论如何我都更喜欢现场。现场至少可以提一些新闻时事，地铁涨价什么的。我觉得脱口秀一定要有摇滚精神，就是愤怒。调侃本来就是一种反对形式。做脱口秀还要求正能量，给观众正确导向，正确导向你能笑吗？正能量是没有喜剧效果的。

举个例子，我说扶老奶奶过马路，你能笑吗？只能说扶老奶奶过马路，老奶奶不让。脱口秀的讽刺就该特别真实，用现在流行的话说就是扎心。《吐槽大会》吐槽曹云金那期，我们说曹云金抄袭，他也自嘲，但节目会要求讲完要往回圆一下，再说一句，"抄袭肯定是不对的"。不能让大家以为抄袭是搞笑，无所谓。我当时就说，那还是删了这个段子吧。

我觉得真有追求的脱口秀演员，应该受不了这种事。也可能是我年轻，不够 be water（像水一样，以柔克刚，能屈能伸，适时而变。来自李小龙）。我也不知道对不对，但是我就想这样。

五

我 2015 年刚开始演脱口秀，然后被李诞发现、签公司，到现在上了《吐槽大会》这样观众群比较大的节目，也不知怎么了，一路特别顺。我觉得自己很幸运，也感恩一路帮我的这些人。

对我来说，所有经历都是第一次，第一份工作，第一次上电视，去年 5 月我搬到上海，第一次离家生活。各种事都是新学的。

以前，我就是写稿、演出，很简单的两件事，其他什么也不管，爱谁谁。现在居然变成艺人，事变得很多，你得去拍个照，你得去念一个广告词，你得在节目后跟明星哈拉一下……粉丝也涨了很多，公司会说，多跟粉丝互动，保持粉丝黏性，想给我运营微博，我不让，还是想发什么就发什么。"今晚 80 后"的导演每次都说，你转转微博，求你了。我说不，我觉得自己说"大家准时看我的节目"太傻了……

每次节目录制结束我就立刻藏起来，藏在储藏间、导控间，没人知道我在哪儿，特别怕粉丝见到我。有时候在街上遇到认出我要合影的，我也会配合，但真不太适应。我不太会面对粉丝，老被公司说。我理解所有这一切道理，但就是想跑，挺不擅长这些事的。脱口秀演员长得又不好看，搞喜剧的，就别做偶像了。我不想做一个特别亲民的明星，我觉得我就是个平民，跟大家一样。

这一年肯定还会学到点所谓人情世故的东西，但即便我懂了这些，还是不太愿意，或者说不太会处理这种事。我到现在还会跟领导没大没小。很多工作上的小事，我老想较真。为什么不能说这个？那个又怎么了？为什么为什么？特别想坚持自己的小想法，把他们烦得不行。

现在我们的粉丝基本是通过《今晚80后脱口秀》和《吐槽大会》吸引来的，线下演出的影响力毕竟很有限。但节目里说的都是些最无关痛痒的笑话，其实不是我最想说的东西。我特别希望国内能有更多真正的脱口秀观众，懂脱口秀里的一些讽刺、抵抗和小愤怒，懂那些比较深层的东西。

我可能没想过自己做脱口秀将来能有什么成就，但我希望自己能有所坚持，做一个非典型艺人，一个真正的脱口秀演员。像路易·C·K（Louis C. K.，美国著名脱口秀演员）那样，不当明星，就做自己，可以直言，做自己想做的事。中国可能没有这个环境，但可以靠近，你至少可以拒绝一些东西吧。就像一个演员，至少可以不演烂片。这是我挺单纯也挺难的一个目标。

脱口秀不限于表达，它其实是一种思维方式。我觉得大家都应该有点脱口秀的思维模式，也就是我们自己吹牛说的"脱口秀精神"。在我看来，脱口秀精神就是说真话，保持一些怀疑。我觉得脱口秀应该传播这种思维。

我跟李诞讨论过，脱口秀到底应不应该带给人一些实质性的东西？李诞认为，最高级的境界是，我就表达我独一无二的思想，让你们知道了，你该怎么想就怎么想，我无所谓。我想的是，在台上自由地表达自己，但说的话其实不是最重要的，重要的是潜移默化地让观众接受你这种脱口秀的思维方式。

我做脱口秀，特别希望能达到这样一个状态——我能很巧妙地把我的思想、我对这个世界的看法摊给你们看。而你也能有你自己的观点。这太理想化了，挺难的。中国的脱口秀演员其实都费劲。

[个人史]

徐立功：李安和台湾电影的那些往事

口述 _ 徐立功 采访、文 _ 谢丁

　　徐立功是个好人，好到烂。什么意思呢，就像没了脾气，随便什么人都觉得他好。"我这人就是没个性。"他瘫在沙发上，慢吞吞地，表情很幸福。"你知道台湾麻吉么？夜市上那种小吃，软绵绵的，"他说，"我就是麻吉，你要怎么捏，就怎么捏。"

　　台湾电影人，有个性的多了去。焦雄屏老师，有个性。和徐立功打交道几十年，中间还闹过不愉快。（徐立功也会和人吵架？）到头来，两人还是和好。徐立功说，后来我终于知道如何跟焦老师相处了。怎么处？"你如果要找她合作做事，一切听她的就好。"我们就笑他，你真是个烂好人。

　　不过也多亏了徐立功的好，台湾许多电影导演才有了奔头。

　　七十年代末，徐立功在"行政院新闻局广电司"，没事就去楼上的电影检查室看电影，顺便看人如何剪片子。哪些是台湾民众不能看的，剪掉；哪些是黄色有毒思想的，剪掉。徐立功就此知道底线在哪里。他也提意见，说这样一剪，电影的意思就变了。

然后他就去做了电影图书馆的馆长，一做九年，认识了台湾新电影的那一批导演、评论家，也包括还在纽约的李安，还在文化大学读书的蔡明亮。他那时理想着自己成为第二个亨利·朗格卢瓦（Henri Langlois），法国电影资料馆的老馆长。1981年，徐立功搜罗了50部不同国家的电影，在台湾展映，从此有了金马奖国际观摩影展。

　　电影人都说，别让政府剪片子了，要尊重创作者。但谁去和政府谈？当然是老好人徐立功。捏一捏，就去了。他就花心思和政府斗法，两边还都不能得罪。有电影人跟他说，我们就像一把刀，贴在你胸膛。做得好，帮你刺出去。做了违反艺术的事，就捅你一刀。

　　好人还是挺难做的。徐立功回头就去了"中央电影公司"，但又是个烂摊子。台湾电影那时处于"全面崩盘"中，岛内95%的票房来自好莱坞。徐立功拿了大权，副总经理。他可以决定某部电影拍不拍，花多少钱拍。他冒了个险，启用了一批新导演，一下就推出了李安、蔡明亮。也包括后来的陈玉勋、林正盛。好人徐立功就成了台湾电影的伯乐。

　　这些人中间，尤以李安名头最响。他早年的电影，几乎都是徐立功制作的。看起来，两个人都是温吞水似的好，反正外界已把他们连在一起，想分都难。所有人都想找李安拍电影，找不到李安，那就找徐立功吧。媒体也是，访问徐立功，问的都是李安。

　　我们也不例外。徐立功就说，谈就谈吧。但说多了，报纸一登，全是李安。他就笑，这也太伤我自尊心了。

　　但如今在台湾，还有谁能像徐立功这样，能讲出一大堆电

〔个人史〕

影圈的轶事？而且说来说去，大家也不会有什么意见，知道他人好。况且，他手上似乎还保有一种无形的权力。即便他后来离开了"中央电影公司"，创立了自己的电影公司，他在圈内仍有极大的影响力。2010年，金马奖颁给他终身成就奖时，台上台下的李安、张艾嘉、刘若英，都是一口一个"老板"。

徐立功说，现在最敢讲的人，就是我这样的。至少我还可以倚老卖老。[1]

零缺点的李安

《少年Pi的奇幻漂流》公映之后，我每次去内地，走在北京的路上，只要碰到老板，所有人都问我，能不能找李安拍电影？没有别的事，每个人就一个目的，希望我去说服李安。

当然，他们不会把现金捧过来，但你可以想象，他们都是很有钱的。问题是，如果李安是那么好说服的话，也许他就不会有那么多好作品。今天讲实话，如果李安愿意拍什么东西，你还怕他缺钱吗？一定有很多人捧着钱来，对不对？

但是我讲破了嘴也没用，就算我把李安骂得一文不值也没人相信。他们说："不会吧，他就是最好，对不对？"我说，大陆还有其他导演也很好啊。他们讲，不行，张艺谋不行，陆川不行。尤其是《少年Pi的奇幻漂流》之后，媒体也说，李安是零缺点，什么张艺谋是零优点。这不是我们台湾人讲的，全部是外面其他人讲的。搞得现在我们也不知道，到底哪个人是好的。

---

1 以下是2013年初对徐立功的采访。——编者注

所以有时候，我会觉得影剧界真的很残酷。

不过，讲一句实话，在目前来讲，我觉得李安当然是绝对优秀的。他自己的天分、努力和认真，这些都是他的优点。另外那些导演被批驳，为什么？我会觉得是修养的问题。他们可能觉得自己多么了不起，出钱的老板也要听我的。钱来以后，他们只需要满足自己的创作欲望，才不管你票房怎么样。所以最后，投资老板们都怕了，那当然就会反弹。

而李安这方面，这个平衡掌握得特别好。

我记得当年，我们拍完《推手》时，他回到台湾。电影上映时，我一定会跑到戏院看观众的反应。李安是第一个导演，会跟着我，到每家戏院去看。我每次跟他讲，你不必了吧，电影拍完了，你也累完了，就回美国休息吧。何必跟我这样东跑西跑？台北西门町的中国戏院，对街有很多咖啡厅，我们每次坐在那里。看有没有观众去排队买票。对我来讲，我是关心票房。但李安他也跟着。等人家买票进场，他跟着我一起进戏院去。我说，我只是看观众的反应，你干吗？李安说："你不知道，我在创作的时候，很寂寞，只有在这时候，我是享受。我在看观众，哪些地方高兴、哪些地方难过，我就很满足，也可以作为我拍片子的参考。"李安是很认真的。我真的觉得——我也不要指名道姓——大陆的导演很少有这种人。

另有一次，我和李安一起去参加柏林影展。那时他还没那么大名气。《喜宴》和《香魂女》一起拿了金熊奖。然后，整个柏林好像都被大陆的人包围着，简直一片呼声，都是《香魂女》。我们那时候是第一次参加影展，也没什么声音。李安每次去一个地方，他真的都是工作，不是在玩。我们替他安排在一

〔个人史〕

个花园里，给了他一张沙发椅，他坐那儿接受访问，所有人排队排长龙，他从来都不厌烦。他唯一的要求是说："老板，我只要求一点，每天中午，你得陪我吃中饭。"所以，一到12点钟，我一定到现场把李安带出来。我们俩就到一个中餐馆，吃碗面。到了一两点，再把他放回沙发，他从来没有怨言。

对李安来讲，他喜欢观众喜欢他的电影，所以他拍电影一定会顾及观众。这是很可贵的。

另外他有一个观点很好。他有几部比较不成功的电影，叫好，不一定叫座。但其实他拍那些电影，是有目的。比如拍《与魔鬼共骑》，这是因为接下来要拍《卧虎藏龙》。他先要去习惯那些和骑马有关的东西，他都希望掌握到。他真的是这样一个人。做每件事，一定有他的想法，他才去做。

即使是台湾导演，也很少有人像李安这么投入的。早年很多的导演，无论是杨德昌，或侯孝贤，一开始他们都蛮想完成自己的创作理念，可是逐渐逐渐，他们也会觉得，好像不能完全发挥这个理念，所以后来也会开始做一个结合。至于那些名气小的导演，更谈不上这个了。只要有人肯给他出资拍片，他们就很感激了。

皇帝的寂寞

很多人不知道，其实我和李安见面也不是很多。他每次来台湾，时间都不长。《少年Pi的奇幻漂流》在台湾宣传时，我正好在北京，接到李安电话。他说，台北的首映，有个走红地毯，要我陪他一起走。我说，这电影跟我没有关系啊，也不是我投资的，我也没参与，最多就是你在台湾拍片时，我有去探过班而已嘛。这很奇怪的，李安为什么要跟我站在一起？我说这不太好。

可是，人家这么慎重要找你去，你不去，会变得不好意思。既然如此，我就去。后来我了解，其实他请了不止我一个，他把当年我们一起拍《饮食男女》的那些演员，都叫了去。

我是觉得，可能是因为李安一个人在台湾，太单了。你想，如果走红地毯，就他和太太两个人，走起来也没什么意思。

你也知道，做皇帝是越来越寂寞的。（笑）

因为想去接触李安的人，很可能就是一般的小人物，或者想沾亲带故的。像当时跟他拍电影的那些人，大都因为李安红了，反而跟他保持某种距离。否则，好像我们一天到晚沾着导演似的，我们都尽量避开。所以李安也挺寂寞。

说真的，他每次来台湾，就是跟我这种人见一见。对他来讲，也许是善良感恩，对我而言，我会觉得是因为好朋友。但是每个人心理上难免会有一些个人不同的思路。这是讲一句实话。我曾给他举个例子："以前多么方便，你来，我们俩就到面摊上坐着就可以聊半天，现在有这个可能吗？没有。"不要讲去面摊吃面，即使你今天跟他在哪里见个面，说几句话，立刻就会变成新闻焦点。媒体就会以为我们之间又有什么事要做。其实什么都没有。

我跟他说：你每次跟我一说话，明天我要跟你上报纸，上了一大堆。主题我也很清楚，不是为我，是为你。可是我老是站那边上，我就觉得太伤我自尊心了。（笑）

所以我们后来做事就变得保密了。比如他住在哪个旅馆，

　　　　［个人史］

半夜或者什么时候，两个人才吃个饭、聊个天。都是躲躲闪闪的。我跟他讲，这种相见最好不要见，好像我是个情妇似的，不能见人。（又笑）

当然我这是开玩笑。他每次回来，我们都有见面。只有两次没碰到，一次是《卧虎藏龙》在戛纳首映，我刚好到澳洲我女儿家去了。后来李安一到戛纳，就打电话到台湾，叫我赶过去。我说我不在家。他说，你躲得真是快得很。

李安的寂寞，是他特有的。所以我一点都不羡慕成功的人。为什么？你想想看，他的母亲住在台南（父亲已过世），弟弟李岗夫妻住在台北。另外他还有两个姐姐，一些后辈。但他每次回来，每天就是媒体记者围着，他妈妈要看儿子，都要从台南赶过来。

他弟弟李岗，跟我一样，也受到李安的盛名之累。什么事情都找我们，但其实都没用。因为李安是很坚持自己理念的人。李岗每次都说，你们不要找我，去找徐立功。其实我也无能为力。

在台湾，李安当然也有很多朋友，好多都是媒体人。至于那些演员朋友，其实也受李安名气的影响。有一年，我们一起去印尼参加亚太影展。归亚蕾先去。有次到海边散步，李安突然来了，也在海边散步，媒体记者就在那儿狂拍。归亚蕾就笑说："我来了好几天，现在才被你们左拍右拍的。那是因为李安，对不对？"

再比如刘若英，李安蛮喜欢她的。每次有什么片子，就找刘若英去谈。刘若英后来说，我全身的细胞毛孔有多少，李安都知道了，还要跟我谈什么，用就用，不用就不用啊。

我记得有一次更好玩。拍《饮食男女》时，确定演员，李安要去找张艾嘉。我们就约在台北一个喝茶的地方。我带着李安和张艾嘉进去，一进门，服务的小姐就说要签名。李安以为人家找他签名，正要拿笔。小姐说，不是找你，是找她。张艾嘉就笑李安："你不要以为人家都找你，也有找我的。"人家那时还不知道，这个人以后成了国际大导演。

大陆不是多的是钱吗？

很多内地的投资者都来找过我。其中有两部，我印象比较深。

一部听起来很大，叫《江山》，讲抗日战争的。投资很大，上亿人民币。我就跟那个有钱人说，这真是一个千载难逢的好题材。因为那个是国共合作，共同打一仗。这仗又是关系到第二次世界大战的战役，而且又刚好包含中美之间的友情。江山还是毛泽东的祖籍地。总之，我说这是个很好的题材。谈了好久。

结果他问，李安有没有可能导这部电影？我差一点没撞死。

我说，李安选择题材，有他自己的见解。后来我给他们介绍了一个美国导演，人家真的考虑这事。但是他们脑子里就李安，没有别人。这就是个问题了。

最近还有一部电影，来找我，我也觉得还不错。他们想拍司马迁。题材是不错的。这么一个小人物，或许李安会喜欢。这个投资方比较通情理。他后来还跟我说："当然，徐先生，如果你觉得李安他愿意做，那么你就来做制片。"我对这个投资人印象蛮好的，他们很有诚意，亲自把剧本送过来。然后就说，你做不做得到，没有关系，但是他们自己要做的事，是一定要做的。

事实上，我个人对电影的看法是这样：有所为，有所不为。

虽然我也很喜欢商业，但是我不太愿意破坏……怎么讲呢，我们的电影梦也好，电影文化也好……比如说，《白蛇传》。我多么喜欢以前的《白蛇传》，白蛇在西湖遇到许仙，两个人共拿一把伞，我觉得多么唯美。最后发现，哦，这个女人是个蛇，一个镜头就完了。但是你现在大陆科技发达，拍个3D等等。神话的美感全部给破坏了。

有时，我真觉得，许多人太迷信于好莱坞的科技。人家都已经逐渐在变了，我们还一天到晚收人家的尾巴。你看马丁·斯科塞斯的《雨果》，说真的他并没有太多的科技。他反而有点像什么都要亲身去体验，比如在屋顶上逃的那段，倒很像是成龙的风格。

以前我非常喜欢张艺谋，远超过李安的。我们都是看他那些电影长大的，是我们的偶像。那等到李安的电影出来后，讲实话，我开始想，张艺谋的东西，现在怎么这么难看呢？直到《山楂树之恋》，我才觉得有道理。这个电影是应该让张艺谋导的，最合他味道。因为我觉得他经历过"文革"，所以那种感情，我会感动。

现在，很多人都在向往，是不是可以走到好莱坞。每个人都做这个梦。其实我觉得真的不一样，你就说好莱坞吧，还不是想到中国大陆来投资。所以我总跟他们说，你们不要迷恋李安，好莱坞也是把资金拿到中国大陆来的。就不信。

我总觉得，中国的电影，焦点应该摆在哪里呢？应该利用台湾人的创意，大陆的特色、地理环境和市场，再加上香港的技术，也许就能做出很好的华人电影。

至于钱——大陆不是多的是钱吗？（笑）有一句话说得很对：你不要想用你的观点去说服投资者，你可能要玩一点儿小手段，让他们愿意把钱拿出来。

贴在胸膛的一把刀

我是辅仁大学念哲学的，其实和电影没什么关系。但我那时就给电视台写剧本什么的。后来就去了"行政院新闻局广电处"。七十年代末吧，我们天天就在立各种规定，"广播电视法"就是我们那时候帮忙拟定的。可是除了工作以外，像我们这种人蛮笨，不会跳舞，也不会打台球，什么也不会，我唯一的娱乐就是看电影。"电影处检查司"在我们楼上，所以我每天就跑到那里看电影。

不是看电影，叫检查电影。我心想，电影检查一定是把人家不该看到的剪掉。后来跟他们很熟了，每次他们剪完，我就看一下，说，这个为什么要剪呢？你这样一剪，电影整个意思就变掉了。所以他们慢慢知道，有我这么一个人，好像很喜欢看电影，又好像很懂。反正他们也不讨厌我，觉得还可爱。

有一次，新上任的"新闻局"副局长宋楚瑜，也跑来看电影。他问放电影的师傅，今天有什么电影好看的。师傅就说，你问徐先生，他懂。我那时根本不认识他，没大没小的，我就说："看你对好电影的定义是什么？要看好艺术的也有，你如果想看很暴露的，也有。"他就笑一笑走了。没隔多久，有一天我在办公室，突然讲副局长来视察。他一进来，人家就介绍这是徐立功徐科长。他笑笑说，原来你在这里做呀。我瞎猜，他好像还蛮喜欢我的。

然后，电影基金会成立了，又要说成立一个电影图书馆。宋楚瑜那时升成局长了。有一天，副局长来问我，去不去电影图书馆。我其实根本不知道怎么样，但答应了，说可以去。真正要离开时，局长又变成了丁懋时。他又跟我讲，你不要去了，可以把你派到美国去。我那时还年轻，觉得如果因为外调就不去图书馆，面子上很难看。我还大言不惭地说了一句，我要效仿法国电影图书馆，做一辈子的馆长。

人家觉得你还真的是有理想。电影图书馆对我影响很大，我是在那里认识了焦雄屏、蔡明亮这些人。焦老师是从外面念书回来，到图书馆查资料。蔡明亮是在念文化大学，做了些小的舞台剧，我们办影展时，他就过来做工读生，帮你卖票，有空就进去看电影。所以，在那个时间段，我受到他们很多熏染，很多关键的人，也是那时认识的。

电影图书馆和评论界，以及那些导演，关系都是很密切的。因为搞了很多影展、放映活动，也常请些导演过来演讲。我们也出刊物，是电影双周刊。请专家去介绍各个时代的各国的电影特色和他们的历史。

我在图书馆待了将近九年，到后来已经做疲了。为什么？每年都办影展活动，人山人海，每天也是很有压力的。因为影展的片子，检查部门也要剪。评论界就讲，要尊重创作者的心血，片子绝对不能让他们剪。那怎么办？只好你站出来对抗，保持创作者的原本创意。你要花很多心思跟他们斗法，趁他不注意，你赶紧放映。你要有这样的胆识。这段时间焦老师办事最漂亮。

她就跟我讲，你一定要抗争到底。甚至有人跟我说，我们就像一把刀贴在你胸膛里头，我们支持你。但是如果你做了违反艺术的事，我们就捅你一刀。在两者之间，你要就权衡。

这样很累的。所以后来，宋楚瑜先生就问我，你要不要来我们"文工会"，就是最高的文化主导机构。我一开始兴趣不大，结果一个朋友说，去做总干事，这个名头很大啊，为什么不去？我被人家这样一说，就去了（笑）。去了以后就在第三室，管的就是电视和电影。

没多久，就碰见了《悲情城市》。我坚持不要剪，一定要让这部电影公映，结果《悲情城市》真的没剪就上映了。最后也没事啊。其实，压力也就是做官的人自己的心理。

那时，每到什么重要节日，电视台都会主动找我约稿。我一开始很高兴，觉得好像有点名气了。有一次我就问一个电视台的朋友，为什么每次都找我写？他说，你不要生气，找你写稿，是因为最安全。第一，你的字很方正，打字不会打错。第二，你是管电视电影的，很清楚界限，绝对不会出问题的。我就有点不舒服，搞半天，这不是利用职务在做事吗。那时就想离开了。

有一天，"文工会"主任找我，坐在他车上聊半天。跟我讲政治、现实什么的，都无趣啊，说我是一个很知心的人。然后问，你现在要不要去"中影"（"中央电影公司"）？我说好啊。那次聊天没多久，他就去英国了。

我第一次去"中影"，坐电梯。两个人在我旁边咬耳朵，说，你看看这就是新来的副总，听说他连拉丁文都考八九十分，他会拍电影吗？我心都凉了。后来想，也对，我是真的不会拍电影，我来这儿干吗？去了才知道，我要负责决定一部电影要不要拍？好几百万到上千万，这当然就很恐怖了，从来没做过这事。后来我就想了半天，也许可以利用这里，培植新导演。

台湾电影，几乎就是一部"中影"的电影史

我启用的新导演拍的第一批电影，反响都不错。老导演万仁的《胭脂》，柯一正的《娃娃》，蔡明亮的《青少年哪吒》，李安的《推手》。居然都成功了。"中影"的人开始接受我，说这个副总也蛮能干的。李安的第二部片子就得了柏林金熊奖。所以基本确定下来，每年都可以启用四个新导演，一代一代，像陈玉勋、林正盛都是那个时候出来的。很多机会也来了。他们也都很争气，运气好，潜质也都非常不错。

认识李安，是因为他在纽约念书时，写了两个剧本，参加台湾比赛，《推手》拿了第一名，最佳剧本，《喜宴》也得了优秀剧本。"新闻局"就给了他一张机票，到台湾领奖。他那时在寻找拍片的机会，接触了很多人，到最后都没谈成。后来他就到"中影"来找我。

一见面，就好像熟得不得了。他就穿一条破牛仔裤，蓝色T恤，都磨损了，站门口。我说你干吗站在那，进来啊。我们俩就这样子一谈就谈两个钟头。完了之后我说，李安，你想做导演，我愿意支持你拍一部电影。他就问我拍哪一部？我说，当然是《推手》，谁要拍第二名的剧本。其实我那时候没概念，才跟他这么讲。他说你给我一天回去考虑。我说，就1200万台币，多一毛都没有。

他回去后，就到处跑，去问人家哪里能租器材，多少钱等等。之后差点合作不成功，因为那时候台湾有个片商，也是跟李安谈。但是他当时就跟李安说，要把《推手》拍成一个喜剧，重点就放在爷爷跟孙子之间的趣味上。李安当然很不满意。第二天早上9点，李安就来了。

其实对我来说，我只是给他很多方便。之所以会做《推手》的制片，是因为当时一次给李安1200万，他要跑到纽约去拍，钱一定不够。所以要控制得特别紧，每一毛钱，都不能迟到，一迟就惨了。那这个谁能保证？就只有我，我是副总，随时盯着，钱是否寄到美国了。这就可以给李安很大的安全感。

这部电影，李安吃过很多苦。钱这么少。他在美国的制片，每天都在拍摄场地。比如每天要看那个飞机，什么时候飞过，他要算到几点几分。李安当时拍那个场景只有20分钟，必须拍完。拍这个电影时，他都被制片骂哭了。哭完之后制片说，好，哭够了喝杯咖啡，上工。

在台湾，"中影"一直是龙头老大。如果你要讲台湾电影，几乎就是一部"中影"的电影史。但"中影"的问题是，它要拍电影，得经过国民党的批准。所以"中影"早期的片子，多少是带有一些政治宣传什么的。我进去后，会扭转一点，说电影是个艺术。当然我们不否认电影里教化的东西，但是不能矫枉过正。

在"中影"，我们也没有赚钱的压力。碰到我这种人，也不懂什么是压力。也没人管我，所以我很佩服当时的总经理。当时让他来，就是因为他们认为我的个性，不善于应付电影界的牛鬼蛇神。他就跟我讲，很简单，喝酒吃饭是他的事，拍电

〔个人史〕

影是我的事。他说到做到，这个人非常好。

但《推手》是赚钱的。即使是蔡明亮的《青少年哪吒》，总体上也是持平的。

我和蔡明亮在图书馆时期就认识了。他那时就是个很有潜力的人。但我常和他开玩笑："你拍这样的电影，你认为你的观众有多少？"他说，我只想找知音，要慢慢地，我今天找到100个知音，下部电影就有200个，再下一部有300，总有一天我会累积很多。我就说，你有没有想过，你这个电影是100个，下一部变50个，也有可能啊，因为你把别人都吓走了。

其实对蔡明亮来讲，他第一部电视剧《不了情》收视很好，他那时很有决心。他拍《青少年哪吒》时，也是可以很有商业性的。但他把结局改掉了。因为那结局是我帮他写的，看起来好像很有张力。可是到了蔡明亮手里，他不要那份张力。我也没讲一句话。他的电影就是这样。

后来我就觉得，也许是太多的现实压力，到最后，他稍微有点走火入魔。那部《天边一朵云》。我说，你怎么拍这样的电影，叫我怎么出来替你站台。我如果跟人家讲，这是个艺术电影，观众都不来了，观众已经对你的艺术害怕了。可如果我说，这是个色情电影，是不是打人一耳光。

所以那部电影我没有太细看过，到今天都没看。为什么？因为不好说，人家一定会问你，一问你明天就上报纸。所以我就没去首映。后来给了我一盘录像带。我想，这拿回家看也不好啊，放办公室看，员工也会觉得老板在干吗。后来就搁在那儿。奇怪，还真有人看，因为它不翼而飞了。

我也跟蔡明亮说，你拍这个电影，人家连挑逗的兴趣都没有。"对了，我就是要做这个，是让人看了之后一点性欲都没有的。"他说。他的目的就是这样。

李安说，从此我和"中影"没关系

《爱情万岁》在威尼斯得金狮奖之后，我回到台湾，忙得要命。刚好是香港回归前夕，我还带着一批人去香港，宣慰台胞。在那边每天跑啊，也不觉得累。结果回到台湾，在"中影"开会，突然有点不对劲，赶紧跑回办公室，抓起药就吃，还是痛，隔了一会就晕倒了。

医生说，脑干出血，手术就两种可能。一种就是死了，死了就解救了，或者终身瘫痪。另一种可能是救好。家人还是决定试，结果运气好，没死掉。

我住院期间，"中影"很多人就在想，国不能一日无君，"中影"不能一日无总经理，很多人就想做，可是上面都压住。说，开玩笑，总经理还没死你们就争。等我出了院，就感觉一切都很奇怪了。到最后，我决定离开"中影"。他们其实还设立了一个副董事长的位子给我，薪水比总经理还多100块，有秘书、司机，可就是每天坐在那里很无聊。

李安那时回台湾看我。"中影"就要为李安开一个记者会，我不愿，每次都是玩这样的，回来看看我也要开发布会。我说，你们要开我没意见，我不出席。结果，记者到了，问有什么事宣布。"中影"没事可讲啊，只好说，"中影"正式决定，不拍李安的《卧虎藏龙》了。

李安都傻了。有一部电影，公司不拍，也要开一个记者会？

李安就从会场冲过来，跟我讲，"从此我跟'中影'没有关系"。

我一直劝他，说我还在这里啊。李安说，我只认你，不认"中影"。刚好外面也有人一直劝我离开，我们就搞了一个小公司。当时就想，也许拍一部电影，玩半年，就回家算了。结果苟延残喘到现在。

《卧虎藏龙》其实不是我们公司拍的。我们只是支持了一部分。因为李安回到美国，美国人花 600 万美金买了北美版权，另外 600 万就让我和李安两个人去找。李安就把他的酬劳也放进去，我们几个凑了一些。然后签了周润发和杨紫琼。大家一看，欧洲又出了 300 万。加上李安酬劳 200 万，还差一点点。我们就说贷款吧。那个时候吓死了，贷款还不起的话，可怎么办。

监制说你放心，我们的设计就是要买保险。保险公司又说，你们这个阵容不行，要换掉舒淇。说她片约太多，也许会影响电影的进度，保险公司要负责，坚决不用。

起初，换了一个香港影星。我们那时在北京，一看见她，我们俩掉头就出去，心想这怎么行啊！高头大马的，再穿一个高跟鞋，那有多高啊？我和李安都很头大。他问她，你会骑马吗？她说，我不会骑，可是我愿意学。只要你用我，我一天可以练五个小时骑马。李安就喜欢这种演员，很认真。

我跟王惠玲站在门口，心想不行啊。结果，那个演员自己决定不演了，练功练了两个月，身体受不了。

这时候，刚好碰到张艺谋。他就推荐了章子怡。我们一看到章子怡，差点放鞭炮。

章子怡那时没什么经验。可是张艺谋说，你不要小看这个女孩，她是舞蹈系出来的。他跟李安讲，她绝对可以拍这部电影，她的飘逸,舞蹈技术。结果真的是,她在这个电影里真的演得好。我认为比她拍的那部好莱坞的《艺伎回忆录》好很多。我是很佩服章子怡的。后来有次在澳门,参加一个活动碰到她。发现她现在真的很成功。她私下跟我讲,不会因为李安现在不用我,你也不用吧。我说,用用用。她人蛮好的。(笑)

《卧虎藏龙》光在台湾的票房就过亿。但说真的,我们从来没有庆祝过。

我认识的那些导演们

这一两年,台湾票房最好的,都是比较本土的电影。《海角七号》还没那么明显,但像《艋舺》《鸡排英雄》,票房都很好。我讲实话,像周杰伦的第一部电影《不能说的秘密》,我觉得也算是不错的。

大陆的电影,我现在不像以前看得那么多了。但有时候很奇怪,比如陈凯歌,我们之前觉得他很好的,结果李安一出来,好像很多知名导演自己的特色就慢慢没有了。《黄土地》很好啊,但他后来居然找了黄磊去演吕布。黄磊怎么会是那种类型呢,根本就是一文质彬彬的书生。所以,我一直觉得,陈凯歌是不是被陈红给"谋杀"了。(笑)《无极》根本就是个大型的MTV,不知道在干吗。你说他是不是很奇怪。

还有姜文,他有几部电影都是很好的。但《太阳照常升起》——天啦,有次我遇到那个投资老板,我跟他讲,你真是了不起。他说,那没办法,花多少钱都要下去。后来再投《让子弹飞》,我就跟他说,你要小心啊。结果那个电影赚回来了。

扯远了。基本上，我是觉得，早年在台湾，媒体也会常常介绍一些好电影，允许很多像焦雄屏、黄建业这些不错的评论家，发表他们的看法。后来因为不景气，都给关掉了。报纸也变成一个商业的，看广告行事。结果一个非常优秀的作家，也会转去拍电影。我那时候就跟她说，焦老师，你变得太快了，怎么会去拍电影呢？但《蓝色大门》应该就属于她，卖得非常好。所以她就像抽了鸦片。我觉得她蛮了不起的，真是很执着地努力去推广电影。

但《蓝色大门》，或者《不能说的秘密》，其实都还没有成为一个气候。大家会觉得他们有清新的味道，但是并不像早年的台湾新电影，有一种风潮。现在真的还没有到那个地步。

《赛德克·巴莱》票房很好，但亏钱也亏得多，因为投资太大了。他号称用了6亿台币，所以光在台湾，他就应该卖到12亿才够。但基本上，台湾卖下来大概只有一半。我觉得那个电影本身是不错的。但他最大的错是，策划性的错误。应该先想到，台湾的市场到底有多大？另外我觉得，你干吗非一定要用赛德克语？我们还可以看字幕，但对有些老人来讲，根本连字都不认识。听不懂，只能看画面，这一定会减少观众量。

但魏德胜是个好导演。他非常认真的，而且很努力，但是当你要用商业成就去讲，我就不敢说了。因为《海角七号》的成功，我认为是个奇迹。是不可复制的。很多事都是无心插柳柳成荫的。

像钮承泽，我觉得是他聪明。他演员出身，脑子转得很快，你看他马上就跑到华谊，跟哥们儿一样，关系很好。他算是不错的，但我觉得，根底如果不够雄厚，有限。

台湾目前这新一代导演，我其实没那么熟。不过魏德胜，是很热心的，对同辈的导演也会呼应和帮忙。有些导演像是跑单帮的，跑着跑着就不见了。

　　早期那批导演——也许是时势造人吧——像我们这票人，包括焦雄屏老师，我们都是常常跟着侯孝贤、杨德昌，四处跑影展。每次去，大家都是融合到一起，会变得都很开心。有时在国际影展上，还会碰见一些大陆导演，那时两岸关系不太好，比较敏感。但越敏感就越觉得珍贵，只要在一个地方碰见了，就聊个没完，聊上瘾了，就跑到你住的房间里，一直跟你讲讲讲。大家都在宣泄自己的情绪，反而会觉得更相同。

　　但是现在好像比较没有那个气氛。我后来发现，参加这些影展有时候会觉得没什么意思。为什么？好像大家只是换了个地方，又去相互竞争，没有那种团结凝聚力了。

　　当然我很久没带人去参展了。后来有人就开玩笑说我，噢，你是拿奖就出去，不拿奖就不出去。我说真的是没有。你说我现在拍一部电影，如果只是为了拿奖，那我讲实话，蔡明亮最合适。花费不会那么大，而且非常能够得到欧洲人的喜欢。因为他的电影，话不多，外国人看，没有那么多的隔阂，就看他的影像。但是，你即使在欧洲拿一个不大不小的奖，对票房有什么帮助？没有。

　　所以你看侯孝贤，好多年不动了。他现在拍《聂隐娘》，心情应该很沉重的。我觉得他自己压力挺大。找合作者也不容易，因为如果找个财大气粗的老板，侯孝贤也不愿吃那个憋。但因为他不算是个票房导演，只有《悲情城市》算是赚了钱。

　　所以回头来讲，李安和这些导演不太一样。其实我归结这

　　　　　　　　　　　　　　　　　　[个人史]

些年的东西，台湾的电影是跟李行有关系的。在李行那个时代，他本身一直非常讲求人文性，把电影拍得比较精致。当然后来慢慢拍起了琼瑶电影，这些东西也就慢慢自然地没有了。但是他一直对电影很热心。

在那个时机，李安大概就是受到李行很多人文的影响。后来去美国念书，念的戏剧方面的课程。他是讲求电影的戏剧表现的，也能够把戏剧的理念跟影像的文化做很好的契合。所以他的电影里，有非常浓的六十年代的文化特色，然后也有电影戏剧的表演。

在那一代导演中，所有人对李行都是极为尊敬的。他们相互之间也是关系很好。侯孝贤就不说了，他们有一批拥护者，自己去搞电影团体。我就说李安和蔡明亮，他们两个还真是很会照应的。比如，他们两个都很喜欢金素梅，也都和她合作过。金素梅是一个非常 nice 的演员，她对合作者、对摄影师都很照顾。有次去香港，买 T 恤买了 100 件，回到拍摄现场，每个工作者送一件。她是那种礼数很周到的人。我记得《喜宴》之后，好多欧美人一直拉金素梅去拍外国片。到今天我也不理解，为什么她从来不去。

然后，蔡明亮要拍《爱情万岁》，李安拍《饮食男女》，同时看上了金素梅。李安说，既然这样，那就让蔡明亮先用吧。结果呢，那我们的蔡明亮也很有意思，他就讲，那是李安嘛，先让她去演李安的比较好。

两个人推来推去。金素梅更潇洒：我最近不想演电影。结果跑去开婚纱店，婚纱店又失了大火。命就是这样。所以后来你看，杨贵媚就这样冒出来了，同时演了《爱情万岁》和《饮食男女》。要是没有这一段过去，杨贵媚到底什么时候出来，你也不知道。

有人总是说，谁和谁不和，其实我说真的，最会有意见的都是评论界的人。导演跟导演之间都不会去讲这个话，心里怎么样我不知道。但是岁月会冲淡很多人之间的隔阂。或者，某种程度上讲，也许是现实，你也不能不低头。就像今天谁再对李安不满，也不好去讲了嘛，对不对？现在最能够讲的人，就是我这种人。但是我也不太敢讲，我怕人家说我是酸。（笑）但是不管怎么样，至少还可以倚老卖老。

梅二：顶马十五年，哪年要过脸

口述 _ 梅二　采访、文 _ 黄昕宇

一

1995 年，我考进上海大学文学院广告系，同班同学里有个人叫陆晨，我看他特别眼熟，一对，果然是小学同学，他是一班，我是二班，我们失散了整个初中高中后，竟然在大学又碰到了。

陆晨是他高中历年卡拉 OK 大赛的第二名。第一名永远是一个民族唱法的小姑娘。他唱的张国荣可以以假乱真，粤语，张国荣在演唱会中说的话他都能一模一样地说出来。那时陆晨听张国荣，至多到罗大佑。我高中就开始听摇滚了，听唐朝、黑豹、魔岩三杰，国外的 Nirvana、Radiohead 等等，有一抽屉的磁带。有一天陆晨在我宿舍里打开了这个抽屉，就走上了一条通向摇滚的不归路。

在学校，我们老跟几个搞乐队的师兄玩，他们翻唱"枪花"、"涅槃"的歌，好像挺牛的。其中有个吉他手，绰号叫驴，现在是制作人，给"街道杀死奇怪的动物"、"五条人"录音混音。

驴是第二军医大学的军队子弟，吉他弹得很好，留着中分长发，看起来特别酷。我们那时候中了《灿烂涅槃》的毒，无比热爱涅槃乐队，都穿格子衬衫，裤子上都剪一个洞。那帮师兄毕业后，驴一个人闲着，我们就和他一起做乐队，分配乐器，吉他手有了，我就去学贝斯，还有个同学，叫猪头，去学鼓。

当时上海有个美声乐器厂，它的附属艺校叫美声艺校，每周末在外滩的小学那儿办班，我们就去那儿学。鼓班有七八个人，吉他班有二十几个人，贝斯班在学校放体育器材的储藏室上课，只有一个老师和两个学生。

我买了一把三四百块的美声牌电贝斯，音质极差，巨重无比，背在身上站着弹会脑缺血。老师说，你不能用这把琴学，手会弹坏掉。我就跟父母要了1900块，买了把雅马哈250练习琴。老师送我们一人一盘磁带，有"小红莓"、"枪花"、崔健之类的歌，没有贝斯音轨，我们就回去扒歌照着练。课上大部分时间，老师都在跟我们吹牛。

学校实在太烂，学了大概三个月，在一个教室里搞了一个毕业典礼，有人唱了郑钧，有乐队唱了 Metallica，然后大家就解散了。

1997 年，我们组了乐队，叫七，Seven。起这个名字是因为看了《七宗罪》，觉得太牛了。正好有个蒙古族同学说，在他们民族，七这个数字很古怪。我们说，太好了，就叫七。

上海东北面是大学区，那儿有个叫"部落人"的酒吧，很多大学生和部队子弟在那儿混，我们也经常去玩。酒吧星期三晚上没什么生意，老板看我们是搞乐队的，每星期三下午给我们钥匙，让我们自己开门进去排练，排完吃了晚饭就在那儿演出，报酬是一人一大瓶青岛啤酒。我们每周三演完，就喝一瓶啤酒，骑自行车回去睡觉。

因为一开始排练就在舞台上，台下有观众，导致后来我们上舞台一点都不怵。

1997年12月31号，乐评人孙孟晋在上海市青年活动中心搞了第一次摇滚大趴，把能上台的十几支乐队全都聚齐了。大家就知道有个Seven乐队了，开始叫我们去各种很怪的地方演出，有时在部落人，有时在华师大后面的啤酒吧，还有在上海影城的地下室，基本都是大学生乐队的群趴。

后来，在宝山区混的一个新疆哥们儿回到了乌鲁木齐，跟驴说他在乌鲁木齐能安排演出，让我们赶紧去。因为猪头没时间，我们三个就借了钱从上海坐了四天三夜的火车到了乌鲁木齐，跟着那个哥们儿住进了他工作的铝厂，还找了当地的一个鼓手合作。晚上他带着我们去乌鲁木齐各种夜总会、音乐西餐厅，进去就找经理，说上海来了个乐队，想演出，经理就说你们试试吧，我们上去演"涅槃"，台下有陪酒的小姐跳快四步，我们才知道这哥们儿根本没安排演出，就带我们到处混而已。

1999年我们毕业了，都找了工作。陆晨一毕业就当了公务员，一直干到现在没换过。我进了广告公司，后来换了好几份工作。当时我们有一个搞乐队的朋友，在火车机务段工作，那儿有个地下室，他弄了一堆音箱和鼓，我们就每周末去排练，继续演出。

这时乐队就遇到瓶颈了，原来搞的是英式，后来越来越神经质，一首歌能写十几分钟长，和声特别奇怪。而且大家上了班，也没什么劲儿了。2000年，鼓手去英国留学，Seven乐队散了。

二

2001 年 10 月的一天，我突然收到陆晨的短信，说他和毛豆想做乐队，问我有没有兴趣。我说，可以啊。他马上回复：我们已经在你家楼下了。

我们就在楼下的小酒馆点了三个菜，喝了点啤酒，商量乐队的事。那时上海乐队挺多了，驴不在的话，我们三个的技术完全不能做出一个像样的摇滚乐队，于是我们决定不做原始的吉他、贝斯、鼓三大件乐队，要做就做很奇怪的东西。怎么怪呢？要么只有鼓，要么只有贝斯，要么只有吉他，总之要规避三大件。

毛豆是我们的诗人朋友，也弹琴，但弹得很烂，我们就让他当主唱。陆晨主要弹吉他，当然也好不到哪儿去，我弹贝斯。不过，还是视歌的情况而定，有的歌只有贝斯，就所有人都打鼓。后来我们又找了个会吹黑管的女孩。

我们的排练室在地下室。上海有很多地下室，都是"文革"备战备荒时响应"深挖洞，广积粮"号召挖的。好多人租地下室，墙上挂棉被，改成排练室。我们每周固定排练一个小时，然后去天山电影院旁的一个火锅店吃四个小时火锅，喝酒闲聊。大部分歌的想法是在火锅店里形成的，到排练室只是去实现而已。

有一天，我们觉得乐队得有个名字，就各自回家翻字典。最后在两个名字中选，一个是我提的"简明心理学词典"，我在家刚好看见这本书；陆晨提的是把卡夫卡的小说《马戏团的顶层楼座上》倒过来——顶楼的马戏团。我们三个人投票，二对一，顶楼的马戏团胜出。

如果叫简明心理学词典，可能我们一辈子都是个实验乐队，结果我们叫了"马戏团"。好像冥冥之中，这个乐队的气质一早就定了。

2002年有一天，我们在一个叫ARK的音乐演艺酒吧第一次演出。那天我们穿着对襟的唐装上台。有一首歌只有吉他，三把吉他在台上"吭吭吭"扫，我们还买了各种奇怪的民族打击乐器，在台上又拨又敲，跟做法事似的。演了几首歌，台下就一片"啊？"很错愕，从来没见过这样的乐队。

乐评人老大哥孙孟晋那天也来看，他对我们印象深刻。第二年迷笛音乐节时，张帆找老孙带几支上海乐队来，他就推荐了戈多、Junkyard和顶马。当时迷笛音乐节还在香山迷笛学校的大草坪上。我们三支乐队坐1461次绿皮火车，硬卧睡了一夜，一到北京就坐了几辆黑车去了迷笛，晚上住在迷笛学校学生宿舍。当时的乐队都不想压轴，想先演——那会儿大家赶着回家，越晚观众越少。在张帆那儿，我们跟一个树村的乐队吵了半天先后次序，张帆说，让上海乐队先上。

那时北京的乐队除了美好药店，大部分都是树村的新金属乐队，上海却去了三支特别前卫的。戈多2001年就开始做后摇，第一天他们演的时候，台下观众也就听了；到了Junkyard，数学摇滚加实验噪音，观众觉得怎么这么奇怪，实在受不了，开始扔东西。Junkyard演着演着，"啪"一块砖头落在脚边。到我们演已经是晚上，我们的演出就显得更奇怪了。新金属的歌迷在台下瞎闹，大喊："下去！下去！"

我们唱到最后一首《向橘红色的天空叫喊》，主唱毛豆在台上喊："我们永远年轻，我们永远倔强，没有人能消灭我们！"

台下立刻哭成一片。

在迷笛音乐节这样一个很乌托邦的环境里，台下都是热血质朴的摇滚青年，那种感同身受特别强烈。张帆也很激动，拿着话筒上台说："上海的哥们儿，牛！"

这次演出给我们带来了第一批乐迷。那次音乐节之后，颜峻写了一篇很长的纪实乐评《永远年轻，永远热泪盈眶》，其中单独提到上海乐队。那是乐评人的时代，乐评人说什么都是最权威的，大家一看就记住了顶楼的马戏团。

那段时间写的歌收录在我们第一张 EP 里。那张唱片是用我的 MD 机接了个话筒在天山路的排练室一下午录出来的，音质奇差无比，我手绘了一个大象做封面，结果延续下来成了我们乐队的 LOGO。

三

不久，我们发现了一个问题：顶马被从摇滚乐队的范畴里划出去了。

那时我们每个人都写词，因为主唱是诗人，歌词也比较诗意。乐队常在周末到各个朋友的办公室排练，渐渐就不用电声乐器了，想了很多很奇怪很实验的东西。人家会说，这不是个乐队，是个声音实验团体，很多演出也在美术馆或者艺术区。毛豆当时也有点疲倦，他还是喜欢诗意的东西，但我们渐渐觉得老热泪盈眶没什么意思，不喜欢了。毛豆就走了。

毛豆离开之前来了一个弹吉他的画家，叫顾磊。

上海有那种工厂修的老式新工房，一大片都是一模一样的六层楼房，按片区命名为 XX 一村、XX 二村、XX 三村，里面跟迷宫一样。那些新村都在比较偏的郊区，环境比较乱。顾磊就在上海西北角一个新村长大。他比我们大八九岁，身上有那种跟大学生不一样的、土土的流氓气息。顾磊是个一辈子都没工作的人，一直在画画，但好像一张都没卖出去过，他的吉他和弦摁法都是自己琢磨出来的，没人能模仿。

当时，我们的排练室已经转移到陆晨家他的卧室，不能搞出太大动静，最后我们的第二张专辑《最低级的小市民趣味》就全是民谣。

当时我们已经很不好意思再唱《向橘红色的天空叫喊》了，觉得太矫情。第二张专辑完全是对诗意和艺术的反叛。那时候陆晨欣赏艺术家杜尚，他觉得把一个小便池放美术馆的做法特别牛，于是就把约翰·列侬的 Imagine 填上特别低俗的中文词。另外一首歌《方便面》是这么来的：有一天我们在陆晨家排练，他跟他弟弟打电话，问他吃了啥，他弟弟说："方便面。"我们就念叨，"方便面，挺方便的噢"，开始一路胡逼，"吃下去也方便，拉出来也方便，真呀真方便"，发展出整首歌词。

还有一首歌根本就是上海本土方言脏话教科书。当时顾磊教我们骂了好多特别土的脏话，我们一听就觉得，太牛了！就把脏话垒在一起形成一首歌。实在想不出这么脏的歌要叫什么名字，就叫《陆晨》吧。

这张专辑基本就是这么胡来的。我们是业余乐队，自己出唱片没有审查一说，大家都有工作，也不担心被禁了不能演出、不能上音乐节什么的。我们完全无所谓，就到驴家里录了专辑。

第一张专辑是自己一张一张刻盘的，太累了。这张专辑陆晨在江苏找了个工厂，是免检单位，厂长说只要盘上印三个小字"非卖品"，不用版号也可以给我们压盘。我们压了 1000 张，连卖带送出了 200 张。接着有关部门就把碟拿去审查了，先是一个小女孩听，听一半说："科长你来听一下，这个光盘里怎么有驴叫？"其实那是我们从 AV 里录的采样。科长一听赶紧又找了个懂上海话的人来听整张专辑，那个人一听就说，这张唱片一定要禁掉。于是他们找厂长要求追回 1000 张唱片，否则吊销执照。

厂长开着车从江苏来上海请陆晨吃饭，说："小陆啊，有个事很不好意思，你们唱片被禁掉了。我懂啊，你们这是艺术！我很支持你们！但是，不追回来我厂子要被吊销执照的，我请你们吃饭，请你们帮帮忙吧。"

我们赶紧把剩下 800 张还给他，然后一个个翻通讯录联系买家。第二天我跟陆晨打着车满上海收唱片，拿了就走，"不吃饭了不喝酒了，再见再见"。最后要回来 100 张左右。所以现在还有 100 张不知在哪儿的原版唱片存世，其他都被收回去销毁了。

这是我们第一次被管束。作为一支摇滚乐队，被禁是最大的宣传。"顶马被禁"的消息一下子传遍大江南北，特别火。

这张唱片的第一次演出又在 ARK。当时我朋友从北京带 AK47 乐队来上海演出，喊我们当嘉宾。我们唱了那首《陆晨》，台下一片哗然。有些观众怒不可遏，扭头就走，另一些人笑得腰都直不起来，捶地大笑。ARK 主办演出的女士跟我哥们儿说，你赶紧让他们下来。我哥们儿是北京人，听不懂，问发生什么了？她说："我永远不要再在我的场地看到这支乐队。"

［个人史］

后来的演出就是各种闹剧。我们跑到大学里唱《方便面》，大学女生就往台上狂扔粉笔头和垃圾，大喊："下去！"

我们胡搞，想干吗干吗，极尽搞怪，在台上跳大神，手舞足蹈。有一场演出，陆晨用鞭子抽顾磊，还有一回大家演着演着就从台上跳下去。我们觉得很爽，反艺术。没想到越反艺术，人家越觉得艺术。我们到北京，问"去哪儿演出啊？"——"798。"

四

《最低级的小市民趣味》之后，我说，你们发现了吗，现在我们的歌又粗俗又难听，对观众意识形态冲击非常大，但是他们的身体没有反应。我提议做朋克，朋克是让人身体反应最大的一种音乐形式。那时候想做朋克先是受了台湾"浊水溪公社"的影响。一个台湾朋友给我们看了他们演出的视频，他们经常在台上把东西全部砸光，我们觉得这个好，就搞这个。

做朋克就要恢复三大件形式，我们把 Junkyard 的吉他手猩猩找来，又问另一个乐队的吉他手中科，你会不会打鼓？他说会一点。我们一看，很猛！可以！后来发现他打鼓也就猛一首歌，第二首就不太行，到第三首都要打不动了，但是他的打法很特别，一般的鼓手扒不下来。

2005 年 7 月我们第一次演朋克，在上海的哈雷酒吧，连空调都没有，巨热无比，墙都在流眼泪。陆晨把头发弄成前后都是尖的，穿了条游泳裤 cosplay 阿童木，其他人每人穿一条内裤，屁股上挖两个洞，一边屁股一个字，依次写"阿拉顶顶朋克"（上海话，我们最朋克），鼓手戴了个红色的胸罩，打算 cosplay 林志玲。我们翻唱了几首歌，包括 S.H.E. 的 Super Star，把自己的歌也改成了朋克，还专门写了一首新歌叫《我们很愤怒》，因为朋克必须愤怒！

人家一看，啊？顶马又变成这样了！

后来我们排练时觉得，顾磊老师，吉他弹得真不行啊……我们刚开口，顾磊就说："知道了知道了，我走了。"顶马就变成了四人编制。

2006 年夏天，我们到杭州参加夏音乐节。天气实在太热了，陆晨演着演着突然脱光。主办方很快上来说，警察来了，赶紧走。我们就拿着包从后面溜走了。

那是陆晨第一次脱光。当时他还想在台上拉屎，我问他为什么没拉。他说，这么多人拉不出来啊，别说拉屎了，尿尿都尿不出。他试了一下，没成功。

后来就成习惯了，除了冬天室外的演出，每次演朋克他都脱。观众也知道，看顶马演出就等陆晨脱光，不脱就开始喊，"脱！脱！脱！"——陆晨这是在向 GG Allin 致敬。

我们每天想怎么朋克起来。有一天吉他手猩猩说，要不要弄鸡冠头？大家一想，算了，没法上班。然后继续想，谁最朋克？猩猩就说，我知道一个人最朋克——GG Allin。一看他的演出视频，我们完全震惊了。吉他"哐"一响，一个全裸的主唱，浑身都是屎一样的东西，"嘭"的一拳打翻一个观众，然后薅女观众头发。警察直接把他带走了——太牛了！这才是朋克啊！

我们看了大量 GG Allin 的视频，研究他的歌词。根据他那种意识形态写歌，有向他致敬的《GG 主义好》，也有用上海话翻唱他的 Bite It You Scum，还有一首歌就叫 GG Allin。

当时育音堂老板老张在万体馆那里的轻纺市场二楼开了一个排练室，我们在那里挥汗如雨地排了两个月，排出 20 多首歌，其中 19 首做成一张专辑：《蒂米重访零陵路 93 号》。这张专辑从封面到制作都在恶搞鲍勃·迪伦的《重访 61 号公路》。93 号是我们后来排练的地下室的门牌号，蒂米是《南方公园》里的脑瘫小孩，不会说话，只会说"Timmy"，开心喊"Timmy"，生气也喊"Timmy"，通过语气变化来表达。《南方公园》里，他也做了个乐队，他是主唱，所有歌词都是"Timmy Timmy"。我们很喜欢蒂米。

在上海演了几场后，大家就知道我们现在是朋克了。喜欢 pogo 的人会特地去看顶马演出。那时候有个叫老杨的哥们儿在北京办演出，邀请我们去北京的老"豪运"办专场，我们就去了北京。为了更热闹，我们还特地叫了一个哥们儿故意上台跟我们打架，那时候已经不做乐评改做实验音乐的颜峻上来用电锯锯钢条，火花四射，但是那场演出的大部分观众都不是朋克。

那张专辑我们还写了首歌叫《朋克都是娘娘腔》，引起了雷骏等北京朋克的不满。后来一个叫冯然的北京人在上海搞了一次朋克音乐节，请来很多北京朋克，我们一起演出后又成了好朋友。

朋克音乐节的演出，我化装成白无常，陆晨化装成僵尸，穿清朝官服，上海京剧院的一个哥们儿给他画了大白脸。吉他手猩猩走了，原本就是吉他手的中科又成了吉他手，他穿了一身喇嘛服，新鼓手晓零穿了一套睡衣，带着《惊声尖叫》的面具。后来，这种每次大专场或音乐节都定制演出服的习惯一直保留着。

当时我们已经有巡演了，也跑北京、广东做演出。在广东跨年我印象很深。30块钱一瓶啤酒，观众一下要了一打，往台上狂喷。舞台是玻璃的，我们在台上跳起来，一落地所有人就"哗"一下翻出去，陆晨又脱光了冲到人堆里，观众都很 high。

五

2009 年年底，草莓音乐节的 After Party 邀请我们到北京演出。我有事没法去，乐队就找了另一个哥们儿苏勇去弹贝斯，后来他就加入进来。

那场演出，陆晨说，既然是 party，一定要好好热闹一下。演出费顶马就不挣了，他用那 5000 块钱在北京请了个真的马戏团来表演杂技。马戏团带了个女主持，陆晨就穿着粉红色的西装在台上跟她一起主持串场。观众又疯了，来看顶马演出怎么一会儿顶缸，一会儿变魔术，还有翻跟头转碗？！一直到最后陆晨才唱了一首歌，翻唱《北京欢迎你》，改成了《上海欢迎你》。

不久，我们的地下排练室被拆了，我们就合计，把《上海欢迎你》改成《上海不欢迎你》，并且很快就在一场演出中唱了这首歌。现场有人用手机拍下来，放到网上。没想到第二天点击率就有几十万，引发了各种地图炮对骂，还有境外媒体跑来采访。我心想，事大了。果真没过多久，这些视频都被删掉，

［个人史］

并要求我们把自己网站上的歌也撤下来。我们很配合，要保住工作嘛。

2009 年底出了这事，没想到整个 2010 年顶马在上海都没能演出。

原先定在 2009 年 12 月 24 号 MAO Livehouse 办的新专辑首发演出，同时也是圣诞节演出，最终没办成。当时好多媒体批评上海市民穿睡衣上街的现象，说这是不文明行为，引发很大的争论。我们办这场演出时特地注明：欢迎全体观众穿睡衣前来。直到 23 号我们还没接到场地方的确认通知，不知道能不能演，只能紧急通知演出取消。好多歌迷还特地买了睡衣。

不止 MAO，我们在上海所有场地都没演，于是我们跑去隔壁杭州演了一场。有三百多人从上海跑到杭州看我们演出。一个上海乐队在杭州演出，台下全是上海人。

还有个朋友在上海开了家小 live house，看我们特别想演，就找了唱民谣的哥们儿，做一场民谣专场，括号：特别神秘嘉宾。大家私下就传开了："你猜特别神秘嘉宾是谁？顶马。不要告诉别人！"然后所有人都知道了。

他的 live house 只有一个小客厅大，那天挤进来两百多人，站得密不透风。后面一百多人什么都看不到，就开始看世界杯直播。那场是德国队 4:0 血洗阿根廷，陆晨穿了件梅西的球衣。我们演着演着，还没到高潮，后面"哗"一阵喧哗，我们就停下来问："怎么样怎么样，几比几了？"后来他们说，想让哪个队输顶马就穿哪队球衣。

六

《蒂米重访零陵路 93 号》录了两天，陆晨两天唱了 19 首朋克，把嗓子唱坏了。两根声带中有一根彻底废掉。

他说，哎呀，怎么办，再也不能唱朋克了。

我们最后一次演朋克是给二手玫瑰暖场。结束后陆晨跟我说："我觉得我们现在有点像摇滚明星了，一上台，大家就喊'脱脱脱'，很套路，感觉不好。"我说："反正你嗓子也不行了，要不我们做后摇吧。"他就去买了个键盘，又找了一位美国吉他手。

陆晨不唱歌很难受，提出申请："能不能把键盘音量开大一点。"我们演了一次，做了个很大的即时贴，写着"后摇"两个字，往台上一贴，开始演。所有来看朋克的人都傻眼了，"他们怎么又开始搞后摇了？"而且那么难听，键盘弹都弹不准还"嗡嗡嗡"声音巨大。

这不行。我问陆晨，你还能唱歌吧？他说，能，还有一根声带。

从 2007 到 2009 年，我们不知道做什么风格好，每次排练都很痛苦。其中有一年的五一我们去北京的迷笛 After Party 演出，索性翻唱了一堆《站台》《我不做大哥好多年》这样的大俗歌，我们赤膊穿着劣质西装，陆晨戴着十个假金戒指，全场群魔乱舞，演出主办气得想拉电。当天我们还找了一个夜总会跳舞的姑娘来伴舞，唱《外来妹》的时候陆晨说这首歌送给五一长假还在坚持工作的外来妹，演出结束后那个伴舞的姑娘拉着陆晨，说"大哥你人真好"。

我大学时有个哥们儿让我听《流浪到淡水》，说"这是台湾的布鲁斯"，我当时一听，把磁带直接扔了，"去你的，什么布鲁斯"。台湾金门王和李炳辉是两个盲人，金门王的手烧伤了，套一个铁片当拨片弹吉他，李炳辉拉手风琴。他们都是在台湾音乐茶室里唱歌要饭的，唱特别土的闽南语歌，后来被伍佰发掘，出了两张专辑。2009年有一天，我在家又听《流浪到淡水》，觉得太好听了。几年间人的性格转变真是特别好玩。我和陆晨去卡拉OK点他们的歌，看MV，觉得好极了，决定就搞这种。

确定方向后，写歌其实很简单。顶马每次换风格都是如此，找风格需要一到两年，一旦找到，可能两个月就写好一张专辑。

《上海市经典流行摇滚金曲十三首》这张专辑很平面地展示了十三种上海人生，都是快递员、白领之类的小市民，全是特别土的土摇。《是男人》那首歌，是我们走在上海泰康路上，看到有个人在那儿喊，"是男人，是上海男人，就喝！"回来根据这个场景写的。《上海童年》完全是上海70后80后的回忆。《苏州河恋曲》在中老年人中的传唱度比在年轻人那儿还广，甚至有歌迷找我要伴奏带，说他爸想在公司年会上唱。

这张专辑的封面我们懒得自己设计了，就搞了个封面设计大赛让歌迷来设计，结果有一百多个设计发过来，基本都不堪入目，但我们觉得特别好，然后决定这张专辑不发实体，反正也卖不出去，所有的歌和这一百多张封面打包免费下载，你觉得哪个封面好，就用哪张做专辑封面好了。

《上海市经典流行摇滚金曲十三首》有浓烈的地域色彩，描写的是市民生活，又都用方言唱，很容易让上海人有感触，我们的歌迷从原来的摇滚青年和朋克，一下扩展到整个上海市民阶层。

那时候我们的演出已经不脱衣服了，但是还是会专门准备服装，有的是向金门王、李炳辉的《来去夏威夷》致敬，穿热带风格的汗衫短裤，还有一次草莓音乐节是支持同性恋，就穿了浴袍致敬张国荣。还有一年愚人节，我们举办了向自己致敬的顶马翻唱大赛，找了乐评人孙孟晋、张晓舟和电台的DJ来做评委。陆晨穿了女装晚礼服在台上扮演李湘，然后特别安排上海的"蘑菇团乐队"先被淘汰，再复活最后夺冠，特别复制了选秀大赛里励志正能量的桥段。

原来我们的演出也就来个一两百人，这张专辑出了之后，演出门票一下子卖出五六百张。2011年圣诞节，我们在MAO办十周年专场，挤进一千多人。我们没想到歌迷规模已经到了这个程度。现场演出的感觉不一样了，有点明星的状态，还没上台大家就开始喊，一上台底下"哇"地叫成一片。比较无奈的是，我们都过了朋克时期了，观众还在喊"脱"。

以前，我们根本没指望挣钱。最早参加迷笛音乐节是没报酬的，只能报销路费。"金曲十三首"之后，草莓音乐节进入上海，顶马在爱舞台压轴，这才知道一个音乐节居然能给几万块钱。慢慢跑了一些全国的音乐节后，我们发现，原来搞乐队带来的收入比想的多多了。大家就开始考虑，是否做个PPT放歌词，让更多人听懂。

其实我们唱上海话，就是觉得好玩。没想到上海话让我们从全中国几万支乐队、全上海几百支乐队中脱颖而出，尤其是出了有地域特色的专辑后，顶马变成一支有代表性的乐队。如果唱英文或普通话,知名度肯定不会这么高。但另一方面,我们确实做不到火遍全国,顶马在上海演出能来几百人,可能在天津就只有十个人。

后来,好多宣扬上海地方文化保护的人把顶楼的马戏团挂出来做典型。其实我们的歌里有很多嘲讽上海人的内容,很多人听了反感。有人在微博上一通骂,说我们是"沪奸"乐队,由一群"三校生"(中专、职高、技校)组成,文化素质极低。我们转了那条微博,就又来了一批"三校生",质问道:"三校生"怎么了?

七

很快又到了换风格的时候。我和陆晨商量,现在苏打绿、小飞机场很火,不如我们搞小清新。于是按照小清新的标配,找了会弹键盘的女主唱范范,一共凑了六个人。大家在陆晨家吃饭时民主投票——"搞小清新行不行?"立刻全票通过。紧接着所有人一起创作。上一张专辑是给老年人写的,这张小清新嘛,我们决定往年轻人的生活偏一偏。最后一共写了30首,都挺好的,所有歌都能大合唱,于是出了张双唱片。专辑有个特别长的名字:《谈钞票伤感情,谈感情又伤钞票又伤感情》。

2013年,这张唱片给我们带来一大批90后歌迷。

这个乐队渐渐从几个好朋友胡闹,进入了真正摇滚乐队的状态:演出,排练,参加音乐节,比较高的演出费出现了。大家见钱眼开,觉得挺好。我们找了职业经纪人帮我们接演出,谈价钱和演出条件。

排练越来越像上班，大部分都是工作上的对话，"这个和弦要怎么打"、"排练不能迟到"之类的，排完就散了。大家觉得喝酒没什么意思，就很少一起吃四五个小时饭了。35 岁之后，每个人的生活状态固定下来，各自有各自的朋友圈，慢慢就玩不到一块了。乐队变成一种合作关系，不再对彼此生活产生那么大影响。

　　2014 年底，我们接了一趟某饮料品牌的巡演，跑了五六个城市，挣了点钱，但不是很开心。赞助商去现场看了第一场，很有意见，觉得这个乐队怎么满口脏话。经纪人就希望我们注意点。

　　我们真是憋得慌。以前演出时，我们跟观众的互动就是相互调戏，没那种状态，就没劲了。

　　从 2014 到 2015 年，我们几乎每周都有演出，音乐节和巡演接了不少，特别忙。原本大家还想尝试 Ska，但陆晨说，他觉得很累，想休息一下。我们都理解。演出多起来之后，又上班又做乐队是很辛苦的。他在台上的表演又是很身体化、很激动的，比我们累多了。

　　陆晨已经不像二十几岁那样，台上台下一样疯了。以前所有北京乐队都知道，千万不要跟顶马一块喝酒。年轻时，我们每次来北京都跟小河、万晓利他们喝酒，喝的都是低等劣质白酒，猛喝，然后发酒疯，闹得特别厉害。年龄渐长，生活环境状况都变了，身体和精神状态也都往下走。以前喝个大酒恢复一天，现在可能三天都缓不过来。小河他们一个个都是戒酒协会会员了。

　　到后来，陆晨在台上台下完全是两个人，私底下其实很平静，只是他习惯了演员的身份，在台上会演出大家心目中的陆晨。他休息了一阵，大概觉得比演出舒服多了，就决定退出。我们确实也能体会到这个乐队慢慢发生的变化，那就散了吧。

其实，最早顶马组起来就不是要成为什么职业乐队，纯粹就是好玩。我们都有工作，能保障生活。单位的同事都知道我们是搞乐队的。这很痛苦！我以前在电视台，每年年会领导就说，你得唱个歌。我说，我是贝斯手呀。领导说，不行，你会弹吉他嘛，得唱一个。我很想跟他说，那我是法医呢？是不是表演一下解剖尸体。

陆晨的工作很清闲，也稳定，旱涝保收，他很清楚保障生活之后才能干想干的事。

原来在乐队，我们想怎么玩就怎么玩。但当这样一个九十年代组起来的业余乐队渐渐职业化，想在市场里分一杯羹的时候，原来的玩法已经没办法适应现在中国的音乐市场了。

陆晨退出后，我们剩下的人组了个后摇乐队，起名"反狗"。

全国现在有各种各样的乐队，之前和我们类似的乐队有云母逼、耳光、驳倒、板砖等等，我们还凑在一起搞过一个小清新音乐节，这些乐队大部分渐渐都散了。我觉得特别可惜，这世界上除了蝴蝶蜜蜂蜻蜓，还应该有苍蝇蚊子，否则就不丰富了，影响了物种多样性。现在的摇滚可能都太要脸，应该再有一些不要脸的乐队出来，世界才能更美好。

爱、性和残疾

采访 _ 胡文燕

　　残疾人也有生理需求。但大多时候,他们求而不得。在法国,
残疾人的性欲仍是一个私密的小众话题。性陪护算是野生野长,
大家都是摸着石头过河。卖淫还是护助? 志愿活动还是收费服
务? 真正性交还是止于做爱? 很少有人说得清。

　　APPAS[1] 是法国第一家促进残疾人性陪护的协会,自己培
训性护工, 同时为有情爱需求的残疾人和性护工牵线搭桥。通
过协会,我们联系到三位性护工,两女一男。这里讲的是他们
的故事。

1　APPAS 全称 l' Association Pour la Promotion de l' Accompa-gnement Sexuel.

一、"我想做爱"

口述：吉尔·努斯（Jill Nuss），女，32岁，居住在斯特拉斯堡近郊。

2011年那会儿，我还在做应召女郎，对，就是平常大家眼里的妓女。有天，接到一个电话，他一上来就跟我说，自己有残疾，四肢麻痹，坐着轮椅，提议我们最好Skype视频见面，让我提前了解下情况，再做回复。

这是我第一次碰到这种事儿。因为不知道残疾意味着什么，便没其他特别想法。但这人住在格勒诺布尔，我在里昂，两地相距一个小时车程，挺远的，我当时特别愁怎么去他家。最后还好，顺利抵达。

他住在郊区一栋独门独院的房子里，护士们都走了，他一人在家，挺独立的。他先是欢迎我到来，并和我聊了一会儿，相互认识，中间他让我倒水喂他喝，再后来，让我把他从轮椅抱到旁边的沙发上。他自己不能脱衣服、穿衣服，当然更没法自慰。一点点，我逐渐意识到，对啊，他是残疾人哎，得时不时需要帮助。

以前我从来没想过这些。

我有很多无知和偏见，曾认为四肢瘫痪的人，怎么会有感知。其实，他的腿麻痹，但大腿往上一点，是有知觉的，当然不是每次都能成，有时有反应，有时没有。但他有性欲，能体会并可以让别人快活。

和他一起做爱，挺复杂的，你得有耐心。他后来找过我几次，有时得等好一会儿。我就在那儿等着他，他跟我说，之前一些性工作者，看到他没有勃起，立马转头就走。

我认识的很多应召女郎，她们看到坐轮椅的，仿佛见到怪物似的，会被吓到，嚷着说不不不，没试试，便直接拒绝。还有人会在自己网站上，注明不接待黑人、阿拉伯人或肥胖人士。我看到这些，特别震惊，但怎么说呢，每个人的底线不同，事先说明，或许对大家都好，有时这么直白，也不见得是件坏事吧。

即使是普通客人，他们都挺不一样的，有的小小的，有的胖胖的，有人金发碧眼，有人秃头……反正我无所谓。这些都是些细节，这世界上有成千上万个特例，残疾与否只是其中一种。

但那天我受到特别大的震动。我和他待了一个下午，没多收一分钱。

那次见面后，不知怎么的，我开始上网打些关键词，查找这方面的知识，随后我修改了个人网站，强调说我同意接待所有客人：男人、女人、残疾人、健全人、美的、丑的，都来者不拒，我没有任何障碍，对外貌没有任何限定。

后来我和瑞士推动残疾人性爱生活的协会 SEPH 联系上，接受了些相关培训。在瑞士，性陪护被法律认可，是项真正的职业，性护工拒绝接吻，也不会与客人发生真正性交，但这些对我来说，一点也不是问题，我都能做。

不是我不在乎，只是我喜欢人。所有的身体都是美的，裸体的或锦衣包裹的，残疾的或健全的，黑的或白的，甚至是绿色的……哈哈哈，都很美。比如说一个人胖或瘦，但这都是以什么为标准的呢？难道我们非得用胖瘦这类形容词去定义一个人？就算这是事实，那又怎样？

　　　　　　　　　　　　　　　[个人史]

每个身体出现在我面前时，总是附带着一个个人生故事和一段段传奇经历。种种欢愉和苦难隐藏在他们的皱纹里和瞳孔间。我知道，面对的是一个人，而非一副皮囊。我的判断就是这么简单，一个人，只要他和我一样，便没什么可以让我恶心。

第一个客人和我很久没联系了。两年前，他给我打过电话，说有女朋友了，特别高兴。他跟女友上床，不会感到紧张害怕，因为他知道如何给予并享受愉悦。

就这样，我做了一年半的性陪护，接待了十来个残疾客人。

有些人，之前生活健全，事故发生后，靠轮椅行动，脐带到脚趾尖，没有任何感知。性器官突然失灵，他们有些无所适从，生活中失去性体验，这很痛苦。我的工作，便是和他们一起，探索、发现并通过学习获得其他感官体验。

做爱分多种形式和层面，观念开放很重要，应打破各种既定模式。健全人做爱，考虑的是哪种体位会更好。有一天你丧失性机能，应该怎么办？要知道，性生活并非局限在生殖器层面，通过爱抚，也会有愉悦之感。

有次我碰到一个客人，他跟法国电影《无法触及》（Intouchable）里的残疾男主角很像，所有的感觉都是通过面部触摸获得。他性愉悦的体验，有些错位。我抚摸他的脸、额头和耳朵，他特别高兴，如果有人这么抚摸我，我会觉得挺舒服，蛮好的，但对他来说，却有种山崩地裂的力量。

说残疾人性生活贫瘠，渴望性，没错，但其实他们首先渴望的是情感和关怀。

我见过的这些人，通常早上会有护士或按摩师过来，和他们接触频率最高的便是这些医护人员。白大褂、白口罩和橡胶手套，成为他们日常生活的底色。他们赤身裸体，对方穿着衣服，想想整个画面便觉得挺失衡的。

体验一丝温柔和爱护，对他们来说，是件很奢侈的事。有些人在医护的机械环境中待太久了，都忘了这些温情脉脉的感觉，能够度过一段普通的美好时光，就已经很满足了。我经常收到类似请求：他们不希望发生性关系，只希望能够脱了衣服和我躺在一起便好。

瑞士人称这种工作为性理疗（soin sexuel），这种说辞在法国还没有普及，我挺喜欢这种称呼的。我们做这个不是发善心、同情或可怜他们，完全没有，我们只是希望能够关心并照顾别人。

我曾经做过应召女郎和性护工两种职业，知道两者不同。性陪护，不会提供应召女郎的那些服务，它就是帮助残疾人重建性生活，在以后的性关系中可以主动而非一味被动。

做应召女郎时，有很多客人爱上我，信誓旦旦，说要把我从水深火热中拯救出来；做性护工时，反而没遇到类似情况。但其实，我干的这些事都是自愿的，没受逼迫。

我跟正常人不太一样，经历了很多事，睡过大街，后来自愿去做应召女郎。现在我结婚了，潜心信佛，重视个人和精神建设，生活特别平静有条理。

2012 年一天，马尔塞勒·努斯（Marcel Nuss）联系到我，说巴黎有位先生希望获得性陪护服务，问我能不能过去。

之前我上网查找相关资料，马尔塞勒·努斯是个不可绕过的名字。他从小患有脊髓性肌肉萎缩症，13 岁退学开始自学生涯，如今出版过几本书籍，既有小说也有散文，尤其是 2012年自传《我想做爱》(*Je Veux Faire L'amour*)，引起全国热议。他参加也自己创办过不少协会，为促进残疾人获得性权利，做了很多工作。

当时，他只是个牵线人，我们俩的关系，本可以到此为止。后来我们一直保持联系，聊了很多，特别投缘，写邮件相互倾诉，通过 Skype 视频聊天讨论。那时我 27 岁，他 57 岁，我们像两个小孩一样，天马行空畅所欲言。

那年年底，他提议让我去他家，还让我住在他家客房。很好玩，我到别人家去，从来没睡过客房。我问能不能和他一起睡，他没拒绝。后来，我们在一起了。我搬到他在阿尔萨斯的家里。

2013 年，我停止应召女郎和性护工工作。

当然有人说我坏话，说这个女人太恶心了，之前做过应召女郎，现在和一个大她三十岁的重度残疾人结婚，风言风语挺多的，但这么多年了，我早已不在乎别人眼光。我今年 32 岁，仿佛过了好几世。我一直都坦然接受并承认我曾做过的那些事儿，我知道我是谁，我想要什么。我挺好的。

我们创办了 APPAS 协会，自己培训性护工，干些实事儿，而不是像一些专家，讲得多，做得少。APPAS 是法国第一家促进残疾人性陪护的协会，为有需求的残疾人和性护工牵线搭桥。我是协会秘书，负责联络工作，在残疾人和性护工之间建立联系，此外我还负责筛选性护工候选人，看他们是否能够参加培训。

2015 年 3 月，我们举行了第一届性护工培训。六天时间，请来性学专家、律师、整骨医生和德国瑞士的性护工讲解，让大家多角度了解性陪护。性护工培训中，大部分人是做按摩、医护和心理咨询的，他们可以坦然面对自己的身体和性欲，从而能在这条路上做一些事情。性工作者只是很小的一部分。

性护工付费接受培训，他们投入时间、精力和金钱，随后从事这份"职业"。所有的工作都应是有偿的，因此他们收钱也是天经地义的。但反过来，我不觉得，残疾人的性陪护支出需要医保赔偿。很多健全人，性生活也很贫乏。你想，这又不是病，也不是缺陷，不应该有医保什么事儿吧。

一般我们提议，一个半小时 150 欧，另外客人需额外支付性护工的交通费。有些护工要价会比较高，客人也向我们反馈过，说这简直让人没法接受。我们不强求，但对此也没办法。在瑞士，他们是一个小时 120 瑞士法郎，这么来看，我们的建议报价，还是比较合理的。残疾人的情况很复杂，你得负责搬动，又得弄清他的身体如何运行，一个半小时肯定是不够的。其实，每次性护工陪护时间都不止一个半小时。

除了写信，在 Facebook 上找我倾诉的残疾人也不少，也不知道他们是怎么找到我账号的。他们和我打字聊天，讲起这些性话题来，一点也不犹豫矜持。因为没接受多少性教育，他们对性了解很少。他们看成人电影，跟我说自己永远不会有那样的表现，一直说自己不行不行。

这时，我得一遍一遍讲，现实中哪有人能像洛可·希佛帝（Rocco Siffredi）一样，他演的是成人电影，不是真的。每个人的性欲和性能力不一样，即使和同一个人做爱，每次也不会以同样方式进行的。

总的来说，我们应该保持一个开放的性观念，这样生活中才有更多的可能性。

［个人史］

二、我的五个女性客人

口述：法布雷斯·弗拉热尔（Fabrice Flageul），男，52岁，居住在里昂近郊。

我今年52岁，已婚，有个3岁半的女儿。我生在诺曼底，搬了无数次家，才在里昂郊区定居。

我是做按摩的。现在想起来，二十五年前接待的第一个客人是残疾人。他双臂从小没发育，结婚三十五年，妻子从未碰过他胳膊。我轻轻推拿揉打，从头到脚，一直到手臂。他体验到前所未有的舒适和愉悦，像脱胎换骨。那时我就知道，按摩，哪怕只是单纯的按摩，也能给残疾人带来超乎想象的抚慰。

现在平日里，残疾客人不多。但有时我受一些公司之托，会接待残疾雇员。

我的工作便是和人的身体亲密接触。如果浏览我的网站，还会看到这么一条，叫"密教按摩"（massage tantrique），即通过按摩，带领客人踏上性感体验之旅。妻子是性理疗师，也是去治愈那些性生活有问题的个人或夫妻。

我本身便是这条道上的，也希望自己走得更远些，帮助那些有性爱需求却得不到的人。再说，像我，年轻时，性生活贫瘠，过得苦不堪言，十分理解性饥渴的痛楚。

2015年，妻子告诉我说APPAS举办首期性护工培训，知道我肯定感兴趣。

在普通人眼里，我一点都不"正常"。我们夫妻两人，也是很特别的一对，一直过着开放式的婚姻生活。朋友们都知道我们是什么人，我决定做性护工时，没人大惊小怪。

家人还是有点不自在吧，但我妈呢，她最了解我，也没怎么着，反而是我爸，有点被震惊到。当然也怪我，之前什么也没跟他提，故意要恶搞他。一天，他在电视上看到我，没搞明白，没法接受。听了我解释后，他表示理解，还说性陪护是件挺美好的事。

在法国，个人从事性服务业合法，但不道德。放到普罗大众的生活中，道德审判比违法惩处影响更深刻。拉皮条是违法的，这意味着，虽然APPAS的工作都是志愿服务，但会被贴上拉皮条的标签。协会梦想有天被告上法庭，这样便能引发公众关注。

很可惜，没人告我们。

培训完，几个月都没人找我。这也正常，和男的相比，提出性陪护的女性，要少得多。具体来说，向协会提出性陪护需求的，95%到98%都是男性，剩下的一点点才是女性。我们生活里不也是这样？女性没法像男人一般，坦言自己需要性、渴望性。女人谈及生理需求，总是比较隐秘，甚至有些忌讳。但近几年，情况有些好转。

暑假过后，几个客人通过APPAS，陆陆续续找到我。到现在为止，一年半时间里，我总共接待了五个客人。她们算是常客，有的见过一次或两次，有的已经见了三五次。有些人天生残疾，没有参照系数，无法体会一些冲动和刺激。但后天残疾者则不同，一场事故后，一无所有，对有和无的体会格外真切，痛苦也会相对大些。

[个人史]

一个客人脊椎损害，下半身残疾，但她挺独立的，能坐着轮椅自由行动。

另一个客人，今年65岁，三年前在非洲得了疟疾，被迫截肢，失去双手和双脚，挺痛苦的。之前她可是风情万种，生活丰富多彩。出了事故，她没遇到合适的男性照顾她。开始她不能接受付费和男人发生关系，后来意识到自己没有太多选择。她也试着跟一些老头交往，但她这种残疾，有时会把人吓跑，她又不想和一个残疾人做爱。

残疾人不想和残疾人做爱。一般人听了，肯定会特别诧异。人们都觉得，他们之间做爱是多正常的事儿，怎么会老想着跟健全人发生关系呢。我们聊起来才知道，大家都一样，性欲望里都是完美的胴体。

一个客人31岁时出了事故，一下瘫痪了，经历人生的大转折。体会过健全人的生活，挺为花钱和男人上床这事纠结。如今她45岁，抵不住失望和落寞，只得这么做。后来，她特别高兴，也有了信心，整个人神采焕发，开始想着吸引别人。她最近谈恋爱了，希望这次能成。我做这事儿，也是在帮助她们重拾女性自信，坦然向前看。本质上，这超越了普通意义上的性关系。我们侧重心理重建，跟付费性关系不同。你想想，我们在这方面花费的时间吧。性陪护，赚不了几个钱。我做按摩，客人打电话约时间，一个半小时，我收150欧。但性陪护，每次见面前后，都要付出很多时间和精力。

还有一个客人，6个月婴儿时，便被查出得了脑瘫，属重度残疾，再说她特强壮，得100公斤。她很可爱，人也敏感多情，但非常不幸，我们没法成功。她身体损害太严重，双腿老是颤动，我们试了几次，都不行。她只能抚摸我，我们两人交流更侧重情感，在所有客人里，她和我最亲近。但接到她的短信，有时我会故意不回，希望和她保持一定距离。她45岁了，但那个心理年龄——有时我觉得坐在自己面前的是个青春期小姑娘。她整个人生，就是部和痛苦做斗争的历史。知道这些后，你会边叹息，边说：哇噢，令人难以想象啊。十年前，我没现在成熟强大，肯定干不来这个。

让我记忆最深刻的是第一个客人，她天生脊柱裂，性欲特旺盛，老是从网上找男人。但网上找的人，不是很正经，丝毫不尊重她，这些人有的出于好奇，来找她，但结束后就走了。她不乐意，才通过协会，希望找到一个能对她好点的男人，尊重她，关心她。每人不同，身体需求也不同，有些人很难满足自己，这其实是很痛苦的。其实，我特别理解她，因为我也是这种人，生活中渴望得到很多很多……现在年纪大了，还好了一点。但年轻时，无法及时行乐，痛苦得要死，现在想来还是特别后悔。

和客人见面前，我们会聊很多。这和单纯的交易不同：客人打电话，约好时间地点就好，无须费太多口舌。但我们见面前得通好几次电话，如果可以，最好先见面聊聊。住在里昂的那位，我们事先见面，足足讨论了一刻钟，等她后来考虑清楚，想好要进行下一步时，才约了时间，进行性陪护。如果客人住得太远，没法这么见面。但之前，我们至少要打五六通电话。她有什么期待和幻想，都得跟我讲明白，我才能知道，自己是否有能力满足人家，这也是风险之一，见面前，这些都要讲清楚。

〔个人史〕

APPAS 协会也告诉大家，性护工无须强求自己。有人为了这，会吃药，我干不来，我崇尚自然。幸好，直到现在，担心的事儿从未发生。

花费是个大问题，两个小时 150 欧，此外，她们还需要支付我的往返交通费。我陪伴她们，每次都得三个小时，总比预设长。这是职业服务，而非私人情感，因此应该有偿，且有规有矩。不然，对方会产生不该有的情感期待，一码不归一码，没办法厘清了。平日里，她们很难有机会和其他人发生性关系。有两个客人，我能感觉到她们的期待。这时，我便和她们聊天，敞开天窗讲，随后大家也能明白。再说，每人都有自己的生活。

我们不能抑制自己产生情感，所有情感，都值得珍惜。

我喜欢疗程开始之前先结账，中间不用再提钱的事。她们可以分期付款，比如我先收她们三张支票，但每隔一个月去换现一张，三个月收完。这样，她们经济上更容易接受。普通交易，绝不可能这样。

之前该说的都说了，见面了，只需要简单接触和相互认识下便好，聊聊各自的生活。我和客人真的希望了解彼此。性工作者和客人之间，应该很少有这种关系吧。

但有时开场白也会很短。比如我的第一位客人，她特别没耐心，不想等，没聊多久，便对我说，"我们开始行动吧"。整个过程好快，我当时挺吃惊，觉得太搞笑了，但回头想想，是啊，我们去不就是为了做这个。这个客人只做了一个疗程，也不是说她不想再找我，只是每次她的提议，我都没法同意。

我们脱下衣服，先按摩，慢慢演变，逐渐推进，但这种事，快慢因人而异，我没法提前预测进程，每次疗程，都不一样。

有时，她们只是希望爱抚，不一定非得要怎么样，也会特别快活。但大多数疗程中，她们还是希望体验真正性交。她们不但自己享受，同时特别在意，我是不是也会有快感。这挺让人感动。

对一些客人，这是一次新鲜体验，而对另一些人来说，这可能激发她们太久远的回忆。每次见面，总有些东西，让人难以忘怀，当然也会有些特尴尬的时刻。有些人身体损伤太严重；心理上，你也得告诫自己，要超越这些表面看到的景象。眼前的身体，不够性感，我会不会兴奋起来，都是个问题。

担心也没办法，有时，我只能跟着感觉走。

三、他们渴望性，更渴望关爱

口述：娜蒂纳·M（Nadine M），女，50 岁左右，居住在巴黎近郊。

一直以来，我在公共活动中特别活跃。二十世纪八十年代在索邦大学读社会学系时，热热闹闹地参加了好多社团活动。我会选择做性陪护，是有些女权主义的政治诉求在的。话又说回来，很多女权主义者反对性陪护，像我这种既自称女权，又去进行性陪护的，不多。

小姑娘时，我就是个女权主义者，自己的感情和性，包括不要小孩，不和伴侣一起生活，都跟这个有关。我成长于七十年代，算是 1968 年"五月风暴"后长大的第一代年轻人吧。

那时候，性解放如火如荼，我们在性上无所顾忌，没有禁忌，结了婚，也可以有多个性伴侣，当时流行这个，社会好像也鼓励大家这么做。后来世界渐渐变了，你看现在，跟我们年轻时相比，简直风马牛不相及。

如今在法国，再谈女权主义，是有些过时了，我们没什么成功可言，甚至在某些方面都在走回头路。我是女权主义者，但不反对男人，相反，我特别喜欢他们。

我现在的伴侣知道我是性护工，对此没什么意见。当然，我也不会因为他不同意我做性护工，便放弃了，打退堂鼓；也不会因为担心他嫉妒，便改变自己的想法。

关于我，就说这些吧。我不太希望网上有自己的任何个人资料，在信息时代，希望隐藏得越深越好。

跟别人聊天，谈起性陪护，大家都是一样的调调。他们特别兴奋，说"你们都是大好人啊，富有同情心，喜欢助人为乐"，还要加上一句："呦，你们太勇敢了，我可做不来，干这个太特别了，可不是什么人都能干得了的。"

我做过心理咨询，对语言表达特别敏感。仔细琢磨，觉得这些话背后有深意，说白了，句句仿佛提醒你说，残疾人生来都是来受苦的，好可怜。对你的认可，也建立在这种同情之上。他们下意识这么想，也没什么不对，但太停留在表面了吧。每次听到这套，我都觉得搞笑。

之后跟他们讲，我是要收费的。整个气氛完全变了，特别尴尬。他们对性陪护一点都不了解，以为我这么做纯粹是"无私奉献"。一句话的工夫，我的形象一落千丈，突然由"圣母"变成"妓女"了。你看，人类是一种多么矛盾的生物。

金钱和肉体关系做交易，搁哪儿都会产生些误解。这也没对我造成困扰，我要是在乎别人眼光，也不会去做这件事。我会跟他们解释。有人能理解，有人固执己见。都无所谓的，就这样呗，既然我认定这是条正路，便会以自己的方式往前走。

大家有误解，归根结底，是因为在法国性陪护不是个职业，没法律约束，无法跟其他护士、医生或医护按摩等职业相提并论。因为做过心理医师，我待人接物特别敏感细心，此外，在性生活上，我经验丰富，这是我的优势，但如果上升到职业高度，其实这些都是不够的。

正因此，在实际操作中，法国的性护工基本上想怎么做就怎么做。比如会不会真做，也不是绝对有，或绝对无的，都是自己说了算，比如说我，每次是不是真做，都取决对客人的感觉，和此时此刻的状态。

另外，我有两个底线。陪护对象必须是男人，再一个，我不会和他们接吻。

这世上，哪有比接吻更私密的事情。我希望和心上人做爱时，能保留些特别的东西。客人给我打电话，我会把这点讲得很清楚，他们不会对此有所期待。

2009 年，我听了一档电台节目，介绍瑞士的性陪护，那时法国人对这没概念，我更是闻所未闻。节目分好几期，他们采访了很多人，从医护人员、性护工、渴望性爱的残疾人和性陪护教员的不同角度探讨残疾人性陪护问题，涉及伦理道德和心理分析等不同维度，介绍很全面。

[个人史]

这给我留下挺深的印象，不能说其中一个点或哪个细节让我特别感慨，而是整个问题让我开了窍。但看了之后，也就这么过去了，不是说八年前我自己一拍脑袋，说行了，我要去做性陪护了，根本没有。那只是个萌芽，但后来生了根。

2015年，我参加APPAS协会举办的性护工培训，同时我个人生活上有些变动，知道自己准备好了，可以去做性陪护了。我有很理性的一面，感觉自己的生命是由很多抽屉组成的，拉开每个抽屉，会看到生活的不同切面，但它们都被收拾得好好的，泾渭分明，不会混淆。

开始的第一次，我要求先从一个轻度残疾的客人开始。他是个截瘫患者，40岁左右，住在巴黎郊区。怎么讲，我不紧张，要知道心理咨询师可不是白当的。他挺害羞，但又特别健谈。我也理解，他没什么朋友，大部分时间生活在沉默中，好不容易接触到一个日常生活之外的女人，他倾诉欲特别强，喜欢讲些高兴的事儿。我爱听人家讲，不会多问，知道如何保持适当的距离。和他做爱，当然不是件平常的事，和我正常的性生活不同，但不同也不意味着有问题。

我们做性护工的，每人都有自己的经济来源，干这个也不是为了生存。到现在，我总共做了十来次，从人数上看，大约六七个吧。我有些记不清了，因为和几个见了面，但没有陪护。这很正常，你跟有些人待在一起，就是很别扭、不舒服，这和他们的残疾无关，而是跟他们的态度和待人方式有关。

在残疾人中，你会发现各种各样的人，跟健全人的世界没什么两样。并不是因为他们有残疾，就特别好、待人更热情或更聪明，根本不是这样。有时候，你也会碰到一些不好的人，一点都不尊重人，不按游戏规则办事。我没法跟你讲这其中的细节，但用"不尊重人"这个词，便足以解释一切。一聊天，你就知道喜欢还是讨厌这个人，所以疗程开始前，两人的交流特别重要。

打电话时，有时会碰到一些人以为是免费的，他们浏览协会网站，但看得不仔细，以为性护工都是义务劳动。我得跟他们解释，同意的话，会接着聊，不同意，便挂电话。

我的收费在150到170欧之间，因为涉及交通和住宿的问题，比如有些人有客房，有些人没有，这样他得付我酒店钱，这些情况考虑在内，因此收费会有些浮动。

大部分残疾人，经济状况一般。但说来奇怪，我接待的这些人中，只有一人靠残疾人最低保障生活，其他人家庭条件都不错，没有经济问题。我也不知道他们的钱都是怎么来的，也不关心这个，大概他们有经济存余，或是继承父母遗产吧。

有人生活在医院，有人在父母家，有人独自生活。他们为什么要性陪护呢？初次交流，这都是个必问问题，其实大部分答案都一样，他们不仅没有性生活，更是缺乏关爱和肉体接触，希望被医护人员之外的人抚摸，也希望抚摸别人，快活一把。大部分时间，他们是不快活的。

但我做性陪护，不是为了寻找快活。如果他们高兴了，问我下次能不能再见面，这时我会很满足，特别开心。

胡文燕，驻扎在法国的一位新闻工作者。

长故事

无意深刻，随事曲折。

——唐度

李绪义决定抢劫运钞车

文 _ 李纯

正午的话

2016 年 9 月 7 日，辽宁省营口市大石桥市发生了一起运钞车被劫案件。劫犯叫李绪义，是这辆运钞车的驾驶员。李绪义今年 36 岁，大石桥市李大屯村人。身高 1 米 73，魁梧，寸头，皮肤略白。16 岁到 19 岁，他在吉林边防部队当兵，表现良好。曾在部队举办的军事竞赛中荣获"八一式"自动步枪练习射击第一名，亦被授予"优秀士兵"勋章。

转业后，李绪义在大石桥市内一家工厂上班。23 岁，他和现任妻子结婚，育有一男孩。婚后，他在附近的博洛铺镇开货车，一般发往山西、山东等地。

李绪义的父母都是农民。2010 年，李绪义开始跟随父母干工程，家境逐渐改善。全家迁至大石桥市，并在市区购置了楼房。2011 年，李家承包了两个住房项目，但两个项目均被拖欠工程款。一年后，他们开始进行银行贷款和民间高利贷，分别欠款

40万和140万，也靠借款维持家庭生活。李绪义的父母常年在鹤北讨债，无果。

2016年7月，李绪义看到营口市瑞泰押运公司在网上招聘运钞车司机，前去应聘。他坦白，从8月份开始，就有抢劫的想法，但一直没有下定决心。

生活中，李绪义给人的印象，与人为善、乐于助人。被劫的押运员也从未料想过会发生此事，其中一位回忆，他平时大大咧咧，挺爱笑的，给人的感觉也不是很缺钱。李绪义平时爱好钓鱼，曾于上半年经营鱼塘，生意清淡，便将鱼塘转让。

李绪义的微信名叫奋斗。

一

李绪义家鞋架的第四层躺着一把枪。

这是一把仿真枪，硬质塑料，李绪义四年前在佳木斯火车站附近花50块钱买的。附赠的一包钢珠早已打完，只剩下枪壳。时间久远，它看上去有点发乌。

早上5点半，李绪义起床。昨晚他几乎一夜没睡，回忆近几年的事情。家中外债太多，还钱无望。他坐在沙发上抽烟，想。躺回床上后，他打开手机里郭德纲的相声，只有听这个他才能睡着。

上个月李绪义想到一个解决债务的办法。但现在他还很犹豫。

"我给你做点吃的？你别老清早不吃饭。"媳妇说。

"你别起来了，多睡一会儿。"他说。

［长 故 事］

他走进儿子的卧室，儿子还在睡。他伸手进被窝，拍了拍儿子的屁股，接着去卫生间洗脸刷牙。9月天气尚温，他穿了一件白色短袖T恤，一条蓝黑色休闲裤。他蹲在鞋架边，选中一双蓝白边球鞋。然后，他把枪别在裤腰上，用T恤衫罩住。

如果真下了决心，他想，这把枪能派上用场。5点40分，他出了门。在沿路的包子铺，他买了豆浆和油条。20分钟后，他到了哈大路上的中国农业银行大石桥支行，银行离他家约600米。

营口市瑞泰押运公司大石桥分公司在农业银行旁边，一间院子停放运钞车，两排水泥色的办公楼。李绪义进入院子，走到仓库，取了车钥匙，换上蓝色迷彩制服。

这是一辆运钞车。车号07，金杯牌，羽白色，出产年份是2013年底，车身很新。李绪义是司机。

这天是星期三，按规定得加油，他先开车到哈大南路上的加油站。从加油站出来，他回到公司，走进办公楼二层的休息室。负责送钞的四个同事都坐在那儿。席广有和白洪俊是去仓库提款的解款员。宋官福和刘振龙是押运员，每人带一把霰弹枪。7点整，他们下楼出车。

李绪义的仿真枪还藏在后腰。他仍没想好。

这天第一次送钞从公司出发，到水源镇的农行，再到沟沿镇的农行，送完回公司。这段路上，李绪义接了两个电话。首先是周庆刚，去年秋天他借了周庆刚30万元。周庆刚问，李绪义你不是说今天还钱吗？他说，下午2点半左右还钱。周庆刚说，准了？他回了句，准了。一个小时后，宋刚又打来电话，你今天给我钱吗？他说，你听我电话，早上这个钱就能要回来。

10 点多，运钞车回到公司。他们陆续下车去厕所。再次出车时，他们要去营口市的农业银行分行调款。后备厢有两箱破损的钱币，也在营口市兑换成新票子。没有人知道残币和调款的数额，保密。

　　到营口市的农业银行约 11 点，他们排队等了半个小时。李绪义的电话又响了，来电的是第三个债主徐海东，李绪义欠他 59000 元。钱什么时间能到？徐海东问。他说，钱在下午 2 点之前就能到。

　　这天上午，以前提款时在车里等候的李绪义说他又要上厕所。他问车里其他四人，这银行里有没有胶带？手里有根细刺要用胶带粘出来。四人都没在意。胶带是他临时起意——光有枪不够，还需要胶带。如果没找到胶带，他打算放弃。

　　他下了车，走进银行大厅。大厅里光线明亮。正对门口的咨询台坐着一个 40 多岁的女人。他朝她走过去，说，大姐，我是大石桥农行的，我们押运车上有地方坏了需要些宽胶带纸，你要有的话就给我点。女人说，行。从桌子的抽屉内拿出一卷宽胶带纸。他打算全部带走，但女人说，不行，我们总共就一卷，不能都给你。他说，那行大姐，我用得多，你多帮我弄点，我先去卫生间。

　　几卷胶带被女人缠上一支坏掉的黑色中性笔，摆在桌上。没多久，李绪义走过来，拿走这支笔，放进外套口袋。上车后，他把它移至车门把手的凹槽处。

　　12 点 20 分，钱装上了车。后备厢里共有 17 个款袋和 2 个款箱，每个款袋装 200 万元，每个款箱装 50 万元，一共 3500 万元。

　　李绪义开车。宋官福坐在副驾驶，刘振龙坐在副驾驶后侧，

　　　　　　　　　　　　　　　　　　[长故事]

他们都持枪。席广有坐在李绪义的后面，白洪俊坐在后排中间，他们的脖子上分别挂了一把后备厢的钥匙。

一切都很正常。李绪义按照公司制定的返程路线行驶。他仍在犹豫。黑色的车窗是关着的，车厢有点闷，能听见空调的声音。运钞车行至金屯火车道口，有火车经过。公司开会时说过，火车经过时，路线换走大石桥市南头检查站到哈大路。

今天的火车经过时，李绪义决定了。

本该左转驶入哈大路的运钞车直行，驶向南外环。宋官福首先发现路线改变，问，你怎么左拐？他说，这边堵车，去前面绕一下。他继续往东开，到了蔬菜批发市场道口的位置，他再次左拐。那里堵车，不方便动手。沿着全聚顺饭店东侧的路，他继续往北开了约五六十米，路两边是居民区，没有人，也没有车。

12 点 50 分，李绪义把车停在马路的右边。他喊了一声："抢劫！"拔出枪，指向宋官福。

二

解款员白洪俊和席广有都是 90 后，李绪义不知道他们真名，称他们为"小白子"和"小友子"。李绪义是运钞车的替班司机，每个月他们一起工作四五次，平常交流很少。他们只知道他喜欢抽烟喝酒。

这天上午第一次送钞后，他们接到指示去营口押运一笔钱回大石桥——周三去营口调款是个惯例。调款的数额不固定，但一般都很大。

在营口农业银行，白洪俊和席广有把调拨单递给负责运营管理的 30 多岁的女人。两张调拨单一张金额 2500 万，另一张 1000 万。他们进入金库，把钱搬进后备厢。粉红色的钱袋上部透明，能看见里面捆扎好的红色钞票。宋官福和刘振龙在旁边持枪警戒，直到他们锁好保险柜，关闭后备厢门，四人一起上车。李绪义正等在驾驶座上。

车往大石桥方向开，李绪义驶入一条小道。白洪俊没在意，他看见南头蔬菜批发市场的车辆确实较多，平日司机也会绕路躲避拥堵。大约过了两三分钟，李绪义突然把车停到路边。白洪俊听到他问了一句奇怪的话，你们要不要买些东西？而刘振龙听到的是"抢劫"。但他们都看到李绪义的右手多了一把黑色手枪，枪指着宋官福。

李绪义侧身对后座的三人说，你们都别动，我不想伤害你们。没有人动，他们怕他开枪。

李绪义用左手一把拽走宋官福身上的霰弹枪，放在自己的左腿侧，贴着车门。他侧头说，振龙，你把枪给我。刘振龙没动弹，李绪义向后伸手，拿过刘振龙的枪，也放在左腿侧。接着他从车门把手处拿出一捆透明胶带，叫宋官福自己绑手。宋官福问，大哥你这是干什么？他说，我今天不想好了。

李绪义先把宋官福的双手绑住，然后把胶带扔到白洪俊身上，叫他绑刘振龙，再叫席广有绑白洪俊，最后，席广有自己绑住了自己，李绪义帮其固定。绑好后，李绪义叫他们交出手机，他把三部手机都装进衣兜。

宋官福说，大哥你这样不好吧，你这样做行不通，也跑不了。李绪义说，你们别管了，我想赌一把，只是想要钱。他又说，我不想好了。

他把枪换到左手，右手握方向盘。车掉头，回到蔬菜批发市场路口，左拐向东行驶，一直到丰华颐和村小区的地下停车场。这里人很少，而且偏僻，适合抢劫。进入停车场后车右拐直行，开进一个车位，停了下来。车头朝内，车尾朝外。

他说，小白子小友子，你们把身上的保险柜钥匙给我。说完直接伸手取走了他们脖子上的钥匙。宋官福说，大哥你把我们的枪和电话都拿走了，让我们怎么交差？李绪义说，你们放心吧，我把你们的枪和电话放在后备厢，下午3点会给队长打电话接你们，你们老实点。他仿佛想要解释什么，说，我把妻子和孩子都安排好了，把抢的这些钱花完，我会去自首。他又重复了一句，我不想好了。

李绪义拿着两串钥匙、三部手机、两支霰弹枪，跳下车，锁上车门。车钥匙搁在车头的保险杠上。他走到车尾，打开保险柜，搬出三袋钱。他感觉每袋钱可能有100万，足够还债。他把保险柜锁上，钥匙扔在后备厢里，然后关上后备厢的门。

右手提两袋，左手提一袋，估摸有150斤，他从停车位走到了楼梯口。太重了，他决定先拎一袋。他把剩下的两袋钱放在楼梯后的角落。迷彩服也脱了，扔到一块积水的拐角。

车里，白洪俊一直盯着后视镜。地下车库的光线不太好，他看见李绪义好像拖走了四袋钱，消失在楼梯口。

三

李绪义沿着地下车库的楼梯往上爬，到四楼，弟弟李绪亮的家。这个位置是他事先计划好的，去年他在这儿住过，房子后来卖了，但他对这个小区的地形很熟悉。四天前，李绪义找弟媳要了一把钥匙，说方便过来洗澡。现在，他打开门，屋内没人。他把钱袋拖至北卧室，靠在床边。地板上留下一些泥土的划痕。他从客厅的沙发上拿了一只黑色双肩包，再次回到楼下。

在楼梯口，他从兜里掏出一把黑色折叠刀。这是钓鱼时用的，他做点鱼塘生意，也喜欢钓鱼。楼梯角落的钱被划开一袋，钞票一捆一捆扔进双肩包，装了十捆，满了。刀丢在划开的钱袋旁。

现在，李绪义沿着停车场回到地面，走出小区，去还钱。双肩包背在胸前，怕被人夺走似的，在路边，他打了一辆出租车。当时司机正要调头朝西走，他大喊了一声，车停了。此时下午1点23分，天空阴沉，开始下雨。

首先他要去盛福家园小区门口的九德堂，他弟弟的佛龛店。郝显亮正在那儿等他。

郝显亮在一家汽车房产公司上班，做抵押业务。年初，李绪义抵押了一辆长城牌吉普车，换得45000元。这天上午10点左右，郝显亮接到李绪义的电话，让他中午12点到九德堂。李绪义想赎车。

出租车停在盛福家园西侧。看见九德堂的门关着，李绪义给弟弟打电话，问，你看没看见咱们家的车？店门怎么关着的？弟弟说，没看见，同时开了店门。郝显亮看见李绪义从出租车下来，背一只黑色大包。他走过去，李绪义说，你帮我付下10块钱车钱。然后他们一起走向九德堂。

郝显亮在店门口站着。弟弟在里间靠墙坐着。李绪义进店，从包中拿出六捆钱，放在卖佛龛的台子上。他对弟弟说，这是

60万，一会儿周庆刚到你店里取30万，你把他电话记在本子上，和他联系还钱的事。他又说，10万给李健，剩下的20万在你这儿放着。李健是他们的堂弟。随后他转身离了店。

门外没有李绪义的吉普车。他问郝显亮，车呢？郝显亮说，车报废了。他说我急用车。郝显亮说，我开车拉你吧。行。他叫郝显亮去河畔洗浴中心。

下午1点40分左右，他们从九德堂出发向东。郝显亮开的是金色起亚轿车，李绪义坐在后座，他先打电话给徐海东。

"你做什么呢？"

"我在河畔洗澡。"

"我把欠你的钱还你。"

"你打我银行卡里。"

"我就在附近，把钱给你送过来。"

"好，我在一楼大厅等。"

金色起亚经过蔬菜批发市场，穿过南外环，沿着护城河边向南。李绪义又给堂弟李健打电话，让他到弟弟的店里取钱。快到河畔洗浴时，郝显亮听见他接了个电话。对方问，钱带没带？李绪义说，带了。郝显亮终于明白，自己在拉此人还钱。

李绪义没背包就下了车。河畔洗浴一楼大厅，徐海东坐在门右手边的椅子上等他。他走进去，把钱递给徐海东，说，钱还了，你把欠条撕了。

回到郝显亮的车上，他们决定去博洛铺。博洛铺是个乡镇，约10公里远，开车不到20分钟。

汽车沿着哈大路行驶。李绪义打了两个电话，第一个给宋刚，告诉他一会儿就去他家还钱。第二个给另一个债主赵军，问他在哪儿。赵军说，在台球厅。他让赵军去宋刚那里取钱，3万。

李绪义一路平静。他问郝显亮，有没有指甲刀？"没有。"郝显亮后来猜测，他可能想把捆住的钱划开。

他们聊了一会儿赔偿吉普车的事情。郝显亮说，你这台车昨晚上被撞报废了，我们可不可以做个买卖协议，四万五不要了，公司再拿一万块钱，就当是你把车卖给咱们公司了。李绪义同意了。他有点心不在焉，不停打电话。

车过永安镇时，他把仿真手枪扔出了窗外。

抵达博洛铺，车停在天兴鞭炮店门前。李绪义走进鞭炮店。他没看见宋刚，店里有个女人。

"这是不是宋刚家？"他问。

"是的。"女人是宋刚的媳妇，她不认识李绪义。

"还宋刚2万，剩下3万一会儿赵军来取。"他递给她一沓钱，便离开了。半个小时后，赵军到店里取走了钱。

他们开车原路返回大石桥。李绪义在金桥大街的喜庆楼饭店后边下车，两人分道扬镳。郝显亮给公司经理打电话："商量签卖车协议的这件事办好了。李绪义确实忙，打了一下午电话，非拽着我给他当司机，拉着我跑了一下午，去了河畔洗浴、博洛铺好几个地方，不这样，他都不同意卖车。"经理听完很高兴。

一切似乎有条不紊。李绪义下车后，步行了5分钟，回到位于振兴南路的家中。他把双肩包放在床底，拿出一万元。外面还在下雨，间或有雷声。他又拿了一把伞。

现在，他拦下了一辆出租车，说，去博洛铺。那儿每天有货车开往山东，他打算逃跑。

四

　　运钞车内，四个人迟迟不动。他们怕被李绪义发现。他们以为枪是真的。

　　李绪义离开约5分钟后，他们挣脱了手腕上的胶带。这事不费什么力气，用嘴就能咬开。

　　这辆运钞车有两个门通往后备厢，一个在车外，需要两名解款员的钥匙同时开启，另一个在车内，是个长约1米宽约50厘米的暗门，李绪义之前并不知道。白洪俊打开这扇暗门，到后备厢取了手机和枪。宋官福说，你赶紧把枪拿过来，万一李绪义有同伙我们怎么办？手机上的时间是1点20分。

　　枪上了膛，有三发实弹。宋官福把第一发橡皮子弹装进口袋。刘振龙枪内的空弹上膛时弹了出去，遗落在车内。地下车库没有信号，他们想先跑出去报警，没来得及清点保险柜。

　　宋官福和刘振龙拿枪走在前面，席广有和白洪俊跟在后面。跑出车库来到地面，宋官福说，赶紧给领导打电话。席广有受了惊吓，电话是白洪俊打的。他在电话里说："我们在丰华颐和村小区地下车库，被李绪义劫持了，李绪义抢走了车上四袋钱。"接着他又打了110。

　　1点28分，大石桥市公安局接到报案。勘查现场后，警方启动重大案件应急预案，150多名特警出动。他们封锁了火车站、客运站、高铁站，同时对市内的网吧、洗浴、宾馆进行搜索。警方对外发布通告，悬赏通缉李绪义。网络上开始出现他的姓名和照片，传言他抢劫了3500万。

　　出租车上电话在响，李绪义正赶往博洛铺。他接了电话，此时近 3 点。媳妇问，是不是你？他说，不是。她说，是你就赶快回家。他挂掉电话。一会儿，电话又响了。别干傻事，他妈妈说。没事，他挂掉电话。电话不停地响，他关掉手机。

车过永安镇时，他将手机也扔出了窗外。

在博洛铺，李绪义没有找大货车。他在路边踱步，犹豫了很久，决定放弃逃跑。天还在下雨。他又打了一辆出租车，返回大石桥。

他远远就看见，警察已在大石桥附近路段设了卡。他叫出租车从路旁的玉米地穿过去。这么多警察，也跑不到哪儿去。他计划先回家躲着，把时间拖长一点，让警察以为抢来的钱被挥霍光了，或许可以给家人留一部分。

车过永安时，他叫司机停下，去路边的食品店买了些吃的和水。他还买了烟，可能是平时抽惯的黄鹤楼。他花掉一百多块。

家里没有人。他没有反锁，也没有开灯。他从床下的包里拿出 2 万元，塞进客厅的沙发缝，然后躺在沙发上睡着了。醒来时，天已经黑了，屋子也是黑的。他在沙发上抽了几支烟，然后走到窗口，又抽了几支。窗户对面是几幅家居用品的广告牌。他决定第二天就去自首。

晚上 9 点左右，上楼的声音传来，脚步声很响，他预感是警察。从窗户往下看，果然十多个身着警服的人影。他将烟掐灭，丢在茶几上，掀开席梦思，躲在床肚子里。家里很快热闹起来。警察说，屋子里乱七八糟。

没用多久，一个警察发现了李绪义。他被拖出来，腰带捆住了他的手和胳膊。他说，警察老弟，你们轻点，我没想跑。

五

　　是李绪义的媳妇把警察带上了楼。她猜李绪义躲在家里。她怕她不在，警察可能会击毙他。她想在现场，也许可以保护他。

　　媳妇在学府家园小区门口的彩票站上班。下午2点，彩票站门口候客的汽车司机掏出手机，问，你爱人是叫李绪义吗？司机说，你看看这消息发的是你对象吗？她看了一眼，不敢相信。她立刻打电话给丈夫，李绪义没有承认，关了机。电话再也没打通。

　　弟弟李绪亮也打不通李绪义的电话，只好通知妈妈。不一会儿，李绪义媳妇进了佛龛店。她看见路上很多持枪的警察。她说，绪亮，你哥哥这回完了。她头晕，一头磕在了桌子上。

　　在河畔洗浴，徐海东拿到钱便去楼上的洗浴房睡觉。3点左右，他睡醒回家。路上，手机里蹦出一条大石桥抢劫运钞车的新闻，附着一张嫌疑人照片。他一看便认出李绪义，他知道李绪义在农业银行上班，这条新闻是真的。他又看了一下李绪义还他的钱，都是连号的人民币。确定无疑。

　　同一时间，回到家中的郝显亮也在翻看手机。他想，这天李绪义还的所有钱，应该都是抢劫来的。他和公司经理一起去了公安局。

　　4点，李绪义的堂弟李健看到了消息。下午他去九德堂取过钱后，给李绪亮打过一次电话，没打通。他想这钱可能真是赃款。他又打电话问周庆刚，你知不知道怎么回事？周庆刚说，不知道。李健说，钱是李绪义抢来的。周庆刚说，扯淡，把电话挂了。不一会儿，警察打了进来。

5 点，博洛铺的天兴鞭炮店有警察造访。宋刚的媳妇被告知钱是李绪义抢来的，她退回了 2 万元。同时，营口市瑞泰押运公司派出两名押运员前往案发现场，同行的还有银行的人。在地下车库的楼梯底下，他们发现了李绪义扔下的两个钱袋，一个打开了，一个没开封，一共 300 万。接着，他们在李绪亮家的卧室找到了另一个没开封的钱袋，200 万。他们把这 500 万交给银行，然后开着运钞车将剩余钱款押运到大石桥市农业银行。车内没有破损，只多了几圈废弃的胶带。

　　剩余的 100 万被警察陆续追回，但清点时发现少了 1800 元。警察问李绪义，他说记不得，可能丢了。追查无果。五天后，李绪义的妈妈补上了这笔钱。

　　李绪义当晚就坦白了作案动机和过程。案情并不复杂。他说没有明确的预谋和方案，也没有规定逃跑路线，只是合计抢运钞车，然后走一步看一步。他说，逃跑的想法也是实施抢劫后萌生的。

　　第二天上午，李绪义坐上警车，前往永安镇，去指认他扔掉仿真枪和手机的位置。刑侦队在附近搜寻，枪没找到，手机也没找到。

西北野孩子

文 _ 叶三

一、"两个兄弟，穿着灰色的大衣"

　　窗户栏杆有两个螺丝，下面那个可以拧下来。拧下来，窗户就能搬开了。张玮玮从窗户钻出去，跳到院子里，把窗户虚掩上。悄悄地。爸爸妈妈和姐姐都睡得很熟。他再从后院翻墙出去，悄悄地。他就站在白银的夏夜了。

　　白银是戈壁上一张摊开的手掌，平坦，干净。风在手掌心转着圈儿呼哨。路过的火车远远地鸣一两声笛，它们有点像，但是互相听不见。

　　那时候，对张玮玮来说，白银就是这世界上最大的地方。

　　11 岁的张玮玮在夜里奔跑，跑向亮着光的工厂。工厂里有上大夜班的"老小伙儿"——他们二十四五岁，已经上了六七年的班。夜班无聊，大部分时间都是闲着，时不时看一眼手表，到点儿了，站起来，把某个阀门拉起来，或者把某个按钮按下去。

张玮玮和他的同伴们从家里溜出来时，会记得偷个西瓜。工厂车间门口有个不喷水的喷泉，水特别凉，西瓜在水里冰一会儿，捞出来，切好，献到老小伙儿面前，他们顺势就蹲在身边，不出声了，听大哥们聊。白银外的见闻，白银内的江湖恩怨和八卦……这些老小伙儿聊起来，天花乱坠。老小伙儿个个都是语言大师，每人各有一套思路，说话腔调、语言风格和幽默的方式，都得跟别人不一样，若有雷同，是会被圈子里瞧不起的。

1987 年的白银还没有社会青年，年轻工人就是最有趣、最时髦的群体。他们的装束也自成一派：军帽、衬衣、军裤、布鞋，下了班就全换上。黄军帽，在玻璃板底下压得特别挺，压线有讲究：前脏腑后光阴中间爱情线——前面是胆量，后面是钱，帽檐上竖着压出一条印叫血槽，就是刀疤，要挨过刀的才行。腰间要系红纱巾，而且一定得是一个姑娘送的红纱巾，当作腰带，露在衣服外面。实际上，那是几年前全国年轻人流行的打扮。但是白银远啊。白银人主要的信息来源是西北五省的核心西安，去趟兰州是进城，去趟西安就是进了省城。外面世界的风尚，从北京传到西安，从西安传到兰州，从兰州再传到白银，起码要滞后一两年。

白银没有方言，所有的老小伙儿都说纯纯的普通话。白银也没有一块砖一块瓦有超过 60 年的历史。白银人来自全国各地。张玮玮家的隔壁是东北人、上海人和四川人，哪儿的人都有，就是没有白银本地人。他 1976 年出生在白银。

八十年代的白银，白衬衣、红纱巾、绿军裤、黑布鞋；一帮二十多岁的小伙儿走在街上。张玮玮再没有见过比那更漂亮的衣服。那时候他对于未来只有一个想法，早点接班进工厂，当个时髦的工人小伙儿。

郭龙可不想当工人，他的理想是混黑社会，而且要去香港混。

郭龙比张玮玮大半岁，他是土生土长的甘肃人，出生在榆中县。二十年后白银连环杀人案破获，案犯高承勇也出生在那里。

郭龙的职业生涯从他10岁那年开始。白银的男孩都打架，那个环境里没有选择，要么杀出一条血路，要么成为路上的血。郭龙只有两个姐，没有哥，每次被欺负了没人撑腰，只能蹲在地上委屈。一次巷战中，洗劫了郭龙的一帮小孩看上了他脖子上的项链，那是妈妈给他的。"哥哥你别，那真是我妈给我的"，他哀求。对方一把拉断了项链，"去你妈的！"郭龙的脑子"嗡"的一下，他站了起来。

那是郭龙第一次动手，见了血。之后，他发誓再也不让人从他兜里摸走一分钱。隔了没几天，郭龙在学校门口把一个人砍了，用家里的切菜刀。当天晚上，伤员背上缝了三四十针，郭龙妈妈吓疯了，赶快买了十斤排骨去医院。郭龙一役成名。

不久以后的一个周二下午，学校放假，学生们约着一起去职工澡堂洗澡。张玮玮洗完澡出来，巷道里有个人一头血骑着自行车蹿到他面前，后面一个人也骑着自行车，干脆利落地把前面的血人别倒，冲过去一块砖头拍在脸上："我是郭龙！有本事就来找我！"拍完，扬长而去。张玮玮马上记住了这个名字。

初二，张玮玮从白银公司的子弟学校调到了区上的白银企业联合中学。开学第一天他进门，学校的土坡上蹲着一排人，黑跨栏背心黄军裤，是有郭龙在内的"小七狼"。张玮玮一看，完了。一年前他送姐姐上学报到，买三角板的两毛五分钱就是被这帮人劫走的。

大势所趋，初一的时候张玮玮在白银公司子弟学校里尝试着打了几次架，那个学校的学生家教比较好，他偶尔能得手两次，到了联中，他想都别想去打别人，能保证自己不挨打就不错。"小七狼"里有几个人，远远见到张玮玮就喊一声他名字，然后开始数数，数到5，人还没跑到面前，就得挨打。郭龙不太打他，一般是逗逗，"今天下午给带两根海洋烟"，中午张玮玮就得从他爸烟盒里偷上两根。

多年以后说起"小七狼"，张玮玮觉得，那是最早的摇滚乐队的雏形。跟他喜欢的老小伙儿一样，他们每个人跟每个人都不一样，风格明显。如果不是挨打，他肯定会喜欢那些人。他对团伙的热爱就是从那时开始，一直持续到现在。

但是被欺负实在苦恼。张玮玮效仿当时的"小七狼"、"十三太保"、"十兄弟"，在联中组了个"十二锁链"，成员是十二个常年被欺压的歪瓜裂枣。每天放学，家长下班前，十二锁链在家属院里的花园里开会，研究怎样让这个团队更有杀气，还曾经设计过怎么灭了郭龙师兄弟，每天说得特别兴奋，第二天挨个儿被扇耳光。

不到一年，小七狼被学校全部开除。开除的时候，小七狼把十二锁链约到花园里，十二锁链哆嗦着去了。花园里，小七狼的老大，一个上海人，掏出了一把短刀："我们走了，联中就交给你们了，你们一定要看好联中！"——"好！大哥！"

张玮玮的初二上了好几年，上遍了白银的中学，还是初二。家人把他送去了西安，过了半年他想家，又回了白银。

　　在西安，张玮玮接受了最早的摇滚乐熏陶。回到白银，他变成了一名街头吉他青年，红棉吉他到哪儿都背着。晚上，他在后院支个钢丝床，买上一堆啤酒，点个柴油灯挂在树上，聚起一帮人来，聊天喝酒唱歌。后来，就有人提着酒慕名而来，在旁边一蹲，满脸羡慕地看着他。郭龙便是其中的一个。张玮玮想，天天冒充硬汉累得很，原来你也是这样的人啊，以前我可是巴结不上的。他给郭龙一个小铁皮垃圾桶，让他跟着吉他敲鼓。

　　张玮玮第一次在白银听到吉他弹唱，是牢歌，来自那些监狱里放出来的老小伙儿。那时候的犯罪多是小偷小摸，打架斗殴。老小伙儿犯了事儿，进去学了牢歌，放出来，家里要敞开门半个月一个月，各路江湖朋友带着酒肉来洗尘聊天喝大酒，学吉他学歌。

　　牢歌的曲都是口口相传、保留得非常完整的民歌，词自由填写，唱之前要先说一段："在监狱里望着山望着海，望不着我的爹娘，望着山望着海，望不着我的姑娘"，然后齐声哼唱，"花开花又落"，一下把场景铺开了，这是起兴。然后，"直升飞机护送我，走进了大沙漠"——为什么是走进了大沙漠？西北最厉害的监狱是关白宝山的阿克苏重刑犯监狱，偷个钱包其实根本进不了，但是编词的人觉得进那样的监狱牛——"直升飞机护送我，走进了大沙漠，沙漠沙漠真寂寞，没有姑娘陪伴我……"（此处歌词有删节）唱完了，大家再一起哼唱"花开花又落"，大场景一收，结束。

听这些歌儿，张玮玮觉得生命一下鲜活了。几年后，他听到"野孩子"乐队，一下子想起了这些歌。更久以后，他听到吉普赛爵士，又想起了这些歌。再后来，这些曲子中的一些，比如《李伯伯》和《两只山羊》，被他唱红到了全中国。

17岁那年，张玮玮和郭龙都已经混成了风云人物。他俩一起打了无数的大架，声名远扬。郭龙觉得跟张玮玮投缘，一起打架放心，"就算对面有二十个人，他也不会跑"。而郭龙是白银的SUPER STAR。一起出去打架，别人拿着刀拿着钢管，郭龙什么都不要，穿件蓝风衣，走在大家侧面，在最关键的时候突然蹿出来，一颗钢珠"啪！"，一锤定音。一次，在旱冰场下的花园中，张玮玮亲眼看见，郭龙站在十三四个蹲好的小痞子面前，左脚一只拖鞋，右脚的鞋拎在手里，一人脸上一拖鞋"啪啪啪"抽过去。有几个人刚要抽刀，人群里有人说"别动，那是郭龙！"——这句话以后，十几个小伙子一动不敢动。

有一阵子，白银菜刀摊上卖的菜刀都刻着郭龙的名字。

1993年，张玮玮被笼罩在光环中，一直考虑着怎么才能低调地处理这些突然而来的名望。无敌是那么的寂寞。那阵子，张玮玮爸妈都不在，家里只有他一个人。郭龙家人看他孤单，对他特别好，不论几点，郭龙妈一看他来了，马上进厨房做饭。在郭龙家，张玮玮有自己的碗筷。

第二年，张玮玮经历了打架生涯中最惨烈的一役。他被捅了两刀，肺叶洞穿。郭龙得到消息，冲进急诊部，"有没有送来一个戴眼镜的孩子？""你是谁？""我是他哥，亲哥！"张玮玮躺在床上，想叫声龙哥，一张嘴全是血泡泡。郭龙说你别说话了，张玮玮还是说，龙哥，我要是死了，别报警。"为啥？""要五万块钱，三万给家里，两万给兄弟分了。"——过了一会儿，又说："三万兄弟分了，两万给家里。"说完昏了过去。他昏迷了六天，医院下了四张病危通知单。

后来，张玮玮就不想在白银待着了。家人给他联系到兰州，考了个成人委培的师范学校。半年后，他把郭龙也叫了去。张玮玮咬牙念书，郭龙每天一套穿成黑色的黄西装，屁股兜里面永远插着一本武侠小说，睡到12点才起来，蓬头垢面，不到半学期学校就要开除他。但郭龙总有绝处逢生的本领。学校的舞蹈队排舞"黄河魂"，男主演突然转学不演了，女一号把郭龙叫去跳舞，郭龙从来没跳过舞，却把男一号撑了下来，四处演出，代表兰州参加全省比赛，跑到武警总队慰问演出，学校没法开除他。就这样，两年后，两人都毕了业。

回到白银，家人商量借钱送礼，给张玮玮找工作。要么去私立小学当老师，要么去交警文工团。张玮玮心里难受，跟家人吵了一架出来，碰着几个人去喝酒。几个人说，明天上广州投奔哥们儿，他回去借了车票钱，第二天跟着出了门。

1997年3月，几个白银青年穿着带毛领子的皮夹克，到了满地人字拖的广州。

在滞后的白银认知中，广州是流行音乐的基地。到了广州他们才发现，流行音乐的时代早过去了。要投奔的白银老乡呼机不回，人间蒸发。他们睡了一个月的地板，山穷水尽。张玮玮给郭龙打电话："你快来广州，过得太好了，你只要带一千块钱过来就行。"郭龙借了一千块钱过来，没几天，又是山穷水尽。

几个人饿到要打扑克赌最后一包饼干吃的时节，张玮玮在一个餐吧找到了一个唱歌的工作。干了不到一个星期，老板给了他十天的工资 1500 元，说，你还是挺有意思的，我也想留下你唱歌，但是没办法，客人都说你唱歌他们觉得害怕。

同来的白银青年就此四散。有两个人去学做足部按摩，张玮玮说，一辈子对着别人的脚，我不干。他和郭龙在天河村租了个房子，郭龙理了五十首歌，写了一个歌单。

广州的大排档人声永远鼎沸，食物的香气冲上脑门。背着吉他，等着食客点歌的歌手穿行在推杯换盏之间。对于张玮玮和郭龙来说，广州大排档是炒河粉、炒米粉和榴莲混合起来的味道。在西北，这些味道是不存在的。他们抱着歌本转了三个小时，没张开嘴。

最后，他们开始在天河体育中心的地道里卖唱。1997 年的春天，地道里卖唱的人特别多，张玮玮和郭龙一开口，其他摊子纷纷撤退——西北嗓唱摇滚，以分贝碾压各路好汉。

唱了一个月，攒够了去西安的车票，两人到西安投奔郭龙的表哥，随后辗转天水、兰州，最终决定回家。张玮玮跟郭龙说，这次回去就算了，别折腾了，听家里人的，好好上班。1997 年 7 月 1 日，他们到了白银。

27 天后的 7 月 28 日，张玮玮抵达北京。

九十年代，所有白银年轻人挂在嘴上的一个词是"走"。必须得离开那儿。

二、"最光明的那个早上，我们为你沿江而来"

多年后，他的儿子写道：

> 东经一百零三度与北纬三十五度之间，孤零零的白银。五十多年前，在那片戈壁滩上发现了一个巨大的矿，随后很多人从各地来到了那里。他们架起各种大型机械不停地往地下挖，直到把那片荒凉的戈壁滩挖得灯火通明，兔走狼奔。当年怀着建设祖国大西北理想闯进无人区的时髦工人们，在那里生根发芽。而我们，就是那些芽。（张玮玮《白银饭店》）

他在六十年代来到白银。他的父亲是修铁路的河北人，那批人修陇海线，从河北开始一路修到新疆，年纪大了就建一个机务站，留下一批人。父亲留在了白银机务站，他是在火车站长大的。

白银跟西北的其他地方不一样，它产贵重金属，产量高，是中央直属单位，是国家关注的地方。许多上海专家和苏联专家来到这里，许多东北工人来到这里，许多甘肃本地人来到这里，许多其他地方的人也来到这里，一起支援祖国建设。他的妻子是天水人，16岁来到白银。16岁的纺织女工来到白银，他去迎接。女孩一下火车，拎着行李，他就说同志，我帮你提行李吧。他用自行车带着她送到了工厂，就这样认识了。

像现在的电子游戏一样，白银围绕着白银公司慢慢铺陈壮大。工厂周围有了面粉厂、电缆厂、纺织厂、棉纺厂、学校、医院……他家住在永丰街，这条街上什么都有。

那时候，白银是一个特别安静，特别缓慢的地方。白天，全城是空的，上班的上班，上学的上学，只有很少的老年人，很大的风在空地上转。房子的格局和人们穿的衣服，基本一模一样。快到九十年代，厂里的门房才有了一个电话，孩子们好奇，大人去打电话，孩子们抢着摇。

多年后，白银的人们才明白，那些恐怖的杀人案大都发生在下午四五点，因为那会儿是人最少的时候。

白银饭店离他家不远。以前，这个饭店是国营招待所，接待来帮助白银做基础建设的苏联专家。苏联人来之前，白银人开始学国标、学俄语。苏联专家隔三差五晚上要吃饭，饭后跳舞乐一下，白银有专门陪苏联人跳舞的工种。

没待多久，两国闹翻，苏联专家走了。

那时候，他已经结婚了，婚后马上要了孩子，一个女孩，一个男孩。

儿子小的时候，他带他坐火车去兰州。白银到兰州中间有个地方叫皋兰，那个地方的人卖熟鸡蛋给车上的旅客，皋兰话说"来，熟鸡蛋"像"来福鸡蛋"，一上车，儿子就问他，什么时候吃来福鸡蛋？他说，还远着呢。那会儿从白银到兰州要三个半小时。除了去兰州，就是去妻子的娘家天水过年，先坐汽车到兰州，从兰州再坐八个小时火车，才能到天水。那条铁路线连着乌鲁木齐和北京。

那时候，他是学校的老师。每天从学校回来，吃完晚饭，他从来不参加家庭娱乐活动，尽管娱乐活动无非就是火炉上烤烤花生，桌边下下跳棋。他每天晚上坐在写字台前面摆弄他的乐器，要么就在五线谱上抄乐谱。他是专业的单簧管手，对待音乐特别认真。

他家是听黑胶唱片的，大多数是军乐，教科书一样。音乐一放，他就不跟别人说话了。平常他也经常性地浸入自己的频道。儿子在外面跟一帮小孩儿野，他走过来，儿子说，都别说话，原地站住不要动。他就愣愣地从儿子旁边走了过去，看都看不见他。

他长得纤瘦，细致，带着知识分子的雅气。大多数时候，他的脸紧张又严肃，有一种不知道如何是好的茫然。

儿子不爱听军乐，一听就头疼。家里还有一张《梁祝》，放的时候全家都很舒服。偶尔，他用单簧管吹一首波兰舞曲，儿子也能听进去。

儿子9岁那年，他和妻子用攒了一年的钱买了一架钢琴，放在破平房里，就在"白银案"第一个被害人被杀害的房子旁边。将近两个月，每个周末都有人来参观钢琴，谁来了都摸摸，谁都不会弹。

那年他36岁。那时候，全白银的钢琴超不过五台。

从9岁开始，他不让儿子午睡了，他自己也不睡。中午吃完饭就开始练琴，一直练到上课，晚上回家再练一个小时。那时候晚上演台湾连续剧，家家都看《星星知我心》《昨夜星辰》，每天吃完饭就是看电视的点，但是儿子要练琴。儿子把镜子放在钢琴上，对着里面屋的电视，眼睛盯着，手上乱按。他没太注意，只要有声音就行，他也在看电视。

车尔尼《钢琴流畅练习曲》（作品第849号）是最初级，儿子弹了三年，过不去。他教儿子也教得绝望。别人告诉他，父亲再厉害都教不了儿子，你得给他找个别的老师。他开始在白银音乐界给儿子找。先找了个手风琴老师，儿子一拉手风琴就困，下巴往风箱一放就睡着了。老师让儿子凉水洗脸，洗完脸出去跑一圈，跑回来还是睡。上了三节课，老师把学费退给他，说算了，你儿子实在不是搞音乐的料。他郁闷了很久，又从兰州找了个单簧管老师。这个老师本来是上海交响乐团的首席单簧管，"文革"的时候下放到工厂烧锅炉。他听说有这么个高人，就拎着点心到锅炉房，从一堆煤灰里把大师挖了出来。

大师被生活折磨得见着人就鞠躬，突然蹦出个尊敬他的人，就对他特别好，对儿子也好。但儿子还是学不进去。

最后大师被甘肃歌剧院挖走了，但大师和他的友谊持续了很久。

以前，白银的生态是一个完整的循环系统。所有父亲到三四十岁就开始逐渐给自己的孩子铺路，工厂招工也知道子弟有多少，名额都是准备好的。国营单位多一个人不多，少一个人不少，老的退下来，在公园下象棋，拉二胡，年轻人进厂上班，到老了，也把自己的孩子安排好，大家都舒舒服服，挣的钱差不多，谁也没有记恨，没有攀比，和谐生存。

1990年，白银开始经济改革，单位里不太重要的部门要"优化组合"。他被"优"掉了，调到棉纺厂工会里搞文娱活动和后勤。

随着改革力度越来越大，白银原来的生态系统彻底崩塌。工人开始下岗，工厂不收人，年轻人进不了工厂，只好滞留在外面。那会儿，白银开始有了社会青年。在北京、西安、上海等地，年轻人能当个体户，或者找到别的出路，但是白银没有。

社会青年涌进舞会和旱冰场，喝酒打架打发时间，看不到希望。白银乱了。人心惶惶，风气转差，到处都是流氓。

白银最乱的时候，就是高承勇作案最密集的时候。这跟城市的整体氛围有点关系，但也没什么关系。白银有它大西北的刚强。很多白银家庭，每月靠一百多块下岗低保生活，踏出家门，照样堂堂正正漂漂亮亮；穷得一塌糊涂了，朋友上门，还是砸锅卖铁地好好招待。

高承勇不是白银人，他在榆中县的青城，家里有房有地，根本不存在下岗一说，白银人的压抑苦闷他感受不到。

那几年，他过得很苦。他与妻子离了婚，妻子带女儿去了兰州，他带着儿子留在白银。白银公司完蛋，其他的小厂也很快倒闭，最后，他到铁路中学去教书，每天坐火车来回，晚上八九点才能到家。他顾不上管儿子。

1993 年，他送儿子去西安音乐学院上学，半年后儿子跑了回来。后来儿子又去了兰州和广州，最后去了北京。和白银的许多年轻人一样，去了就没再回来。

2000 年，接到儿子打来的电话，他把他的星海手风琴从白银寄去了北京。

那架手风琴比儿子大两岁。他一直希望儿子走上音乐之路，但儿子真的走了之后，他又忍不住批评儿子，在他看来，他们的音乐颓废、反动、曲式混乱。他告诉儿子，你应该放弃音乐，务实一点，去做一些更挣钱的工作。

很多很多年以后，儿子在兰州的大剧院里有一场演出，给他留了最好的座位。因为身体不舒服，他在演出前临时回了家，没有走进剧院。

那场演出结束后两个月，他在白银去世了。

三、"什么日子我让你来到了这里，那是我想要知道生活在哪里"

1997 年，邯郸人何国锋已经在北京待了一年。

在北京,他叫"小河"。小河留长头发,扎辫子,他的乐队"美好药店"属于独立实验摇滚风格。那时候,小河在酒吧唱了一年,攒了一两万块钱,正准备自己录音——他在新街口自己租的房子里面,用水泥和砖头又盖了一个房子,作为录音室。这个录音室几乎是密闭的。民谣歌手周云蓬进去录音,唱完大汗淋漓,差点缺氧憋死。

那年秋天,张玮玮第一次见到小河。

北京蓝岛商城的乐器部在门口搞促销,找了几支乐队去唱歌,两首歌一百块。张玮玮去唱了,他唱完,小河拎把电吉他上台,背对着人群,一顿啸叫,然后转过头话筒冲着大家说:"这么冷的天,你们在干什么呀?都回去吧。"

张玮玮心想,这个人怎么这样?但他琴弹得太好了。小河下台在旁边坐着休息,张玮玮走过去问他,你收学生吗?小河抬头看了他一眼:"你学吉他干吗?"

那个时候,张玮玮正在当小时工。给中介交点钱,中介帮他介绍工作,派给张玮玮的活儿是洗抽油烟机,洗一个挣二十多块,他去洗了两个,放弃了。洗上三个小时,抽油烟机一点没变,还是那样。

他骑着自行车满北京转悠,也不知道自己该干吗,但是心情舒畅。那时候的北京大部分还是北京人,老皇城稳稳当当的样子,后海是纯黑的一片。他觉得这个城市的气质就能让他安定下来。

后来张玮玮经常见到小河。美好药店盘踞在王府井利生琴行，他没事就过去玩。小河弹《柠檬树》，右手一边弹一边打着节奏，张玮玮当时只会扫弦，一看，觉得耳目一新。1999年元旦，张玮玮和一个兰州的朋友晚上跑到王府井乱逛，路过利生，看见利生支了个台子，小河和美好药店正在台上演出。远远地看了一会儿，他跟朋友说，牛，这么冷还在露天演出——咱们什么时候才能熬出头？

过完年，张玮玮找了个琴行的工作。当时，到琴行上班是北京摇滚青年的最佳出路。

琴行老板非常喜欢张玮玮。这个小伙子除了弦乐什么乐器都能试，又爱收拾东西，每天早上，先把所有的琴擦一遍，柜台摆得整整齐齐的，然后泡杯茶坐着。老板打算把他培养成琴行经理。

1998年的一个晚上，张玮玮喝醉了，想起了郭龙。他的电话是郭龙妈妈接的，说"龙龙过得一点都不好"。第二天，张玮玮跟郭龙说："来北京吧，来琴行上班，特别牛，周围一条街全是高手。"

那两年，张玮玮白天在琴行上班，每周有几个晚上去酒吧里唱歌挣钱，还带了几个学吉他的学生，收入不低，隔一阵能给家里寄点钱。

郭龙来了，在琴行待了不到一年，又回了白银，他实在不喜欢上班的生活。其实张玮玮也不喜欢。老板要栽培他，每天定点巡视、训话。他感觉自己像骆驼祥子，如果老板有个女儿，他早晚会成上门女婿。在琴行，他全天戴着耳机，听祖咒和"子曰"，他觉得压抑。

临近崩溃的时候，张玮玮就骑上自行车，去歌舞团地下室里看"野孩子"排练。

1997年，张玮玮和郭龙在兰州第一次看到野孩子的专场演出。那会儿张玮玮的头发焗成毛栗子的颜色，戴着耳环，穿紧身T恤，紧身牛仔裤，牛仔靴上带环，一身杀马特打扮。他们当时认为，摇滚一定得奇装异服，特别颓废，生活作风也是能垮就垮，千万别挺着腰板。听说有两个人用重金属唱"花儿"，他们就去了。

一看之下，野孩子全面彻底地征服了他俩。张佺、小索两个人，一人一件灰T恤，光头，就像两个干活的工人；两把木吉他弹得连勾带甩，和声标准优美。看完演出没有车，张玮玮和郭龙走路几十公里回家，激动地聊了一夜。"好听，颠覆。"

一到北京，张玮玮就联系上了野孩子，他们的演出他必到。张佺和小索住在地下室，没钱，穿得破破烂烂的自己做着饭，每天定点排练，一周几个晚上去酒吧演出，唱自己的作品，也翻唱外国民歌。跟野孩子待上一会儿，就够张玮玮回去撑一段时间。他常想，真的，人家怎么就抵抗住了？野孩子成了他的精神支柱。

2000年初，张玮玮跟琴行里一个朋友打了一架，打完一怒之下站在琴行里一顿大骂，骂完走了，没要工资，放那儿的东西也没拿，琴行和那种生活带来的所有压力一泄如注。

第二天，他直接搬到了小索家隔壁，自此开始早起练琴，中午睡个午觉，下午野孩子排练，他又在自己屋里练琴，晚上，到小索家蹭个饭。他想，我一定要和他们一样。

有一天，张佺和小索到他屋里转了一圈儿，坐下了。"你会弹键盘吗？""会啊。""手风琴会吗？""会啊！"张玮玮觉得肯定有好事儿。

张佺说，你找一个手风琴，练一首歌，练完咱们试一试，然后给了他一首澳大利亚乐队的演奏曲。张玮玮一晚上就把谱子听写下来给小索看，那时候，他才觉得从小被爸爸逼着学音乐太有用了。

收到爸爸寄来的星海手风琴，张玮玮加入了野孩子。那一天，张玮玮第一次感觉到，白银的自卑、压抑、混乱和迷惘全被战胜了，"九十年代漫长的更新下载，完成了"，他到了人生的巅峰。

他在东直门斜街一个小区租了间地下室，每天打扫得干干净净，等大家来。每周至少六天，野孩子在这间地下室排练。一稳定下来，他又给郭龙打电话："这回是真的牛了。"

他还是想和郭龙在一起。从在后院郭龙抱着垃圾桶打鼓开始，他一直这样想。哪怕周围再多的朋友，身边没个真的家里人，他觉得不踏实。

郭龙在张玮玮的地下室旁边又租了一间地下室，开始认真练鼓。他也特别喜欢野孩子，那次来，郭龙再也没走。

2001 年，野孩子想有个固定的地方，既做演出场地也做排练室，用营业收入养活乐队，便在三里屯南街开了"河"酒吧。

河酒吧很小，坐上三桌就算满客。一个 2 米 ×1.5 米的演出台子，三个人站上去觉得挤。酒吧开业那天，郭龙第一次听到了《黄河谣》。

谁也没想到，河酒吧会一发不可收拾。

郭龙是河酒吧的第一任吧台。后来小河和万晓利每周三过来演出，郭龙调音，他们一唱，郭龙就抱个鼓在旁边敲着玩，玩着玩着，就加入了美好药店乐队。那时候，小河和万晓利在天通苑买了房住，万晓利有辆国产摩托车，俩人每人再买一套防风护具，冬天穿上大棉袄，裹上围巾，从天通苑骑一个半小时的车，来河酒吧演出。演出完，喝得也差不多了，摩托车扔下，去朋友家睡一觉，第二天再来取。

每次来河酒吧，是小河跟万晓利最开心的时候。一周一场演出是没法养活自己的，他们都还有别的演出。别的酒吧有主持人，还有舞蹈、游戏和魔术，经常有客人凑过来"哎这个你会不会唱？"小河说，在河酒吧才是真正表演，因为有人听得懂。

刚到北京的时候，张玮玮只能和熟人聊天，人一多立刻不说话。河酒吧帮他解决了这个问题。2002年，河酒吧成了京城著名据点，他在这里认识了此后人生中所有的朋友——西北压抑青年突然变成了三里屯南街的交际花。

河酒吧跟所有的酒吧都不一样。鼎盛时期，这里是一所乌托邦。跑场歌手，民谣歌手，拍电影的，乐评人，写诗的，文艺青年，老外，东北旺树村的摇滚青年……全能待得住。后来，李修贤、杜可风、罗永浩……这些名人也没事就来待着——没人理他们，他们又不玩乐器。在那之前，北京的各个圈子分得特别清楚，各圈之间不来往，树村的摇滚青年认为去三里屯喝酒是耻辱，但就是会凑钱拼着黑车来河酒吧玩。野孩子的气质营造出一种谁都能认可的氛围，让各个旮旯里钻出来的丧彪们突然找到了对方。

酒吧开业没多久，野孩子的作息变成了每天排练完，集体打扫卫生，打扫完在门口喝茶下棋，下完棋，酒吧开门，然后

　　　　　　　　　　　　　　［长故事］

喝酒，演出，狂欢，直到凌晨三四点。河酒吧有个窗台叫"玮玮台"。不论喝得多醉，张玮玮只要一发现不行了，就直奔那儿一躺，一直躺到醒来。

每周三，张玮玮和小河、万晓利演一场即兴。那个时期的即兴，台上全是火花，每个人都是火花，火花和火花揉到一起滴水不漏，是排练都排练不出来的、他们从此之后再也没有过的火花。疯狂持续到 2002 年的夏天，诗人尹丽川将他们推荐给摩登天空的老板沈黎晖，沈黎晖来河酒吧看了两次，找人来录音，就有了《飞的高的鸟不落在跑不快的牛的背上》。

那是一张充满河酒吧气场的现场专辑，是嗨到极点，自由到极点，又有着不可挽回的末世氛围。

2003 年春节，"非典"来了。"非典"过后，人心涣散。大家都开始怀疑，即兴音乐那么美好，天天循环着死磕排练，有没有必要？而后，后海一个月内开了十几个酒吧，三里屯南街没人去了。

那一年夏天，河酒吧倒闭，野孩子也解散了。

四、"我要换一个名字，我要去南方"

张佺 1968 年出生，是在青海长大的兰州人。1995 年，他与小他两岁的小索共同创办了野孩子乐队。

张佺是个严肃的人，在他面前，朋友们会觉得舒服，但不敢放肆。小河说，张佺像一个民间高手，跟这个世界不怎么瓜葛，也不会动摇。在张佺和小索的身上，他感受到西北人的品质——从里到外的放松和坚定，从来不装。这也是民谣的气质。

张玮玮说，小索是典型的兰州人，有着兰州人身上最温暖最豪爽的品质。小索永远是笑眯眯的，高高兴兴的。从加入野孩子开始，张玮玮和当时几个朋友所有洗衣服、蹭饭、睡觉、借钱……这些生活的疑难杂症，都是小索包办的。脏衣服攒够了，拿到小索家，一进去，衣服往洗衣机里一放，小索开始上茶上酒，小索的妻子做着饭，吃完饭，再放上两三个电影，看到两三点钟，衣服干了，一卷回家。赶上查暂住证，一帮朋友集体到小索家，一人一个沙发，睡三天，查完了再回去。不仅是他们，对待所有人，小索都是这样。

因为小索，河酒吧才会成为那样的一个共产主义音乐公社。

小索的墓在兰州卧龙岗，兰州和白银中间的山里。郭龙的爷爷奶奶也埋在那儿。什么时候回家乡，他们都会带上一瓶酒，上山，看看他们的索哥。

2002 年，新疆的哈萨克族音乐家马木尔来到北京。小索每周在河酒吧给马木尔安排一场演出。马木尔弹琴停不住，有人在，就一直弹，一弹四五个小时，任何东西都能弹，是真正的天才。马木尔约张玮玮去他的 IZ 乐队排练，张玮玮不知道怎么跟张佺说。张佺告诉他，人一生不是随时都有机会和大师合作的，你要珍惜这机会。于是，那时候，张玮玮给祖咒拉手风琴，跟马木尔排练，也和小河、万晓利录音——这就是河酒吧的风格。

2003 年 5 月，野孩子解散，张玮玮跟马木尔去了新疆。过了半个月，马木尔回北京，张玮玮自己留在北疆，到伊犁，又到南疆喀什，然后又回到伊犁。刚到新疆的时候，他听了首歌《雪落伊犁》，一把冬不拉弹唱，特别简单的歌词，描写大雪盖住了整个伊犁。他在伊犁待着，等那场雪，一直等到11月底，下了一场大雪，第二天，他走了。

回到北京，他住在霍营，跟小索张佺离得很远。郭龙跟当时的女朋友住在城里。IZ的气氛越来越不好，美好药店也濒于解散。他整天一个人待着。

2004年，张佺和小索去英国演出，演出时小索突然胃疼，回国一检查，胃癌。住院三个月，小索去世了。

小索去世后，张玮玮又去了新疆。他想学弹拨乐。马木尔说，别学弹拨乐了，你不适合，你心里不够黑，太浪漫了，你去学个笛子吧。马木尔把他丢在了哥哥家的山上。

到山上，张玮玮每天放一百多只羊。早上起来，他把它们赶到河边，就坐在一个山头上，看着它们喝完水，一路吃着草回家，一直吃到晚上。他带了一根箫上山，练一支写岳飞的曲子，每天看着羊，对着山吹。直到下山，那支曲子也没学会。

回到北京是中秋节，那天晚上，IZ演最后一场，演完解散。解散的事不用商量，大家已经形同陌路了。那天张玮玮带了两瓶白酒去演出，演完把两瓶酒往桌上一放，说，今天不是喝酒，今天就是喝醉。20分钟，他连干了十几杯，彻底把自己干翻了。

张玮玮难过。他对IZ特别有感情，对它，他和对野孩子的期待是一样的，他希望能在这个集体里生根发芽。野孩子、IZ、美好药店，这三支乐队承载着他从小对团伙，对纯洁集体的渴望和热爱。

张佺、小索、马木尔和小河是张玮玮最敬仰的人，是他在北京认识的四个师父。对西北的认同感，小索、张佺那种做人的方式，是他的做人之本；小河的自由和挥洒是他完全不具备的，是起飞；马木尔是他最喜欢的新疆弹拨乐，是根源。和他们在一起，他觉得人生中最喜欢的东西都在，是完美的三部曲，结果一口气，全垮了。

那几年，他在东四十条郭龙家旁边租了个院子，除了郭龙和极少的几个朋友，他跟谁都不联系，谁叫都不出门，电话响了也不接。他整夜整夜地不睡觉，到天亮，院子里的所有人都锁上门去上班了，他才能睡着。

回到家，妈妈担心他。他坐在屋子里，跟妈妈的目光接触的时候，脸上露出特别尴尬的笑，就像见到一个陌生人那么客气。那时候没有"抑郁症"这个词，但是，情况一塌糊涂。

2006 年，忽然有个朋友给张玮玮打电话。朋友在拉萨开了个酒吧，叫他去弹键盘。张玮玮借了个键盘又借了个合成器，背着去了拉萨。

他在拉萨待了四个月。每天晚上干活，下午在大昭寺门口喝甜茶，跟几个乐手打斗地主。打斗地主不用交流，不吭声把牌打好就行。三个月斗地主，治好了他的抑郁症。拉萨工资特别高，那三个月他挣了将近两万块钱，最后他给郭龙买机票，负责食宿，从拉萨出发，顺着雅鲁藏布江到林芝，又到桑耶寺，走了一大圈。

同时，他恋爱了。

张玮玮当时的女朋友、现在的妻子，与他在大理定情。女孩妈妈催她回家，女孩不肯，妈妈说，你是不是谈恋爱了？"是。""什么人？""30 岁，搞音乐的。"——"你被骗了"。

女朋友的妈妈说，你不相信，就打电话叫他来上海，你看

　　　　　　　　　　　　[长故事]

他敢来吗？接到电话时张玮玮正在郭龙家里，他跟女朋友说，明天早上上海见。借钱买了张机票飞到上海，他身上没钱了，买了一盒雀巢咖啡，就去了女孩家里。他想，上海人喝咖啡，她要是北京人，我就买一捆蒜。

从上海回到北京，张玮玮想，现在病好了，乐队都解散了，也谈恋爱了，就得干点正事了。

那阵子，万晓利签了卢中强的"十三月"公司，张玮玮入职到十三月，名义上是音乐总监，实际工作内容是帮万晓利跟人沟通，就像他的助理。他自己没什么感觉，有一回，万晓利忽然跟他说，玮玮你不要这样子，我都觉得不好意思。猛然间，心里有个什么东西狠狠地捏了他一下——我怎么成了一个唱片公司的助理了？慢慢地，他就不去上班了。卢中强知道后，表示完全理解，他说："玮玮，不要太留恋过去，不要不好意思，往前走一步，很有可能就是另一番局面。"

2006 年秋天，张玮玮和郭龙第一次作为一个乐队组合，登台唱歌。当时的曲目是《庙会》和《米店》，歌词是在广州去连州的大巴上才写完的。一上台，词儿全忘了，一通胡唱，下了台，他不想活了，觉得自己干什么都不行，上班也不行，当流浪汉也不行，做乐队也不行，自己写歌也不行。

小河安慰了张玮玮整整一个晚上。他说，最开始写歌，演出的时候，你知道吗？每一天去都是特别痛苦的，因为知道去了自己也弄不好，但是你必须得经过这个过程。你不经过这个过程，就没有演好的那一天。

回到北京，张玮玮下了狠心，要和郭龙一起，开始奋发图强。

张玮玮在北京搬过不下五十次家，没有一处住超过一年。

这一次，他在东直门清水苑租了一个房子，在那儿住了整整四年。专辑《白银饭店》里所有的曲目都在那个房子里完成——一句一句，跟自己死磕，枯坐着，等突然一行歌词蹦出来，突然一段旋律蹦出来。

2010 年下半年，《白银饭店》进棚开始录制。张玮玮和郭龙把前几年跟着孟京辉搞话剧的钱全部放了进去。那会儿，他们对这张专辑不抱任何希望，"但是就是小河说的，再痛苦也得去，总得走完这一步"。张玮玮又把房子退了，搬到青年路录音棚的旁边，跟另外四个人合租。

张玮玮把他的东西全部打包放好。他跟女朋友订了婚，婚期是 2011 年 5 月 1 日。他想，录完这张专辑，我在北京的所有事情就都结束了，就无牵无挂了，野孩子、IZ、美好药店都没了，我和郭龙一起做张专辑，这张专辑肯定是失败的，做完就行。他打算做完去上海，重新开始。重新开始什么？他不知道。

录音整整录了半年，到最后，棚费和其他所有，这张专辑花了将近 8 万块。张玮玮所有的钱一扫而空。

2011 年 4 月 26 日，张玮玮出了录音棚，上火车。上车的时候他拍了张照片发微博。当时郭龙正跟一个朋友吃饭，那个朋友跟郭龙说，玮玮真走了，都发微博了。郭龙吃着火锅说："年年月月锅相似，岁岁年年人不同。"

不久后，张佺来北京演出，叫上了张玮玮和郭龙暖场。要暖场，又得一起排练，一排练就发现真的是喜欢在一起排练，感情实在太深。他们一起做了一个专场演出，张玮玮郭龙唱一节，张佺唱一节，最后三个人再一起唱几首野孩子的歌。

张玮玮想起，几年前，张佺刚在束河买了新房子，他去新房里看他。那时候，他们的关系已经变成了两个独立歌手之间的关系，有了距离，不再是野孩子那种氛围。在张佺家，他去二楼上厕所，一回头，突然看到二楼楼梯的墙上，贴满了他们当年一块儿演出的照片。

他看着墙上的照片热泪盈眶。回来后他跟郭龙说，咱们把好多东西是挂在嘴上的，佺哥真的是埋在心里。佺哥是那种人，你永远别想听着他煽情的东西，他关心一个人，他是永远都不会跟你说出来，你不发现的时候，你就觉得他根本不在意你。

演出完，张玮玮想，何必呢？我在上海，郭龙在北京，佺哥在大理，都落着单。最后，大家就开始商量去云南。

2012 年，《白银饭店》专辑发布。首发演出前，张玮玮和妻子在印刷厂边的客栈住了一个月盯印刷。印刷的时候文案还没完成，张玮玮在客栈里写了那篇《白银饭店》。交完印刷厂的钱，夫妻俩身上全部的钱只剩一张 100 块。深圳的朋友说，那你来吧，给你安排一场演出。下了飞机，见到朋友，张玮玮第一句话是"先借点钱"。演完，拿着朋友给的 5000 块，两人飞去北京，准备首发演出。他们想，这注定是赔的，投的 8 万块钱不可能回来了。

5 月 26 日，《白银饭店》首发演出，北京小雨。那天晚上，门票卖了 900 张，CD 卖了 450 张——收回了专辑制作的全部成本。张玮玮死都没想到。他和妻子住在朝阳医院东门旁边的快捷酒店，进了房间，两人开始漫天撒钱。

《白银饭店》巡演一结束，张玮玮带着妻子来了大理，那时候，2012 年还没有过完。

五、"我眼望着北方，弹琴把老歌唱"

2016 年 8 月 26 日，高承勇在白银市工业学校的小卖部内被抓获。1988 年 5 月至 2002 年 2 月间，他共在白银实施强奸杀人作案 11 起，杀死 11 人。几乎是一夜之间，白银，这个向来乏人关注的地方，因为"变态连环杀人案"而成为了全国瞩目的热点。

看到"小白鞋"那三个字，张玮玮脖子上的汗毛立了起来。在他的少年时期，这三个字是整个白银的噩梦。很长一段时间，他见到穿白鞋的人就害怕。后来他渐渐忘了它。没想到几十年后，它又原路追了回来，带着整个白银的压抑恐惧和所有他努力忘记的日子。

1988 年刚刚案发时，白银所有工厂的女工下班全由集体车送，车上要有几个男工，看着每个女工进家。张玮玮的妈妈就是当年的一名女工。后来，日子长了，人们松懈下来，有一天妈妈独自回家，后面一直有人跟着她，快到家的时候，她一路喊着爸爸的名字冲进屋里，爸爸出来追，跟着的人已经跑了。

张玮玮的妈妈是 1992 年离开白银的，离开后总共就回去过一次，她被白银伤透了心。

破案当天，张玮玮给妈妈打了一个小时的电话。之后，热点持续被加温，发酵，散出腐臭的味道。看到铺天盖地的报道，张玮玮的心是拧着的。几天后，各种新闻花样翻新，终于翻到了张玮玮的身上。他在《哪一位上帝会原谅我们呢》写过一句"你是沿江而来沉默的革命杀手"，被解读为"你是沿河而来的变态杀手"。

那首歌写在几年前的杭州，他偶遇巡演中的张佺，两人在高速公路口分别，张佺一个人背着布套包着的冬不拉走了，背影像个志士。张玮玮愤怒了。他对着妻子和朋友们控诉："干吗说我们白银人压抑到变态杀人？白银特别牛，那儿养不了我们了，像我们这样的年轻人基本全都出来了，我从来没有见过一个白银人在外面变成下三滥，兰州榆中县人跟我们白银有什么关系！"

为此，他认认真真地写了一篇《关于白银》，发到网上。很快这篇文章也成了热点。

好在，从热点到冰点，并不需要太久。惊悚的社会新闻每天都有，它们会彼此吞噬。两个月后，"白银案"已经成为被嚼到无味的口香糖。

而白银，它仍在"东经一百零三度与北纬三十五度之间"，孤零零的地方。白银饭店也仍在，现在它身兼网吧、旅馆、按摩院、KTV、酒楼和美甲工作室。离白银几十公里的地方，被开发殆尽的矿坑像巨大的拔掉了牙齿的牙床，寂静地忍受着隐痛。

2016 年 12 月 31 日，野孩子在北京跨年演出。那是个不算热烈但十分温暖的夜晚。第二天，北京严寒，重霾。小河、张佺、张玮玮、郭龙和周云蓬等一行人戴上口罩和帽子，一起去游览了北京天安门，拍了张面目难辨的合影。

中午聚餐的时候，他们从王菲开始，抚今追昔，聊了雾霾，也聊到了当年的河酒吧。现在，他们一年中最常见的相遇是在各种音乐节演出中打个照面，这样能坐下来聊上两三个小时，对他们来说是非常难得的聚会。

当年在河酒吧并肩作战的兄弟只有小河还留在北京。

2012 年，张玮玮、郭龙在张佺的老院子里，一周排练六天。老院子空空如也，野草特别高。院门面对苍山，每天太阳西下，最后一首歌他们就唱《旭日旅店》："夕阳照着旭日河边的旭日旅店。"唱完，太阳就下山了。那会儿的大理少见灯红酒绿，太阳一下山，气息往下沉，人就特别舒服，等着入夜早早睡觉。

　　那年年底，张玮玮和郭龙与摩登天空签了约，隔了不到一周，野孩子签了"树音乐"。从此，他们开始了生平最神奇的艺人生涯。从没有一个艺人是同时签两个公司的，签约后，矛盾立刻出现了，两个公司演出的时间就那么多，又是竞争关系，事情棘手又别扭。

　　但是，乐队要运营，目前唯一的路就是签公司，走音乐节。去音乐节演出，歌翻来覆去地总是那些，大家来演出其实都是为了生活，当年河酒吧的"今朝有酒今朝醉"是再也不可能了。音乐节会改变乐队，各种责任压过来，每个都要想办法搞平衡。张玮玮不是个心大的人。想一件事，他是骑着摩托车想，吃饭想，晚上一个人坐着也想，直想到通为止。

　　张玮玮和郭龙在三年内换了四拨乐手，得罪了一串人。一年中有一半的时间，他们在跑演出，演出之外，几乎全天都在排练。早上一起床，他们跟新来的一批乐手排两个小时，回家吃饭，午后野孩子排四个小时，吃完饭晚上再排两个小时，人快崩溃了，但是没办法。

　　有一天，郭龙喝完酒，把张玮玮约到一个朋友的饭馆，拉着他的手说，他想退出乐队，他觉得太累了。

　　那几天，张玮玮是失恋的感觉，沉浸在酸楚之下，然而他只能答应。

到2015年，张玮玮跟郭龙说，完成东北巡演，咱俩就散了吧。话刚说完，张玮玮的岳父重病，他赶到上海，三个月后，岳父去世了。

这是张玮玮经历的第一个至亲去世，三个月天天在医院守着，看着生命结束，他给郭龙发短信：人一辈子到底什么是重要的？什么文艺艺术追求这些其实都不重要，身边的这些人，这些那么长久的感情是最重要的。

回到大理，两人商量了一下，还是继续吧。他们在大理找到了新的乐手小夕和萨尔。

也是那一年，张玮玮和郭龙在兰州的大剧院演出，张玮玮为父亲留了最好的位置。演完才知道，父亲不舒服，没能看到这场演出。没过多久张玮玮就接到了家乡的电话，父亲病重。回到白银一周，父亲走了。

离开那么多年之后，是父亲的葬礼让张玮玮在白银真正地待了三个月，这个葬礼是他和白银最后的缘分。

他收拾父亲的遗物，看到父亲上学时手抄的谱子，整整齐齐的，每个五线谱上的音符大小一模一样，收拾出来那么高一摞。他想，音乐对于父亲而言是太严肃了。后来，他在一次讲座中说：

父亲去世后，我陷入了前所未有的愧疚之中，我不知道我到底有没有曾经让他感到骄傲过，也不知道自己是不是辜负了他。后来我慢慢地想明白了，我和我父亲其实是互为彼此的人生，我们共同完成了一个人生。我从来没有按照他预期的那样去做音乐，但是他在写字台前抄五线谱

西北野孩子

的那个身影，却深深地影响了我。每次我一个人在家练习乐器的时候，那个身影就会从我的脑海里面升起来。我相信，那个时刻就是属于我们的永恒。

我没有成为他希望的那种音乐家，到目前为止，我给自己的定义就是一个走江湖的艺人。但是我非常认可这个身份，而且我觉得我很快乐。我也希望他能感受到我的快乐。

2017年春节过后，野孩子与树音乐的合约到期，没有再续约。张玮玮和摩登天空也是合约到期，没有续约。他们觉得，长期和公司合作会降低乐队自身的行动力，所以选择了回归独立。

像每年一样，春节结束后，野孩子就开始正常排练。每天午后，大理的院子里会准时响起歌声。偶尔出现错音，张佺会抬起头，温和地看谁一眼。每练两个小时，他们会在院子里踢上半个小时的毽子。彩色的羽毛在大理的蓝天白云下显得分外鲜艳。踢上一会儿，身上微微出了汗，就又是回屋唱歌的时候了。

晚上，他们会带上家眷聚餐，饭菜都是自家烧的。郭龙喝醉了，还会向张玮玮表白："到了那个时候，我仍然会替你挡刀子，替你去死。"张玮玮相信他。

2017年的春天，张玮玮在大理买的房子装修已返工三次，历时一年，仍未完成。这是他的第一套房子，本想在40岁生日的时候住进去，也没能如愿。在大理买房子，还有给父亲的打算。大理那么好，他一直想把父亲接来。二楼的铁柜子是为父亲收藏的古董打的，现在铁柜子还在那儿立着。

张玮玮说，他的下张专辑还是白银饭店，《白银饭店2》，他要用十首歌写十个白银人的故事。

白银有一趟从城里到矿上的绿皮火车，那是中国最后一趟绿皮火车。妈妈告诉张玮玮，去年10月31日，那趟火车停运了。

妈妈说，她以前坐过那趟火车，是跟他爸爸谈恋爱的时候。那时候他俩还不到20岁。爸爸带着妈妈坐那趟火车去看白银的矿，那条铁路特别热情，一路挂着建设社会主义的大红绸子。

壮阳内裤骗局

文 _ 罗洁琪

一、杨先生的困扰

几乎是怀着虔诚的心情，杨先生每天晚上把 200 克艾叶，200 克切片的生姜加入 1.5 升水里，用大火烧开，再调中火煮 5 分钟。揭开盖子，一团白汽热乎乎地升腾，看不见锅里的艾草，但能闻到野生植物的味道，还有生姜的辛辣。他把绿色的热汤倒进盆里晾着，就开始脱下裤子，先用清水清洗，再放进汤里浸泡 15 到 20 分钟。完毕，用延时湿巾包起来，固定不动。每隔 15 分钟，再用邦威延时喷剂喷 3 下，根部，需要喷 5 下。

这是"英国卫裤效果中心"的"戴老师"指导他改善性功能的方法。当时他一边听电话，一边认真地用笔在纸上记录下来，特别是需要注意的细节。那张纸他一直保留着。他今年 47 岁，人届中年，希望性生活的时间能更久一点。

他来自广东一个乡村，在深圳罗湖打工，租房居住。2016 年 4 月，他用手机上网，屏幕弹出"英国卫裤帮你改善男性性功能障碍"的广告。虽然只是一条普通的莫代尔内裤,可是有18颗矩形排列的磁石,分布在三角区和后腰,据说外形是模仿英国皇家御军的内衣设计,用远红外线改善潮湿、早泄、阳痿、尺寸短小的问题。"更粗、更长、更久",看完这句广告,他马上做了决定。

他在广告页面填写了个人资料。尽管网页注明可以秘密送货,但他不想运输出现任何差池,被耽误。他在收货人一栏写上了真实名字和地址。填完后的第二天,一个女人打电话给他。她自称是"英国卫裤公司广州公司"的员工,告诉他货已经发出了,是货到付款,并且叮嘱他,收到之后,要联系一个"戴老师"。她说了一个固定电话号码,他记下来。

第三天,他就收到货了,交了298元现金给顺丰快递员。广告说,优惠活动期间,"买一送二",可以"穿一洗一备一",要长期穿才有效,而且要天天穿,不能停下来——"穿了卫裤,在磁场的作用下,血液在加速循环,你突然让它停下来,你想想,会发生什么事情?"这是"英国卫裤效果中心"的老师经常在电话里质问顾客的问题。

打开快递,里面有一张粉红色的卡片印了几百字提醒他:"因为每个人的体质不一样,使用起来的效果可能也有差异。为了确保满意的效果,收到产品后48小时内,会有专业老师来电提供针对性指导。切勿在无人指导下自行使用。"卡片旁边还有赠送的补肾小茶包。

他没等戴老师的电话,主动拨了"020-3856"开头的号码。戴老师自称是"英国卫裤效果中心"的指导老师,让他先穿两天,看看效果。她们一般会提醒顾客,先洗再穿,就算买的是普通内裤，也要先洗一下。可是很多人等不及，在电话里就问："能不洗吗？"

杨先生没说他是否洗了再穿，反正穿了两天，时间还是没有"更久"。

戴老师再次主动打电话给他，很严肃的声调，认真地问了他买卫裤主要想解决什么问题，目前性生活的状况。常规的提问是，一般要几分钟才能勃起？持续时间多久？之后有没有向左或者向右倾的现象？射精有没有力度？是滑落还是喷出来？最后还会问他的准确尺寸。她会提醒顾客，不要不好意思，一定要如实告知。否则，配错药，效果就不够好。

一般来说，了解完情况，指导老师会做一个总结陈述："像你这样的年龄，正常的勃起时间是15分钟以上，勃起的尺寸也应该有9厘米长。绝大多数男顾客穿了英国卫裤，都会有发热发麻发胀的感觉，时间会延长到30分钟以上，增长到12厘米。"

戴老师没总结得那么具体，但是很肯定地对他说："你的情况，很少见，要先排毒。"

"怎么排？"杨先生有点忐忑。

"应该用药物排毒，把里面的毒液排出来。"戴老师用权威的语气说，她会根据他的特殊情况来配方案。方案有进口和国产两种，具体产品都是由指导老师决定的，顾客只要选择价位就可以了。戴老师推荐了3680元的早泄方案。杨先生同意了。

过了两天，他又收到了一个快递包裹。里面有邦威延时湿巾金装、美国合素、朝鲜小蓟复合营养软胶囊、康美信牡蛎浓缩软胶囊、邦威延时喷剂至尊装、欧卡诺洋参淫羊藿胶囊、针

［长故事］

叶樱桃提取物复合营养片等。很多药的包装都是外文的，他也看不懂。

戴老师再次主动打电话叮嘱：要按时吃药。晚上睡觉的时候，拿一张白色纸巾垫在生殖器上，如果排毒成功，会有液体流出来，就像豆腐渣混在鼻涕里一样，是小颗粒杂质。

从那以后，杨先生熬完艾草生姜汤，还会再准备一张纸巾，然后上床入睡。

二、戴老师的任务

戴老师留着乌黑柔顺的长头发，喜欢穿白衣服、蓝裙子，今年 26 岁。她来自农村，高中毕业，没考上大学，可是写得一手好字。21 岁那年，她在广州增城区一边打工，一边读业余大专，拿到了文凭。2015 年 7 月，她在网上找到澜海科技公司下属的金冬柏圣贸易有限公司，做销售人员，在市中心上班。这家公司在智联招聘网、58 同城网都发布了招聘消息，不过，很多人都是通过老乡介绍进来的。

她住在天河区东圃镇的珠村，距离上班的写字楼只有几百米，走路就能到。很多同事都在那个城中村租房住，大部分都是 90 后女孩，来自农村，有的读到高中，有的只是初中或者小学文化。一线销售员底薪 1700 元，二线 2036 元，还有销售提成。

办公室在广州繁华的天河区，羽泰广场二楼的一整层，在六楼还有几间办公室。澜海科技公司下面有几个公司，其中金冬柏圣公司是卖玛卡和褪黑素等保健品的，铂信粤灵公司销售英国卫裤。两个公司合在一起办公。办公室是开放式，人和人挨着坐，中间竖着小隔板。每个人有一台电脑、一个耳麦和一部座机。

公司规定，在办公区域，不能带手机、电子设备、笔和笔记本等，女生也不能穿暴露的衣服和短裙。老板把一百多人的销售部定位为战场，把他们统称为210军队，分为一战区和二战区。每个战区再分组，组员再分成一线和二线人员。一线推销英国卫裤，二线回访已买卫裤的客户，继续推销各类保健品。一线和二线的角色都是随机的，由销售部长根据每个订单情况临时安排。

早上9点钟，戴老师打开电脑，点击自己的工号，输入密码"1"，进入K8系统。这是公司管理产品销售的系统。每个人有一个账号和登录密码，大部分人都把密码设为"1"。每天上午，销售部长把客户资料分配到员工的K8系统，彼此没什么秘密。登录后，就能看到当天要联系的客户姓名和地址，但是没有具体的电话号码，被用星号屏蔽了。K8系统和座机相连，用鼠标点击屏幕上的电话号码，戴上耳麦，就可以通话了。

2016年4月19日，戴老师处理了杨先生这个订单，告诉他必须要排毒才能延长性爱时间，打了很久电话，成功推销了3680元的方案。她放下电话，在K8系统点击下单，转到下一步，由别的同事跟进，从仓库直接出货。过三天，再回访客户，问效果，继续推销壮阳保健品。

入职一年来，这算是容易的订单。女孩子向男人推销壮阳保健品，不是一份容易的活。有一天，她的同事向一个四川男人推销英国卫裤，别人嫌烦，在电话里骂脏话。女同事也不示弱：

"你是吃屎长大的吧，说话这么难听。你妈妈是从小就这样教你的吗？你哪来的勇气，一边吃屎长大，还一边放屁。"对骂了一会儿，四川那边的另一个男人抢过话筒，大声怒吼：是不是这个男人太温柔了，不合你胃口？"那个无聊又愤怒的电话持续了7分钟48秒。

挂完电话，整理一下情绪，女同事用鼠标点击了屏幕上的下一个号码。接下来的几个电话都只持续几十秒，还来不及把话说完，就被挂掉了。她继续打下一个。公司规定，每月销售额在1万元以下的，没有提成；超过1万元的，按照总额提成5%；超过2万5的，提成6%；超过3万5，提成7%；超过5万5的，提成8%，超过10万，提成12%。12%是提成的极限。在这种激励机制下，大家都顽强地拨打电话。

戴老师每个月能实现销售额3万元左右，拿到大概2000元的提成，算是熟练的老员工。

她入职时，部门领导给了一些保健品的说明书和图片，让她自学上面写的功效。公司雇请了一个有资格证的营养师李某，有时候给她们培训英国卫裤和男性保健品的功能，介绍男性的器官，例如"英国卫裤能加速局部血液循环，疏通生殖器的血液、增大输血量，加快勃起速度"。有时候，老员工的电话录音也是培训的内容之一。

公司对销售人员有严格的要求。在电话里，不能说出广州金冬柏圣贸易有限公司的名称，只能说自己是"英国卫裤效果中心"或者"英国卫裤官网的工作人员"。为了规避法律风险，还禁止销售人员自称"医生或者教授"，只能自称"老师、总监或者顾问"。对于产品，也只能说是"保健品"，不能说是"药品"。

公司设立了监听部，如果发现违规，第一次警告，第二次罚款，第三次罚款，第四次就要辞退。

但这种监听执行起来，并不严格，为了拿到提成，还是有很多销售员铤而走险。有一些员工因此生疑，担心有法律风险。可是公司的管理人员告诉她们，不用担心，公司是正规运营的，况且卖的只是保健品，不是药品。

为了解决头衔问题，让销售人员更有底气，公司曾请了一个培训机构到公司，组织员工考试。员工考过后，就获得一个健康管理类的资格证书。戴老师说，她也考过了，但是证书一直被公司扣着，所以没法判断那是不是一个正式的东西。

无论证书印着什么，她们的工作头衔是随时变化的。每天，部长会安排不同的人扮演"老师助理"，"指导老师"或者"总监"的角色。有时候，她们自发互相帮忙，扮演角色，抬高身份，共同做成一个订单。

每个订单，每个人只能扮演一次角色。针对不同的角色，公司制定了多个模式的话术本。她们不用背下来，对着电脑屏幕念就是了。不过，不是所有员工都喜欢用话术本，有人并不习惯，甚至有几个人说，他们从没见过。

三、话术本摘录

针对不同种类的保健品，公司设计了不同的话术本。警方后来提交的证据里，有二战区的话术本，共计7754字。另外，警方还从一个销售人员的手机里截屏了另一个不完整的话术本。我们从这两个版本的话术本里抽取了部分内容：

　　　　　　　　　　　　　　[长故事]

"小 XX，对吧，昨天老师给你加了用量，加大力度排毒了。今天分泌物排解多少呢？"

"啊，一点都没排出来吗？怎么可能呢，跟你同一批使用的，都已经排出来了。人家温州的老吴还是医生呢，都严格按照我的要求去做了。我和你说的那些忌口要求，你有没有做到呢？晚上有没有趴着睡觉，趴着睡，压到阴茎了，也会影响排毒的。分泌物已经溶解，长期堆积，不排解出去，肯定不行的……这样子吧，我叫助理把别的客户安排到明天。我先去单位的档案室里帮你查阅一下，看看有没有类似案例。如果查到了，再给你来电。一定要保持好电话畅通。"

"你知不知道你为什么出现硬度不够，时间短吗？希望你能够认识到问题的严重性。"

"现在一个月过几次性生活。每次正常有多长时间？以前年轻的时候，有没有出现过一天好几次的现象？"

"天哪，你一个月才有一次啊！正常的男性一个礼拜都有 2—3 次，时间都在 15 分钟左右。你是才 1—3 分钟，那毫无疑问是早泄了。而且，你现在还有一种性冷淡的表现。"

"性生活太频繁，次数多，也是很容易导致海绵体受损的。那很容易引起性功能早衰。就像机器一样，长时间去磨损，你又不去修复，养护它，你说，时间久了，会怎样？性生活讲究的是质量而不是数量。"

"你买玛卡是要改善阳痿还是早泄呢？"（抓住客人的重心）

"我们的黑玛卡帮助补充男性所需要的红血因子。由于每个男性早泄阳痿的原因不同，用的产品是不一样的。"

"你以前购买的药物已经把身体里的毒素清扫松动了，松动的毒素会通过血液走到身体各处，阴茎会烂掉，导致前列腺癌，会失去性能力，甚至会有生命危险。我们在温州有个客户，叫XXX，37岁，一个大男人，打电话过来，都哽咽了。我们让他去医院拍片，丸子里有很多微小物质。全是毒素，没排出来。"

"像你这种情况，必须从四个方面改善：

第一，刺激脑垂体，增厚肾腺皮脂，降低性器官受刺激摩擦的升温速度。

第二，修复已经受损的海绵组织，补充营养，细胞体积变大了，自然增粗增长。就像气球的洞补上了，充了气，自然就胀得大了。

第三，增强肾功能。

第四，疏通输尿管和输精管，把输尿管里面的杂物清理干净，让它有强大的力度，那样性生活就能恢复到十年前的状态。"

四、另外几个男人

吴先生30多岁，来自云南，他的烦恼是时间太短，尺寸太小。2016年5月，他陪妻子回丈母娘家，用手机上网时，屏幕弹出一个"英国卫裤"的产品广告。广告在百度页面也会弹出来，上有"免费领取"字样，写着"增强男性性功能、增长、增粗阴茎，防止早泄，延长性生活"。每个字都写在他心坎上。他填写了个人资料，等着免费的内裤寄送到家。

几天后，"英国卫裤广州总部"的叶老师打电话给他，问了他性生活的细节，强调了内裤的神奇疗效。不过，她说没有免费的，需要 298 元。吴先生同意了。几天后，一个谢老师来电了，再次问他阴茎勃起大小、性爱时间长短，还教了他一些男性性生活知识。最后她说，英国卫裤需要配合药物使用。一个疗程 38 天，需要 1976 元。吴先生领回一堆壮阳药物、延时喷剂和湿巾。药用完了，尺寸没变，时间也没延长。谢老师说，需要王总监出马，他经常诊治港澳台的有钱人，经验丰富。

王总监来电，又问了他的情况和性生活细节，认为情况很特殊，需要另外的药物来排毒。国产的 4800 元，进口的是 8000 元。邮政太慢了，这次用顺丰，"如果不及时排毒的话，阴茎会永远勃不起来"。吴先生有点害怕，但对他来说，连国产的都还是太贵了。最后，他决定不去取那个快递。

小陈是 90 后，很年轻，并没有性功能障碍的烦恼。他初中文化，在浙江金华市的某个塑料加工厂当工人。2016 年 3 月的某一天，下班后无聊，用手机玩 QQ。一个"英国卫裤"的广告从 QQ 空间弹出来，赫然写着可以提高男人的性功能。他很好奇，点击进去，看到里面的功能介绍，惊叹真是"神奇"，不仅可以增长增粗，而且可以延长性爱时间。他心动了，直接在网站下单。价格是 298 元，买一送一，货到付款。

两天后，内裤到了，还有赠送的补肾小茶包。次日，女销售员打电话来，提醒他等专业的老师打电话过来指导再穿。几天后，张老师来电，认为小陈的身体非常差，体内有很多毒素，需要及时排毒，费用是 6760 元，"5 天就可以排毒"。当天下午，小陈就在农村信用社的柜员机转账了。三天后，"排毒药"到了。很多药都是英文的，其中一个瓶子上印着番茄的图片，写着"TOMATO"，他看不懂。还有一个熏蒸仪和固元激情套，用来熏蒸生殖器的。6000多块钱的药，5天就吃完了。可是毒素还没排出来，每天垫在生殖器上的纸巾还是干净的。

"你的情况很特别，需要跟公司的姜总监商量。他在各个方面都有经验。"张老师说。

姜总监打来电话，认为他的身体很差，跟别人的身体状况不一样。如果不及时排毒，会影响性能力，甚至有生命危险。小陈害怕，姜总监安慰他，可以再做一个方案。"大概用药7天，保证把毒素全部排出来。费用是8940元。"

货又到了，是英文、韩文和中文混搭的包装，有康美达基因青春素、韩甄堂清体养颜足贴、黑金延迟喷剂、美国合素、番茄提取物营养软胶囊、邦威延时湿巾金钻贴等。

一个星期后，姜总监又来电话。小陈说，还是没有排出来。姜总监很吃惊，简直发火了："你那么年轻，怎么可能还没排出来？"随后，她的语气缓和下来："如果是这样的话，为你做最后一个调理方案。"费用是9270元。

小陈做了最后一次努力，可是阴茎还是没流出毒液。"什么作用都没有"，花了25268元之后，他终于生气了，打电话给姜总监，质问是不是在骗他。姜总监也很生气："如果要骗你，还会那么关心你，天天打电话给你吗？"

张先生61岁，住在兰州市城关区，是公司职员。2016年3月26日，他在单位用手机浏览一个叫互联星空的网站，看到"英国卫裤"的广告，写着能够改善男性功能，属于磁石物理治疗。他打电话咨询后，下了订单。五天后，他收到了三条"英国卫裤"。看上去就是普通的平角内裤，灰蓝色的布料，三角地区有白色的斑点，前后分布了18颗磁石，如果用硬币靠近，能吸紧。

在裤腰上，印着英文字母"VKWEIKU"，产品说明写着"男性内裤"。次日，自称是"英国卫裤公司广州总部"的姚老师告诉他，英国卫裤不能直接穿，要先排毒才有效果。

"怎么排？"张先生问。

"要做个方案，用药物排。"

"多少钱？"

"2100元左右。"

到货后，姚老师告诉他，要观察小便是否发红或者发黑。如果有，表示排毒成功。在排毒期间，尽可能不要同床。每隔两三天，他就会接到姚老师的电话，问询是否排毒。半个月过去，张先生只发现小便发黄。姚老师说，体内的毒素靠药物很难排出，问题很严重，之前的排毒药把体内毒素清扫松动了。毒素随着血液循环走到全身各处，如果毒素走到大脑或者心脏，将会有生命危险。要进一步排毒，就需要一种膏药通过穴位排毒。

张先生说："我没钱了。"

"要想办法找钱，命要紧还是钱要紧？你都是60多岁的人了，这个道理还不明白？你要是不相信，可以去当地医院做体检，看看是不是有问题。"张先生没去体检，同意了姚老师的方案。用完第二批药，尿的颜色还是没变红也没变黑。姚老师严肃地问："是不是没按时服药？再这样下去，可能连命都没有了。"

张先生想放弃："算了，药我不喝了。反正喝了也不见效果。"

姚老师说，他的身体比较特殊，可以请他们的高级医师"张医生"重新配药。第二天，自称"张医师"的女人打电话来，了解完情况之后，她说，情况十分严重，必须马上换药，不然性功能下降,无法站立,生活都不能自理。新的方案是 5600 元。

张先生说,实在没钱了,吃不起了。

张医师问:"命要紧还是钱要紧?"最后,张医师表示了同情,说鉴于他的情况,可以优惠到 5000 元。想到减少了 600 元,张先生答应了。

四天后,张先生没去取快递。姚老师发怒了:"你愿意拿自己的生命开玩笑?!我们就不管了。"她甩下这句话,挂了电话。几天后,她又来电,温和地劝说:"还是自己的生命重要。病情十分危险,毒素没排出,以后很可能会瘫痪。"听完电话后,张先生取了快递,又给了 5000 元。

他在公司上班,每年单位体检的结果都是正常。可是,自从购买"英国卫裤"后,他总觉得精神恍惚、胸闷、气短、浑身没劲,好像有一股毒素一直在体内,无法排出来。

五、头号被告

很长时间,几乎没有人愿意报案。从 2015 年 11 月到 2016 年 8 月,全国各地有 5 万多个男人,从金冬柏圣公司和铂信粤灵公司购买了"英国卫裤"和各种壮阳保健品,涉案金额高达 2838 万元。

2016 年 4 月,宁夏回族自治区固原市的一个姓刘的男人首先报案。几乎同期,北京市公安局刑警总队电信诈骗中心也发现了线索,冻结了广州金冬柏圣公司法定代表人陈瑞标的银行账户。

警方的动作太快了,超出了谢钦锐的预料。他是澜海公司的老板，今年41岁，个子不高，1米7左右，圆脸，小学毕业。1990年，他跟着哥哥去天津做生意。父亲给了2万元本金，兄弟俩开了一个美发用品工具店，店铺从几平方米变为近千平方米。1996年他20岁，在广州开设了飞云精细化工厂，经商的路上，顺风顺水。但互联网很快冲击了传统实体店，生意越来越难做。2011年，他开辟了电视购物的平台，虽然有些环节失败，交了不少学费，总体还算不错。

2012年，谢钦锐和几个朋友一起投资了1000多万元，在广州天河区成立了广州澜海科技有限公司、金冬柏圣有限公司等几家公司。其中，他占母公司22%的股份。2012年至2015年，都是其他股东轮流做总裁。谢钦锐从2015年底担任总裁，发现公司存在一些严重的法律风险，开始花大力气去整改。

2016年6月，他聘请了专业的法务人员陈某，彻查公司管理中的法律漏洞。陈某很快就提出，金冬柏圣公司的员工可能存在夸大宣传产品功效的问题。针对这个问题，谢钦锐专门成立了监听组负责监督，并且让公司一个有营养师资格的培训老师担任部门负责人。另外，他还要求所有员工在入职时必须签署《澜海国际员工手册》，要求员工不能利用公司的名义招摇撞骗，不得使用绝对的诊断式语气，禁止销售时以恐吓、威胁客户的用语，禁止使用医生、教授等称谓。他甚至停用了公司统一制定的话术本。

他后来自称，经过多年的努力奋斗，他也算是小有成就的温州商人。作为两个孩子的父亲，他把诚实为本作为家训。可是，由于公司规模较大，个别人员素质不高，管理不到位，导致极少数人做出了损害消费者利益的事情。

公司账户被查封后，谢钦锐要求公司法务陈某和北京警方联系，积极配合警方工作，提交公司登记及产品证明等。同时，还与固原市的办案民警保持电话联系，积极尝试与消费者协调赔偿和退款事宜。2016年8月6日，一个姓梁的河北男人去了广州市公安局天河分局报案，声称被电话销售人员诈骗，买了34000元的英国卫裤和壮阳保健品。

广州警方马上开始外围调查，10天后就采取了抓捕行动。

当天上午10点，广州市刑警支队组织了天河区公安分局、白云区公安分局、越秀区公安分局统一行动，便衣出警，包围了羽泰广场二楼和六楼的几间办公室，将120个犯罪嫌疑人抓捕，并带走K8服务器和电脑主机。由于人数太多，天河区看守所容纳不下，不得不分散关押在其他看守所。次日，天河区公安分局的民警继续侦查，查封了金冬柏圣公司的仓库，缴获大量的英国卫裤及其他壮阳保健品。

英国卫裤都是罐子包装的。罐子上印着醒目的一串英文字母"VKWEIKU"，下面是一条英国国旗的图案，背后是"卫裤（英国）国际控股有限公司授权WAICOOL（UK）INTL HOLDINGS LIMITED上海骏企商贸有限公司出品"。

侦查人员找到上海骏企商贸有限公司调查取证。公司向公安局提供了一份《情况说明》，他们声称，公安提供的VKWEIKU（内裤）是假冒产品——"从肉眼和手感无法考证是否是我们的产品"，公司的部分产品通过互联网渠道销往广州，但是没有与广州澜海科技有限公司、广州市金冬柏圣贸易有限公司、广州市百典贸易有限公司等5家公司有业务来往。注册商标为"VKWEIKU"的系列内衣，是委托上海同服服装厂生产的,在淘宝天猫店有销售。公司未对外宣传该系列内衣的特殊功效,也未对外宣称"英国卫裤",误导消费者是国外品牌。

但是,谢钦锐的辩护律师丁一元认为,这份《情况说明》与事实不符。他辩称,上海骏企商贸有限公司授权上海瞻远公司进行销售,而上海瞻远公司再将"英国卫裤"销售给了本案的金冬柏圣公司,所以本案中销售的卫裤是正规合格的产品。

丁一元说,在骏企公司的天猫专卖店销售页面,有大量极易使消费者产生误解的图片。这类图片明确地表达了该内裤具有壮阳、提升男性性能力的功效。他认为,澜海科技公司的员工是按照卫裤生产商自身销售时所宣传的效果加以宣传,没有编造虚假事实的行为,也没有欺诈的故意。

如今,"VKWEIKU"内裤已经改变了包装,它的天猫旗舰店的网页发出通知,包装正在升级。其产品说明已经显示为"英国 vk 卫裤",不再出现"英国卫裤"的字眼。网店的主页发布了《严正声明》,声称部分组织利用 VKWEIKU 品牌,宣称卫裤有增大增粗、防癌抗癌、治疗前列腺、阳痿等功效,误导了消费者。其天猫旗舰店显示,一款卫裤销售量累计达到 80多万,评价累计 30 多万。在天猫网页输入"英国卫裤"关键词搜索,除了 VKWEIKU,还有很多其他品牌的男性磁石内裤,设计相似。

在接受侦查机关讯问时,澜海科技公司的采购人员说,公司从 2015 年 10 月开始采购"英国卫裤",进货价从 33 元到后来的 17 元,进货周期是 7—10 天,每次的进货量是 5000—

10000 条。从 2015 年 10 月到 2016 年 8 月案发，累计采购了约 10 万条。

　　警方从 K8 系统中找到了全国各地购买英国卫裤和壮阳保健品的受害人信息，然后向他们所在的公安机关发出协助办案的通知。广州市公安局天河区分局、越秀区分局和白云区分局派出大量警员，奔赴多个省份，约谈受害人。警方的《询问通知书》写着："我局正在办理梁某被诈骗案，为查明案件事实，根据刑诉法第 122 条规定，通知你来派出所询问室接受询问。"他们在如家酒店、当地派出所或者村民家里，做了大量受害人笔录。侦查取证耗时一年。警方最终锁定 682 个被害人，涉案金额达 768 万元。

　　2017 年 7 月,检察院向法院提起了公诉。被抓捕的 120 人，有 119 人被起诉，谢钦锐是头号被告。

六、戴老师的年轻同事们

　　审讯室的窗外，偶尔有鸡鸣。小芳双脚并拢，挺直腰板坐在一张带有靠背的白色塑料椅上，双手抱在胸前，眼睛看着铁栏外的警察，神情紧张，又有点木然。

　　2016 年 8 月 16 日早上，她像往常一样到办公室上班，一群便衣警察把她和同事们带走，带到广州白云区公安分局的云城派出所。她穿一身旧而随意的衣服，胸前有白色条纹的 T 恤，一条灰色牛仔裤，散落着披肩的黑头发。讯问室在郊区，很狭窄，不足十平方米，内墙的下部分是深蓝色的，上面是白色的，再上面是一部空调。讯问室用铁栅栏区分为两个区域。她坐在铁栏内，铁栏外的办公桌上摆着一部台式电脑，属于负责讯问的警察，一男一女。

审讯开始时，墙上的电子钟显示是深夜 12 点。男警察向她宣读了嫌疑人的权利义务，然后问她是否知道为什么来了这里。小芳摇头，警察告诉她，她涉嫌诈骗。

"啊，诈骗？！"她身体往前倾，大声喊了出来。

"这个东西不需要惊讶，我们通过外围调查，知道你们公司存在这些嫌疑。而你是在这个公司工作的人员。"

"啊，我卖裤子是诈骗？！"她忍不住又惊叫了一声。

警察告诉她，在这里就是为了调查问话。她安静下来，坐在椅子上，双手继续抱胸，眼睛盯着前方，身体一动不动。警察注视着电脑屏幕，开始敲打键盘，准备做笔录。

小芳 18 岁，来自广东连州。高中毕业后，2015 年 8 月开始在澜海科技公司打工。她记得签过一本规章制度的本子，不知道那是不是劳动合同，她忘了里面的内容。入职后，没有培训，在工作的电脑上面查看了一些话术本之类的文章，慢慢熟悉了公司的业务。底薪是 2030 元。过去一年，她总共拿了大概 2 万元的提成。她推销保健品的业绩不好，这几个月都没拿到提成。

警察问她："你们公司都有什么业务？"

"我只知道公司有销售英国卫裤和保健品。"

"这些产品有没有经过国家的注册登记？"

"不知道。"

"你是否有壮阳保健这方面的专业知识？"

"没有。"

"既然没有这方面的专业知识，你是如何将产品推销出去的？"

"我是通过电话回访客户后，根据客户使用的情况来按照电脑里面的话术本和产品介绍来推销。有时候客户会怀疑我的能力，我就叫公司其他销售员来扮演总监之类。"

小芳的哥哥叫李城，比她大6岁，中专毕业后，早一年到了金冬柏圣公司。他的底薪也是2030元。他资历深一点，每天能做成3个订单左右，每个月拿到手大概是3500元。当警察问他："你们销售的英国卫裤有无壮阳、改善早泄阳痿的功效？"他有点不敢肯定："我不知道有这个功效，但我本人也有使用过。"

"你是否按照公司提供的话术本与客户交流？"

"是的。"

"你们销售的英国卫裤是否从英国进口过来？"

"我不清楚。"

"你是否具备壮阳保健的专业知识？"

"我入职之前是没有的，入职的时候，公司要求我去考了一个健康管理师证，交了3000多元。但是证考下来没有发给我，公司的走廊上我见过该证件。"

李城的妻子叫刘青，25岁。初中毕业后，一直在打零工。她公公在出租屋里帮忙照看她的一儿一女，孩子都还小。2016年3月，李城介绍她进入了金冬柏圣公司。夫妻俩在同一个部门。入职时，她接受了三天培训，学习了英国卫裤的产品知识，也学习了电脑里的话术本。她的底薪是1700元。

警察问她："你的主要领导是谁？"

"谢总，我只见过他一次，他年龄约 40 岁，身材较胖，平时很少在公司。"

"英国卫裤和保健品是否真的有排毒功能？"

"我不清楚，我也没有使用过，是公司安排我们这样对客户说的。"

"你们平时的奖勤制度？"

"早上 9 点到 12 点，下午是 1 点半到 6 点。一个月休息四天，没有加班费，迟到 5 分钟扣 20 元。"

截至案发，刘青已经入职 5 个月，只做了 200 多个订单，其中英国卫裤有 100 多单。在公司里，推销保健品才容易拿到提成。由于销售额不够，她一直不能转正，也没拿过提成。

七、最后一次壮阳

2017 年 7 月，所有人都被诉诸法院，包括底薪 1700 元的销售人员，月收入 2 万的经理，以及公司大老板谢钦锐和其他股东。他们被拆成 9 个案件分别起诉。一个月后，119 个被告陆续进入法庭受审，全案的卷宗 530 册，庭审时长 5 天。

十几天之后，天河区法院对他们进行了一审宣判，认为诈骗罪成立。判决书认定，被告虚构身份、配合抬单，由二线销售人员进行虚假诊断和建议，根据话术模板虚构和夸大被害人的病情，甚至恐吓、诱骗被害人购买本不需要的、价格虚高的产品。被害人基于信赖，产生错误认识，因而交付财物造成经济损失。法官认为，销售产品只是辅助手段，产品本身质量是否合格、是否具有一定的价值并不影响诈骗事实的认定，虚构上述事实才是关键手段。

　　谢钦锐被判处有期徒刑十二年，并处罚金80万元；经理张某被判处有期徒刑四年三个月，并处罚金5万元。戴老师、叶老师、姚老师、姜总监、郑总监、小芳，李城等111名销售人员被判处一年一个月至一年九个月的有期徒刑，并处罚金3000至20000元。小芳的嫂子刘青因为丈夫被判刑，她需要回家照顾两个幼儿，法官对其判处了缓刑，不用收监羁押。

　　宣判后，只有谢钦锐等共计7名被告当庭表示上诉，107名被告表示服判不上诉，5名被告表示需要考虑。

　　小芳的律师王红兵在辩护词中提出，请求法官考虑刑法谦抑性。所谓刑法谦抑性，即凡是适用其他法律足以抑制某种违法行为、足以保护合法权益时，就不能将其规定为犯罪；凡是可以适用较轻的制裁方法，就不要规定较重的制裁方法。他认为，小芳才18岁，缺乏社会经验，对工作缺乏正确的判断，应该得到法律的宽恕。

　　如果不是澜海公司案发，深圳的杨先生一直不敢告诉别人，自己曾经被骗了19000多元。自从联系上"英国卫裤效果中心"的戴老师之后，他每天穿着带磁石的"英国卫裤"，早上和晚上都按时服药，在家熬着艾草生姜汤，入睡前在生殖器上垫上纸巾。每天醒来，第一件事情就是看看那张纸巾上面有没有豆渣鼻涕模样的小颗粒杂质。

　　戴老师说："别人都很成功，你的情况很特殊，需要请教公司更专业的邓总监。"邓总监说，他的情况很严重，因为此前吃的药，已经把毒素清扫松动了，毒素会随着血液在身体四处循环。如果走到大脑、心脏，就会有生命危险。必须要尽快排毒，新方案的价钱是 27430 元。杨先生分了四次，一共转账了 16000 元，然后对总监说，实在没钱了。总监说，向公司申请了，先用药，再补钱。

药都用完了，垫在生殖器上的那块纸巾还是白色的。杨先生不再转账了。

花了将近 2 万元，他最不能释怀的是邓总监的承诺——"按照我的方法去做。无论你以前用过什么药品，这一次是我根据你的情况去配的。这一次，将是你终身最后一次壮阳。"

后记：一个话术营销案例

（根据电话录音整理）

——小刘，你现在下班了吗？现在方便吗？上午，助理给我讲了你的事情。你的爱人也打来了电话。你具体的情况是怎么回事。跟老师讲一下。

——我和老婆沟通了，她不同意我的观点，在发脾气。她要我给号码，要和你沟通。

——你要跟你老婆沟通清楚。我一再跟你确定，咱们要不要改善。爱人不相信，怕你上当受骗，要不是一家人，也不会讲你那么多。她的担心，我理解。但是，老师我跟你也讲得很清楚，强硬，自信，坚定。爱人有担心，有疑虑，但是，她懂吗？她是这方面的专业吗？她不懂。你的性器官不行，她哪里知道这种感受是什么？一个男人，性功能不行，她只会抱怨啊。她要是能理解你，就不会抱怨你。就是不知道，所以担心。小刘，咱们把问题解决好了，给爱人一个惊喜。这个器官，完完整整，功能很强，摆在她面前。她还能不相信？你前怕狼，后怕虎，能解决什么？所以，要给她惊喜。我一再跟你确认，你要我帮忙，我才帮忙，专人专用。我就怕给你寄了，如果退换，单位就要处罚我。单位的审核部门会认为你是恶意订购。你的手机是绑定了身份证，恶意订购，是严重的问题。到了当地，左邻右舍都知道你的问题，影响了你的工作，真的是不好。

——我和老婆说了，如果拿不到钱，人家都发货了。

——老师能理解你的心情。但是爱人不能理解。咱们要想清楚，一个女性，只会抱怨是不行的。如果这个问题不解决，爱人就不理解。为什么经济全部交到爱人手上？因为你性功能不行。如果性功能行了，才是你说什么是什么。一个男人，很软弱的声音，嘟嘟囔囔想插话，都没机会。我的客户，在家庭地位不行。如果性功能好了，老婆像猫一样腻歪着你。你说什么就是什么了。不要形成恶意订购的名声，搞到左邻右舍都清楚你的生活。你爱人也没有面子。我想说清楚，她不肯打，万一到货了，怎么办。要拿钱的。要给爱人一个惊喜。你怎么说，她都不了解的。

——她不理解啊。她不相信啊。

——为什么她不理解？在一起这么多年了。你想过这个问题吗？没有满足她，你就没有地位，没有力度。你满足不了她的需求，她说什么，你就听什么。小刘啊，老师这边给你建议。咱们把问题解决了，再给她惊喜。现在这个社会的男人，找2000块钱，不是问题。到时候，自己健健康康，声誉和身体都好了，在家里的地位就自然上去了。知道吧？

——知道了。她说一下子拿这么多钱干吗？

——所以，我们要解决这个问题。你们男性，如果性功能不行，就是不行。你现在才 30 岁，等你 40 多岁，性功能完全不行了，到时候，爱人在外面有个什么动作，她跟你商量吗？你满足不了她，外面肯定有人满足得了她。小刘，你觉得老师说的对不对？

——嗯。

——没必要，你只要配合老师，老师肯定帮你把这个男性性功能障碍改善。只要你确保做得到我的要求。如果做不到，我就不会接受你的档案。为什么？就是为了你的效果。

——我和她沟通，她听不进去，怎么办？

——老师给你建议。我以前的客户，42 岁，比你稍微大，性功能一直不强。从结婚到现在，老婆的声音越来越大。他在家里也没有地位。爱人说什么就是什么。什么经济大权都在老婆手里。后来，在我这边搭配了材料，他老婆亲自给我打电话问：'你自己说，到底能不能把我爱人的问题解决好。我不想让我爱人在你这里解决问题。你这里又不是医院，又看不到你们。'我说，你爱人的问题不是病。后来，他老婆直接挂了电话。一直说，不同意。问题解决掉之后，他老婆亲自打电话过来道歉，感谢。明白吗？

（电话沉默）

——小刘。

——这个我懂啊。到时候快递到了，要签收，要付款，现金都在老婆手上。

——难道你想搞到老师我这么麻烦？你这辈子都是这样了，都是爱人讲什么，就是什么了。万一，自己性功能丧失，爱人在外面的时候，会告诉你吗？你以为你们老夫老妻了，你现在才30岁，非常年轻。三十如狼，四十如虎。自己要想办法呢。这个材料已经帮你安排好了。我相信，你的年龄，2000块钱，30岁了，还是问题。说明你做人真不咋地。小伙子在这个年龄阶段，2000块钱在哪里都能找到。你说是不是？为了把问题解决好。我这边受到处罚。本来是好事，你不要把我们大家都搞得那么麻烦。所以，你要想一下，你那边一旦恶意订购，挂在你头上。你老婆那里，你工作的单位，家里的亲戚都知道了你的问题。搞得自己生活也不安息，不愉快。传得左邻右舍都知道。爱人不理解。到时候，解决了，最开心的就是她。

——我跟她说，在你那里拿材料。她怀疑我在外面怎么来。我在外面跟哪个女人。

——你是不是在外面不正经。

——没有啊，我没做那些事。她本来就知道我和她这个事情。那么久了不去调理过，怎么现在去调理。

——所以，自己性功能，本来很困惑。你性功能一直不行，她也不理解你。如果你在外面搞正经的大事情，她也怀疑你在外面搞女人。如果你性功能不行，你在家里无论干什么，都说你在外面包养女人。所以她是怀疑你，不是怀疑我们的材料。如果你回家，把问题解决了，达到性高潮了，她还会以为你在外面有女人吗？小刘，小刘。小刘？

（电话沉默）

——嗯。

——你拿2000块钱，都怀疑你在外面做什么。以后，如果你在外面闯事业，在外面解决什么问题，她还以为你在外面有人了啊。如果像你这样，在家里一点地位都不行。你有没有想过，你现在 30 岁，如果老婆一直怀疑，你们感情肯定不好。性功能强了，不会认为，在外面精力都用光了。你这样才能挽回在老婆心目中的形象。

——我今晚再想办法和她沟通。

——你现在跟她讲什么都不理解。你自己要赶紧想办法。你现在去找 2000 块钱，比你和老婆沟通这个问题还容易得多。如果你自己先把问题解决好，再跟她讲，她不会和你说半句。我同样是女人，女性就是疑心多。甚至你是男人，你的器官，我也比你更了解。你和她沟通，就是给她添堵。她心里就不高兴。我是个女人，我特别清楚，有些事情，不要和女性一直讲。堵着堵着，就冲你吼了，夫妻感情就不好了。

——那我想想办法。

——咱们不要搞得左邻右舍都知道。你现在在老婆心目中都怎么样了，还不想想办法？你大部分时间都在深圳工作，肯定要消除她的疑虑。回去过一次性生活，时间还短，她肯定以为你在外面消耗掉了。有什么问题，就给老师我打电话。这几天，天气比较热吧。晚上开空调，注意一下，不要太低了。自己盖好被子。知道没有？

　　为保护隐私，文中人物除头号被告外，均为化名。

本期《正午》撰稿人

谢丁：
嗜狗，嗜酒。总想出门。

郭玉洁：
关注社会变革，喜欢人的故事，现实主义的信徒。

叶三：
喜欢猫、食物和好艺术的虚无主义者。

朱墨：
视觉编辑。

黄昕宇：
AKA 小黄。

李纯：
喜欢写作，摩羯座。

张莹莹：
以后打算虚构。

罗洁琪：
八年法治记者，哈佛大学尼曼学员。曾就职于《财经》杂志、财新传媒集团。喜欢关注社会正义的题材。

王琛：
"1024"专栏作者，准作家。

刘子珩：
生于1989，曾是名调查记者，好像只会码字，想要一直写下去。

范雨素：
湖北人，来自襄阳市襄州区打伙村。初中毕业，在北京做育儿嫂。空闲时，她用纸笔写作。

高山：
摄影师，1988 年出生于河南安阳。

胡文燕：
驻扎在法国的一位新闻工作者。

图书在版编目（CIP）数据

正午 . 5, 有人送我西兰花 / 正午故事著 . —北京 : 台海出版社 , 2018.3

ISBN 978-7-5168-1767-4

Ⅰ . ①正… Ⅱ . ①正… Ⅲ . ①中国文学—当代文学—作品综合集

Ⅳ . ① I217.1

中国版本图书馆 CIP 数据核字 (2018) 第 030809 号

正午 . 5, 有人送我西兰花

著　　者 : 正午故事

责任编辑 : 刘　峰　　　　策划编辑 : 张旃旎　罗丹妮

装帧设计 : 苗　倩　　　　内文制作 : 陈基胜

责任印制 : 蔡　旭

出版发行 : 台海出版社

地　　址 : 北京市东城区景山东街 20 号，邮政编码 : 100009

电　　话 : 010-64041652（发行，邮购）

传　　真 : 010-84045799（总编室）

网　　址 : www.taimeng.org.cn/thcbs/default.htm

　　E-mail : thcbs@126.com

经　　销 : 全国各地新华书店

印　　刷 : 山东临沂新华印刷物流集团

本书如有破损、缺页、装订错误，请与本社联系调换

开　　本 : 1168mm × 850mm　1/32

字　　数 : 263 千字　　　　印　　张 : 9.75

版　　次 : 2018 年 3 月第 1 版　　印　　次 : 2018 年 3 月第 1 次印刷

书　　号 : ISBN 978-7-5168-1767-4

定　　价 : 42.00 元

致队长

    说来惭愧,今晚又缺席了集体活动。夜观天象,月亮好大一个,不知道你今天踢得是否愉快。你常说踢球要有合理性,这话我信。雷锋也说过,不怕狼一样的对手就怕猪一样的队友,一旦遇到那些该传球的时候不传球不该传球的时候瞎传球的队友,我们就烦死了。不得不承认,很多时候我就是这样的队友。年近三十,我越来越发现自己跑不动了,身体的移动没法跟上脑子,这一点想必你早就体会过了。但最近几次踢球我发现你的拼抢极为卖力,哪怕对方球员比你壮了一圈,你也一次次将自己的身体交出去,一次次摔倒在地。我记得你还铲射了一回,虽然没进,但是真的就差了一点点。前几天你透露自己经常到大学的校园跑圈,我就更惭愧了。说起来我比你年轻六岁,今年春天也锻炼了一段时间,因为不能吃苦,半途而废,现在身体又不太行了,不得不经常在比赛中散步,大口喘气。爱迪生说过,花有重开日,人无再少年,我们当然都不能回到二十岁了,但也不能束手就擒呐,正是你不屈不挠的精神鼓舞了我,我也决定马上锻炼起来,提高各项素质,争取在球场上成为一个像你一样奋勇拼搏的合理的人。人生啊,诸多忧愁,诸多悲哀,队长啊,我们何其幸运,我们还有足球这么美好的事情聊以慰藉。那么我们就勇敢地拥抱生活吧!欧耶。

王琛

信件按姓氏笔画数排序

你们好。

这几日翻看文件夹，发现一篇未发的旧稿。两年前，南京大屠杀公祭日我去采访时，遇到一户姓和的人家。他们说正在寻找你们，原因大致如下。

1937年南京保卫战失利后，农民和广舒救下了三位撤退的军官，廖耀湘、黄植楠、云振中。廖、黄为报恩情，临走前带走了和广舒二子和允涛，以期培养成才。和允涛抗战时不幸离世，可是他坟墓在哪，一直不为和家人所知。廖耀湘曾告诉他们，待天下太平，会带和家去扫墓。但内战失利，廖耀湘成了俘虏，最后死于"文革"。唯一的线索与希望，寄托于黄植楠。

和家了解到，你们黄家出自广东惠州，是教育世家。黄植楠为纪念大哥黄植桢，曾在韶关创办南华小学，在南雄创办开办植桢中学及植桢农场。抗战胜利后，植桢中学曾迁入广州。黄植楠辞去军职，教育救国。黄植楠长子黄焕滋是名制糖工程师，曾任广州市政协委员。而黄植桢的后人中，有广东省立二中担任过教务主任的黄焕福，也有中山大学的老校长黄焕秋。黄植楠还有一位兄弟，是1949年后任过广东省人民政府参事、省政协委员的黄植虞。循着线索，和家人曾来找过你们，但却未果。

我感到抱歉的是，两年前的报道没有发出。不知道两年过去，和家找到了你们吗？如果没有，我依然可以为你们连线。

期待回音。

刘子珩

您好。

您，到底是什么样的人呢？我在无聊的时候曾经想象过。您是不是也像我一样，经常在日常生活中感到空虚无依，需要找一些细碎的小乐趣，让自己活下去？

您会长时间地发呆吗？读到一篇好文章，看到一部好电影，见到一张好照片，遇到一个好句子，听到一首好歌，见到一个有趣的人……您会心中喜悦，充满跟人分享的欲望吗？

您有朋友吗？我说的是那种真正的，可以相对默然的朋友。

您渴望表现自己吗？您自我感觉良好吗？您是不是特别相信自己的判断，哪怕它是荒谬的、逻辑混乱的、自由心证的——换句话说，是傻逼的？

您是不是"向来不惮以最坏的恶意来揣测别人"，但从不反观自己？

您有自尊心和幽默感吗？

——躲在虚拟的网络 ID 背后发言的那个您，是真正的您吗？您满意这个自己吗？

最后，希望您继续。我也需要出口和理由保持心中的恶意。我害怕我会失去尖锐，变成一团彻头彻尾的温存，在暧昧的蒸汽中长出锈斑。

谢谢您。

叶三

　　我想在自己的生日之前再在自己的身体上留下一个新的图案。

　　今年 4 月之后，我就决定把今年的 4 月当作自己人生的一个分水岭。从此以后，我要以不同的方式去生活，把之前封存。可总是有很多后悔放不下的事情。比如我依然没有拍下的瞬间。现在想想我唯一拥有的或许只有这些过去了的瞬间。我相信在这个世界上，永远是一物换一物。在获得一些东西的时候，你将会失去一些。而失去的那些往往是最重要的。如果能拍下那些瞬间，至少可以显示那些失去的曾存在于世，往事就不必如烟。

　　可是我没有拍下那些瞬间。而那些瞬间是持续的，图像是静止的，画面里的东西似乎总停留在某一个位置上，我们很容易忘记那些时刻总是来自那不可重复、刹那间的遭遇。瞬间是不能被封存的，我想要把那些留在自己的身体上。

　　我想扎的是这样的时刻。我和朋友开着车在从山里回京的国道上行驶。天上的星星像 3D 全息投影似的出现在我们的头顶。夜晚的路被月光反射得非常亮。我开车开得出奇的慢，好像既前进又后退着，推迟着必然抵达终点的那一刻的到来。一段沉默后，朋友说似乎看到了从高楼里透出的灯火。刹那间，我们想起有一天我们在沙发上一起度过我们都害怕的落日前那一小时。这一个时刻出现过，而且永远不会重现了。

　　而我最喜欢文身的是，当图像扎进去的时候，皮肤一层层地掉皮，然后痊愈。图像开始一点点地浸入到皮肤里。现在，那棵风中的树越来越多地来到了我的手臂上。期待 12 月 8 日你给我扎上这个新的图案。

朱墨

致亲爱的绿萝小姐

　　你好。真是抱歉，时常忘记为你浇水。有一次，竟有数月，我以为你死了，你枯得差不多，只剩零星的绿。我漫不经心地尝试地灌了点水，你就活了。真是厉害。吓得我不敢不给你浇水了。你这么热爱生活，我要让你渴死了，我就是个大坏蛋。

　　绿萝小姐，我认为你是女的，同性的直觉吧。但你有中性气质。是我喜欢的类型——不动声色，遇事却干脆利落，生命力极强。在雾霾的冬天，你也是茂盛的。

　　第一次见到你是三年前。我第一脚踏进这间房子，就看见你站在一个白色的架子上，看上去心情不太好，挺丧的。和当时的我差不多。可能这房子闲置的时间不短，没人照顾你。房子很空，搬进来以后，就剩下你和我。我没什么朋友。不知道怎么走到这个境地。我在客厅铺了一张地毯，坐在上面看书。看海明威《流动的盛宴》，看他怎么在巴黎吃苦。你知道吗？北京的风太大，我差点就落荒而逃。

　　绿萝小姐，最近出差，总是想起你。这几年，你茂盛多了，看上去能活很久。你是我见过生存需求最低的女孩，有时我故意隔好几天再浇水，第二天你会变得更旺盛。我喜欢站在你旁边发呆，所想的想必你全都了解。你知道我想念一个人。

　　绿萝小姐，我愿为你唱支歌。在我们分别的时候。

　　　　　　　　　　　　　　　　　　　　　　　　　　　　　　李纯

致我的智慧之光

是什么时候你开始清晰地出现在我的世界里呢？似乎是高中最后一年的某天，已经在读大学的朋友来找我，晚自习放学后，我们逃开了那个封闭管理的校园，往前走。十点多，算是县城很晚的夜里，路灯越来越稀疏了，近乎黑暗里，我们往前走，我告诉她，我想成为一个有智慧的人。

很冷，还有几个小摊守在路边，光溜溜一盏黄灯泡顺着木棍扯在半空，照见地上的橘子皮、甘蔗皮和再也飞不起来的红塑料袋。我们太年轻了，几乎没有过去，只有将来。"智慧"在这个时候降临,命名了我此前在某些人身上看到的某些珍贵的、令我渴望要靠近的东西。

往后的这些年，有时我会看到它的具体显形，无一例外，都是女性，出生于上世纪五六十年代，高大，挺拔，笑起来有温度。

真是惭愧啊，好多时候我还是那个鬼样子，眼里一片黑，在现实的和想象的焦虑中左右乱晃，愚蠢又无力。但某些时刻还是看见你。一片遥远的小亮光。

谢谢你一直在前。

张莹莹

致亲爱的杜拉斯

我还是很喜欢你，都十几年了。生活一直是各种琐碎和焦虑，日复一日，把人的心和脑都塞满了。偶尔，很偶尔，会发现还有一个角落，在我看不到的地方。

2005年，我读了你的《琴声如诉》。故事里有浓稠的花香，焦灼的灵魂，魂不守舍的肉体和不可能的爱情。我说错了，其实你绝大部分的作品都没有完整的故事，叙述混乱，没有轮廓和线条，艰涩难懂。可是，有某种东西让我着迷。

你说，你的写作不是线性叙事。作者传达给读者的，永远不是直接叙事，而更多的是情感，纯化过的精华。

我很好奇，想知道你的情感从何而来？读完你所有译成中文的作品，在业余学了两年法语，希望读你的原著。

我还独自去过西贡，寻找你曾经生活过的湄公河畔。在那个码头，你遇见和离开了你的中国情人。

我喜欢《情人》的尾声。在离别的夜晚，法国小女孩哭泣，因为她一时之间无法断定她是不是曾经爱过他，是不是用她所未曾见过的爱情去爱他。爱，就应该没有预设定义。

我见到的湄公河，仍然翻滚着黄浊的泥沙。在码头上坐了很久，想象你当年的阳光。

我想知道更多，关于你的一切。2010年，我在巴黎找到了你常去的咖啡馆和旧公寓，还有你栖息的坟墓。墓碑很简洁，一米多长的灰色水泥板横躺在地上，只刻了名字和生卒年日。我送了你12朵白玫瑰，蹲下来，抱着你的墓碑，亲吻了你的名字。

四周很寂静，墓碑上只有一盆植物，没开花。是扬·安德烈亚帮你安排这一切的吧？他知道，你喜欢安静，写作的时候，要放下厚厚的窗帘，密不透光。

2014年，扬也走了，留下了一些作品，其中有《这份爱》。此刻，他是否陪在你的身边？在那里，是否还有人嘲笑你，竟然爱上一个比你小39岁的同性恋？

罗洁琪

致四十年后的我

四十年后，你在吗？我相信你在，我也愿意是这样。从 13 岁的那一天开始，我就选择生。我一次次地选择生——并非生死关头，生活本身也需要清明的意志。而且，活得久，可以目睹更多的戏剧性。你以为戏已落幕，演员却还在演，永不终结。"冷战"时的人们，何曾想到柏林墙的倒塌，又怎会想到新墙的铸成？更不用说，那些出现在个人生活中的爱恨情仇了。

我希望你在，而且我对你的世界充满好奇。四十年后，你已相当老了，那时医学技术到底怎样，是否真的可以将大脑上传，人活在服务器当中——就像《黑镜》预测的那样？这和我们时代的纯意识活动不同（比如托尼·朱特在全身瘫痪的情况下写出了《记忆小屋》），这是"永生"吗？这样还算是活着吗？我为这样的可能而恐惧和……好奇，如果真有这一天，你会选择"生"吗？

当然，更有可能的是，"永生"与我们凡人无关。你可能生活在气候反复无常的地球上，"恐怖平衡"恐怖地失了衡，因此已经爆发过大战，人类又将在惨淡中重建。那时你可能会回忆起四十、五十年前的生活，像海明威一样，将过去视为"流动的盛宴"，尽管当时（也就是现在）你（也就是我）已经相当厌烦了。

也许那时，你会在庞大的电子垃圾中发现这封信——一封来自过去的信。我想告诉你，尽管相当厌烦今天的生活，但我仍有两样最好的东西：写作与爱情。希望你也是。

郭玉洁

今天是你 28 岁生日，27 岁过完了，你害怕吗？你肯定会扬着嗓子轻声笑："我是吉姆·莫里森的哥哥啦！"拉倒吧，幸运的天选之人那么少。你不够格，也挺怂的，是吧。

算一算我们认识八年了，可怕吧。刚熟起来那会儿，你在邱季端体育馆走廊碰到我，擦肩而过时总故意喷我一脸烟。我在宿舍关门后溜出来跟你喝酒。你拎着一袋子燕京，斜着肩膀晃晃荡荡。我跟在你身后，看你穿着那件破了好多口的军绿衬衫，领口烂烂地耷拉在后颈。我觉着你像个兵痞。夜里的校园非常安静，乌鸦都栖息在树枝上，偶尔叫两声，抬头能看见枝桠上黑色的剪影。我们从开了半拉的地下车库卷帘门钻进主楼，爬了不知十几二十层，从没锁门的会议室窗户爬到屋顶平台。我们坐在楼顶外缘，伸长腿在空中晃荡，喝很多酒，我学会了抽烟。北京的清晨常常雾霾一片，并没有想象中好看的日出。

你还记得你写过的乌鸦王的故事么？写一所学校开展清除乌鸦运动，乌鸦王在领导头上拉了一泡屎。"而那只大乌鸦，像它们的领袖一样，端坐在楼顶最高处正中间，俯视着这个校园，一言不发，像是这片土地的国王。"

这些事过去太久了，今天我重新提起。我还想起另一件事，如果不是 2009 年 12 月末那天你唱的《一块红布》，我不会是现在这个鸟样。那是一个大部分人不知道的重要日子。那个夜晚，我们文学院新生在食堂包饺子，你背着吉他闯进来，站上桌子，说："这首歌送给你们院的 L 老师。"好吧，现在我向你承认，这是个引子，让我走上另一条路的引子。

离开的人太多了。那几年跟你一块儿弹琴唱歌的人现在都在哪儿呢？听《一块红布》的人都在干吗呢？现在，我蹲在键盘前对着页面发呆，你在灯光晃眼群魔乱舞的迪厅调音台后想什么呢？混日子混得太久了，我们都快忘了那些单纯诚挚的年头。今天我难得感谢你一下，战友太少，还好你还在，我也还在。别忘了，我们都是志愿者。

小黄

　　我的第一封信是写给父母的，那时我 14 岁，读初二，在县城外的封闭式中学住校，整日瞎想，一心想摆脱父母出去流浪。我写了好几天，写了满满七页纸，讨论友情的重要性。我希望他们少管我，多给我一些空间和朋友上街溜达，爱买什么磁带就买什么。信的结尾暗示，我可能会离家出走，至少会沿着长江往下游走。那个周末回家，我把信藏在父母的枕头下，然后就返校了。我等了一周也没等到消息，直到那个学期考完试，暑假回家，我妈在饭桌上轻描淡写地说，你的那封信我们都看了，看了好几遍，我们都看哭了。

　　高中我没写过信。我帮朋友们转交过很多情书。没有一对是成了的。

　　大学时疯狂地写信。那时谈恋爱就靠写信，越暧昧越喜欢写。晚上熄灯后点着蜡烛写，喜欢描写景物，抒情，带着忧愁。毕业后我带着那些信回了重庆，捆在卧室的矮柜里。两年后我离开重庆去武汉，房子出租，我把所有东西都锁在了那个柜子里。一年后我回去，租客消失了，柜子被撬开，什么都没了，空荡荡的隔层里，放着一小瓶治疗淋病的药。

　　在北京读研第一天，上大课，老师还没来，有个漂亮的师姐在黑板上留下了她的邮箱，说大家有事找她。我没什么事，但还是给她写了封邮件。写得不多，几行字吧。我从没收到过她的回信。

　　后来就很少写信了，大家都发短信。我不喜欢短信，太短，而且你发完之后就像个傻子一样等着对方马上回复。

　　现在我一年能写三四封邮件，大多都和工作有关。有次一个朋友说写不出东西，我说你试试在邮件里写，想象在把这个故事讲给对方听，是不是就顺畅了？他听完默默想了一会儿，点了点头。我不知道他后来怎么写的。

　　正午信箱开通后，每周能收到十几二十封来信，但我们只能挑选四五封找人回信。余下的那些没有被挑中的，我全部复制到一个文件里，一封一封隔开存放着，我刚才去看了一眼，大约有 15 万字。有时我们会从这些信里再挑几封出来回，但大多数只能沉寂。你瞧写信就是这样，不可能总得到回复的。我早就明白这道理，但我还是想写，我猜你们也是。这可跟短信微信不一样，写信这事儿，到头来都是写给自己。

　　我手里目前仅存一封纸信。那是我所有信被撬走消失之后，我晃荡在北京时，我喜欢的那个女孩写来的一封信。她在信里说她和男朋友在一起，还不错，语句里有她一贯的看似乐观的绝望。就这样了。信纸上有一些泪滴的痕迹。我把它和一堆杂物混在纸箱里，放在书架最顶端，靠近天花板。有些字句我还能背出来。

　　谢谢大家。

谢丁